A. Collin

Mordnebel Ostsee

Küstenkrimi

JAVY«

Personen und Handlung sind frei erfunden.
Eventuelle Ähnlichkeiten mit real existierenden Personen sind rein zufällig und nicht beabsichtigt.
Markennamen, Warenzeichen,
Namen von Personen und Dingen der Zeitgeschichte, falls diese im Buch verwendet werden, sind Eigentum ihrer rechtmäßigen Eigentümer.
Für die Darstellung bzw. Erwähnung gastronomischer, kultureller oder touristischer Einrichtungen haben weder die Autorin noch der Verlag eine Vergütung oder Zuwendungen jeglicher Art erhalten.

Mordnebel Ostsee
12. Fall für Lux und Bähr
Küstenkrimi

ISBN: 978-3-948820-42-8

JAVY«

DAS BUCH

Ein unbekannter Wohltäter hat in der
Küstenregion bei Laboe großzügige Spenden verteilt.
Doch einige Wochen später erhalten die Beschenkten
Drohbriefe: Sie sollen das Geld zurückgeben, sonst
sterben sie oder ein Familienangehöriger.
Dass diese Aufforderung todernst gemeint ist, glauben
Hauptkommissarin Bähr und Oberkommissar Lux spätestens,
als unter den Beschenkten das erste Opfer zu beklagen ist.
Eine Frau, die als Telefonseelsorgerin arbeitet, wurde ermordet.
Zwischen den Lippen der Toten steckte ein Hunderteuroschein.
Wer wird das nächste Opfer sein?
Bei den anonymen Spendenempfängern breiten sich
Angst und Panik aus.
Nicht alle möchten mit der Polizei zusammenarbeiten,
was die Mordermittlungen erschwert.
Bei ihren Recherchen stochern die Ostseekommissare Lux und
Bähr und ihr bewährtes Team der Kripo Laboe daher lange im
Nebel, bis sie ein perfides Verbrechen aufdecken, das ihnen
tiefste, menschliche Abgründe offenbart.

Als Team unschlagbar: Die taffe und temperamentvolle Gesa
Bähr, ein Fels in der Brandung der Verbrechensbekämpfung und
Niklas Lux, der eigensinnige Ermittler mit dem kühlen Verstand.

Jede Menge Spannung und immer eine frische Brise Humor!
Erleben Sie die malerische Ostseeküste
von ihrer aufregendsten Seite!

Jeder Fall der Ostseekommissare Lux und Bähr
ist ein in sich abgeschlossener Roman und
kann einzeln gelesen werden.

Jede
schwierige Situation,
die du jetzt meisterst,
bleibt dir in der
Zukunft erspart.
(Dalai Lama)

INHALT

3

MORDNEBEL OSTSEE

220

DANKE

222

IMPRESSUM

Sonntag

1. Kapitel

»Hat dir mein Abendbrot geschmeckt?«, erkundigte sich Rena bei ihrem Gast, nachdem er mit der Gabel die letzten Krümel seines Rühreies mit Krabben vom Teller gepickt hat.

Als der junge Mann daraufhin schüchtern nickt, huscht ein zufriedenes Lächeln über Renas pausbäckiges Gesicht. Die Vierzigjährige schiebt dem Fremden einen Becher dampfenden Friesentee über ihren schmalen Küchentisch: »Wie heißt du?«, möchte sie von ihm wissen. »Ich darf doch du sagen?«

Der Bengel ist höchstens zwanzig Jahre alt.

Ihr Gegenüber nickt abermals. Mir egal, denkt er. Sag von mir aus, was du willst. Seinen Namen verrät er Rena trotzdem nicht.

Woher weiß ich, ob ich der Frau vertrauen kann?

Dass er sich bei ihr anscheinend in Sicherheit befindet, ist nur ein schwacher Trost für ihn. Sein Geld ist weg, ebenso sein Ausweis und sämtliche andere Papiere, die er bei sich trug. Während er mit angewinkelten Knien auf dem Stuhl kauert und vorsichtig den heißen Tee schlürft, trägt er lediglich ein Badetuch um die schmalen Hüften gewickelt. Ihm angebotene Kleidung aus dem Schrank der korpulenten, blonden Frau, die ihn am Nachmittag halb erfroren in den Dünen aufgelesen und mit in die schicke Reetdachvilla genommen hat, mochte er nicht anziehen.

Seine eigenen Sachen hängen zum Trocknen im Bad über der Heizung. Sie wurden von dem Dauerregen, der auf ihn niedergeprasselt ist, als er bewusstlos am Strand lag, vollkommen durchnässt.

An der Ostsee schneit es im Winter zum Glück eher selten.

Wer weiß, ob mich Rena sonst gefunden hätte.

Bis morgen früh wäre ich erfroren.

Was habe ich nur an dem verdammten Strand gewollt?

Und wo ist das Mädchen?

Müde blickt er zu seiner Retterin hoch, die sich jetzt von ihrem Stuhl erhebt, seinen leeren Teller an sich nimmt und in die Spüle stellt.

»Ich muss gleich im Nebenzimmer arbeiten«, sagt sie, während sie sich die Hände gründlich mit Flüssigseife wäscht. »Daher werde ich dich jetzt für mindestens eine Stunde allein lassen.«

Sie deutet mit einer energischen Kopfbewegung zum Durchgang in die Wohnstube: »Mach es dir dort auf der Couch bequem und nimm dir ruhig eine Wolldecke. Du musst hier nicht den Helden spielen.« Mitfühlend schaut sie zu dem vor Kälte zitternden Fremden an ihrem Küchentisch.

Dann überlegt sie. Renas gemütliches Gesicht bekommt dabei einen strengen Ausdruck. Unwillkürlich zuckt der junge Mann vor ihr kurz zusammen.

Plötzlich tritt sie näher, beugt ihren Kopf dicht an seine blassen, von dunkelbraunen Locken eingerahmten Wangen und droht ihm mit dem Zeigefinger: »Mach keinen Blödsinn«, warnt sie, »und stör mich bitte nicht, wenn ich telefoniere. Falls du etwas benötigst, klopf einfach leise an die Zimmertür. Ich komme, sobald es mir möglich ist, zu dir heraus. Verstanden, Junge?«

»Okay«, nuschelt er. Dann stützt er sich mit den Ellenbogen vom Tisch ab, um seinen geschwächten Körper zu erheben. »Ich leg mich jetzt mal aufs Sofa.

Danke fürs Essen«, sagt er und steht auf.
Er schleppt sich über den Fliesenboden in der Küche und torkelt dann weiter durch die offene Tür in die Stube hinein. Wie ein Ertrinkender, der nach einem rettenden Ring greift, streckt er seine dünnen Arme der Couch entgegen und lässt sich erschöpft auf die Polster fallen.
Endlich Ruhe.
»Warte mal! Ich muss dir etwas sagen«, ruft ihm die Frau hinterher, aber er hört es nicht mehr.

Montag

2. Kapitel

Brr! Oberkommissar Niklas Lux schüttelt sich einmal kräftig vor dem Eingang zur Dienststelle der Kripo Laboe. Ihm ist das Regenwasser im Schwall in den Kragen seiner Wetterjacke hineingelaufen.
Für einen Moment trauert er dem Besuch bei seinen Eltern und seiner Schwester Frieda in Süddeutschland nach und erinnert sich mit einem Anflug von leiser Wehmut an die herrlichen Spaziergänge durch die winterliche Landschaft.
Na, egal. Das norddeutsche Schietwetter ist eben nichts für Weicheier, denkt der sportliche Sechsundvierzigjährige, der auch heute, trotz des Dauerregens, mit seinem Rennrad zur Arbeit gefahren ist.
Als er die Außentreppe des blau getünchten Jugendstilgebäudes hinaufsteigt und auf das verwitterte Schild mit der Aufschrift »Kriminalpolizei Laboe – Außenstelle der Bezirkskriminalinspektion Kiel«

schaut, fasst er den ersten guten Vorsatz für das gerade beginnende neue Jahr.

Es ist ja nicht mehr mit anzusehen, wie das Schild an losen Schrauben an der Fassade hängt und tapfer Wind und Wetter trotzt.

Das rostige Ding muss erneuert werden.

Aber wahrscheinlich scheitert es wieder an den Kosten.

Und wenn ich selbst eins male?, überlegt Niklas und muss grinsen.

Sein Freund Holger würde sich kaputtlachen.

Womöglich wird er sogar versuchen, es mir abzukaufen, um es in seiner Galerie in Berlin zu versilbern.

Niklas muss gleich wieder an die Silvesterfeier in der Berliner Altbauwohnung seines Freundes und Galeristen denken. Auch während der Party hatte Holger erneut versucht, ihn zu überzeugen, mit seinen Gemälden wieder richtig viel Geld zu verdienen.

Holger kann es einfach nicht verwinden, dass ich mit meiner Zeit als Kunstmaler abgeschlossen habe.

Die Geschichte mit dem Bild für Sinje war eine absolute Ausnahme und außerdem ein Notfall wegen ihrer finanziellen Schieflage.

Keine Frau der Welt wird mich jemals wieder dazu bringen, hat Niklas sich anschließend geschworen.
Die Feier bei seinem Freund hatte aber auch etwas Gutes für ihn. Sein Kummer um die gescheiterte Beziehung mit der Kinderärztin Sinje ist seitdem endgültig verflogen, und der Grund dafür ist vierunddreißig Jahre alt und heißt Dana Paulsen. Mit ihr hat Niklas eine aufregende Silvesternacht verbracht, die er im neuen Jahr unbedingt wiederholen möchte.

Auch Dana hat sich in ihn verguckt und vorgeschlagen, sich sobald es geht zu treffen, aber Niklas möchte es dieses Mal langsam angehen lassen. Er grübelt kurz und schmunzelt anschließend in sich hinein.

Das wäre dann bereits mein zweiter guter Vorsatz.

Einer reicht, finde ich.

Ich glaube, ich rufe Dana heute Abend an.

Vielleicht kommt sie aus Berlin hoch zu mir an die Ostseeküste.

Als freie Journalistin kann sie flexibler über ihre Zeit verfügen als ich.

Niklas dreht sich unter dem Vordach der Hauseingangstür des Dienststellengebäudes noch einmal kurz um und schaut nachdenklich in den verregneten, dunkelgrauen Himmel hinauf.

Mit sonnigem Winterwetter werde ich sie leider nicht herlocken können.

Ach, wenn es weiter so schüttet, bleiben wir eben in der Wohnung.

Das wäre mit der temperamentvollen Dana nicht die schlechteste Alternative.

Sofort entstehen Bilder in seinem Kopf. Entschlossen klopft sich Niklas jetzt das Regenwasser von der Jacke.

Ich muss mich mal wieder auf den Job konzentrieren.

Am ersten Tag nach dem Urlaub ist die Umstellung nicht ganz einfach. Heute Morgen bin ich echt schlecht aus dem Bett gekommen und werde mit Sicherheit im Büro der Letzte an Bord sein.

Na, was soll's, wenn ich alle meine Überstunden abbummeln müsste, dürfte ich bis Ende des Monats durchschlafen. Wir haben ohnehin aktuell keinen schweren Fall zu klären.

Nach seiner Rückkehr aus Berlin, Ende letzter Woche, hat sich Niklas sicherheitshalber bei der Leiterin der Kripo-Außenstelle, Hauptkommissarin Gesa Bähr, erkundigt, was so anliegt. Bisher ist es im neuen

Jahr ruhig geblieben, hat Gesa ihm Freitagabend am Telefon versichert, wenn man die weiterhin bestehende Aufregung um die anonymen Geldgeschenke, die vor Weihnachten unter den Küstenbewohnern verteilt wurden, nicht mitrechnet.

Niklas schüttelt den Kopf, wenn er sich daran erinnert.

Wer hat sich das denn nur wieder ausgedacht?

Als er seinen alten Freunden und Bekannten in Berlin davon berichtete, überlegten einige im Scherz, ihren Wohnsitz hoch an die Ostseeküste zu verlegen.

»Moin, Kollege!« Polizeimeister Iversen von der Schutzpolizei im Erdgeschoss reißt plötzlich die schwere Eingangstür von innen auf und Niklas aus seinen Gedanken. »Gesundes Neues!«, brummt Iversen in seinen Vollbart und lässt den Oberkommissar an sich vorbei in den Hausflur eintreten.

»Ebenso!«, erwidert Niklas freundlich und reicht Iversen die Hand. »Ich hoffe, Sie sind gut reingerutscht.«

»Bin ich, bin ich! Bist aber spät dran heute, Oberkommissar Lux«, wundert sich Iversen. »Sogar die Bärin ist schon oben in ihrer Höhle.« Er lacht und zeigt auf die Treppe zum ersten Obergeschoss, wo sich die Büros der Kripo Laboe befinden.

Niklas wirft einen kontrollierenden Blick auf seine Smartwatch. »Ja, gut, es ist bereits nach neun«, gibt er zähneknirschend zu. »Dann werde ich mal auf den letzten Metern den Turbo einschalten.«

Kopfschüttelnd schaut Iversen hinterher, wie der 1,90 m große, athletische Niklas mit seinen langen Beinen gleich mehrere Stufen auf einmal nimmt.

Ruhig Blut, Lux, denkt der erfahrene Polizeimeister und grinst.

Die Arbeit läuft dir bestimmt nicht weg.

Niklas hält sich noch keine zwei Minuten im Großraumbüro der Kripo Laboe auf und hat es gerade erst geschafft, seine Teamkollegen Kriminalobermeisterin Lisa Rückert und Kriminalmeister Voß zu begrüßen, da ist ihm Iversen, diesmal in Begleitung des Polizeischülers Lasse, erneut auf den Fersen.

Iversen schnauft. Er ist völlig außer Atem geraten. »Sorry«, keucht er, denn Niklas hätte beinahe die Tür an die Schulter bekommen. Nachdem er seine triefend nasse Jacke auf einen Bügel an der Garderobe aufgehängt hat, stand er genau vor dem Eingang, als Iversen, ohne anzuklopfen, in den Großraum hineinstürmte.

»So schnell sieht man sich wieder, Oberkommissar«, meint der Polizeimeister und zwinkert Niklas entschuldigend zu. »Euern Lasse habe ich auch gleich wieder mit hochgebracht. Den werden ihr jetzt selbst dringender benötigen.«

»Das heißt, es gibt einen neuen Fall für uns, Iversen?«, ruft Stefan Voß hinter seinem Bildschirm durch das Büro.

Iversen nickt. »Wir haben eben einen Notruf hereinbekommen. Eine Reinigungskraft der Firma Blitzblanke Küste hat in einer Privatvilla angeblich eine Tote entdeckt. Sie ist sich sicher, dass die Frau nicht mehr lebt. Wir haben natürlich trotzdem einen Notarzt hingeschickt, der das zweifelsfrei feststellen muss.«

»Woraus schließt ihr, dass wir sofort benötigt werden, also dass es sich um ein Verbrechen handelt?«, fragt Lisa, die von ihrem Platz aufgestanden ist. Sie geht nach vorn zum Empfangstresen zu Iversen und

Lasse, während Niklas schnell zu den Büros der Kommissare läuft, um Gesa zu benachrichtigen.

»Die Tote hat eingetrocknetes Blut am Kopf und einen Hundert-Euro-Schein im Mund, berichtete die Putzfrau am Telefon. Außerdem sieht es in der Wohnung verwüstet aus.«

»Also ein Einbruch«, vermutet Lasse forsch.

Lisa widerspricht: »Warum dann der Geldschein im Mund des Opfers? Der ist doch eher eine Botschaft.«

Ihr Kollege Stefan Voß stimmt Lisa zu. »Sehe ich genauso.«

Gesa und Niklas sind inzwischen über den Flur in den Großraum geeilt. Die Hauptkommissarin trägt bereits ihre Handtasche unter dem Arm und Niklas hält den Spurensicherungskoffer in der Hand.

»Welche Botschaft?«, erkundigt sich Gesa und nickt Iversen zu. »Moin, Kollege. Der Montag fängt ja gut an.«

»Kaum, dass der Oberkommissar aus dem Urlaub zurück ist«, gibt Lasse zum Besten, »sind es die Verbrecher ebenfalls.«

Gesa verdreht ihre grünen Augen.

Der Junge ist schon wieder in Form.

»Iversen!«, bittet sie. »Was ist passiert und vor allem wo? Bewältigt mein alter Dienstopel den Weg dorthin oder muss ich eure Fahrbereitschaft anfordern?«

»Nee, musst du nicht, Bärin«, versichert Polizeimeister Iversen der Hauptkommissarin und berichtet erneut von dem grausigen Fund, den die Putzkraft gemacht hat. »Das Haus steht in einer Top-Villenlage«, erzählt er weiter. »Es befindet sich in dem neuen Viertel am Dünenweg, Hausnummer 4. Den Eigentümern wurde eine extra Privatstraße bis zu ihren

Schmuckstücken genehmigt.« Iversens Gesicht verfinstert sich, während er spricht. »Da wurde vor Jahren beim Dünenschutz mal wieder ein Auge zugedrückt«, schimpft er. »Meine Frau war bei der entscheidenden Gemeinderatssitzung dabei. Geld regiert die Welt, hat sie im Anschluss geklagt, als sie und zwei weitere Mitglieder überstimmt wurden.«

»Hat die Putzkraft nicht von einer Wohnung gesprochen, in der die tote Frau liegt? Wie passt das Wort Wohnung zu einer Villenadresse?«, fällt Lisa auf.

Iversen kratzt sich nachdenklich den Bart: »Ja, das stimmt, Lisa.«

»Wahrscheinlich handelt es sich dann um eine Einliegerwohnung innerhalb der Villa«, vermutet Gesa. »Ich kenne das Nobelviertel. Unter der Adresse, die du eben genannt hast, Iversen, gibt es keine Mehrfamilienhäuser. Es sind alles einzelnstehende, reetgedeckte Villen mit Strandlage und Meerblick, die in den Dünen wie an einer Perlenkette aneinandergereiht wurden.«

Gesa zieht sich ihren Wintermantel über, den Niklas ihr inzwischen von der Garderobe geholt hat. »Meine nasse Jacke nehme ich lieber mit nach draußen«, meint er und öffnet die Tür vom Großraum, »die tropft zu stark. Bis später, Kollegen!«, ruft er und läuft mit dem Koffer in der einen und seiner Jacke in der anderen Hand die Treppe hinunter.

Gesa eilt ihm hinterher.

Hab ich es doch geahnt, denkt sie.

Einen Winter ohne Verbrechen hatten wir noch nie.

3. Kapitel

»Na, Niklas, das war es dann wohl mit einem entspannten ersten Arbeitstag«, meint Gesa zu ihm, während sie den betagten Dienstwagen an den mit Tannenzweigen abgedeckten Blumenkübeln vorbei über den Parkplatz vor dem Dienststellengebäude lenkt.

»Mhm«, erwidert Niklas lediglich, da er gerade krampfhaft darum bemüht ist, den Sitzabstand in dem alten Opel zu verstellen, damit er die Knie seiner langen Beine nicht als Ohrenschützer einsetzen muss.

Ungeduldig ruckelt er an dem widerspenstigen Hebel der Verriegelung.

In meinem Urlaub haben bestimmt Lisa oder Stefan hier gesessen.

»Sei vorsichtig«, bitte Gesa ihn, »der Mist klemmt schon wieder.«

»Im Ernst?«, stöhnt Niklas. »Nach meiner Erinnerung ist es erst gut ein Jahr her, dass der komplette Beifahrersitz ausgetauscht wurde.«

»Tja!«, Gesa verzieht pikiert die Mundwinkel. »Wenn alles Drumherum nichts taugt, nützt es auch nichts, dass einige Teile in neuem Glanz erstrahlen. Das ist nicht nur bei diesem motorisierten Vehikel so.«

»Hast du etwas Bestimmtes im Kopf?«, fragt Niklas, der Gesas Äußerung auf die Arbeit bezieht und sich wundert. »Gibt es etwa Ärger im Team?«

Sie wehrt sofort mit einem Lächeln ab. »Nein, nein! So meinte ich es nicht. Es geht um etwas Privates.«

Niklas, dem es endlich gelungen ist, den Beifahrersitz während der Fahrt aus der Arretierung zu lösen und nach hinten zu schieben, atmet erleichtert auf. Er streckt seine Beine aus und wendet sich an Gesa. »Wahrscheinlich ist es wegen deiner Tochter«, vermutet er.

»Erraten. Svenjas australischer Freund ist charakterlich eine einzige Katastrophe!« Wütend haut Gesa mit ihren zarten Fäusten auf das Lenkrad. Der Wagen macht auf der zum Glück leeren Straße einen Schlenker.

Niklas presst die Lippen aufeinander und schaut die Hauptkommissarin tadelnd von der Seite an.

»Ich weiß«, stöhnt sie, »ich habe mir für das neue Jahr fest vorgenommen, meine Emotionen während des Autofahrens besser im Griff zu behalten.«

»Mhm«, antwortet Niklas nur.

Das klappt ja gerade wieder prima.

»Wie lange bleibt Svenja denn zu Besuch?«, fragt er.

Gesa winkt ab, lässt aber ihre andere Hand am Lenkrad und ihren Blick nicht von der Straße. »Sie und ihr Freund Martin sind schon vor Silvester nach Australien zurückgeflogen, da sie das neue Jahr in Sydney begrüßen wollten. Svenja wird im Frühjahr dort mit dem Studium anfangen«, berichtet Gesa traurig. »Jetzt sehe ich mein einziges Kind wieder ein halbes Jahr nicht, Niklas. Ich habe kein gutes Gefühl. Dieser Martin passt nicht zu ihr.«

»Hast du konkrete Gründe oder ist es eher so ein allgemeiner Eindruck?«, erkundigt sich Niklas behutsam.

»Genau dasselbe hat meine Schwester Hilde auch gefragt. Ich kann es nicht so richtig erklären. Mein Mutterinstinkt fühlt, dass er nicht zu Svenja passt. Heute Abend werde ich mit Hilde in Ruhe darüber reden. Mein Schwager Gerd meint ohnehin, ich sehe alles zu pessimistisch.«

Niklas, der Gesa auf andere Gedanken bringen und

den Fokus langsam wieder auf die Ermittlungen lenken möchte, erkundigt sich jetzt danach, was aus der vorweihnachtlichen Aktion mit den anonymen Geldgeschenken geworden ist.

»Ach, hör bloß auf, Niklas!«, ruft sie. »Einige Übervorsichtige haben sogar angerufen, um zu fragen, ob sie das Geld behalten dürften, falls sie beschenkt werden.«

»Wie viel war das denn so im Einzelnen?«

»Darüber existieren nur Gerüchte. Aber Hilde erzählte mir im Vertrauen, sie hätte 5000 Euro erhalten.«

Niklas pfeift leise durch die Zähne. »Ach, deine Schwester hat ebenfalls eine Spende bekommen? Wusste ich gar nicht.«

»Ja, sie hat es mir auch erst am zweiten Weihnachtstag gebeichtet. Irgendwie ist es ihr peinlich. Dabei hat sie es wirklich verdient. Seit über zwanzig Jahren engagiert sich Hilde in der Obdachlosenhilfe und versorgt das Seemannsheim mit kostenlosen Medikamenten.«

»Das klingt logisch«, stellt Niklas fest. »Obwohl sich die Beschenkten bislang bedeckt gehalten haben, munkelt man, die Spenden sollen nur an Empfänger gegangen sein, die Gutes für die Allgemeinheit getan haben. Da war ein echter Wohltäter am Werk«, schlussfolgert er.

»Oder Wohltäterin«, ergänzt Gesa und schaut ihn streng an.

»Ja, meine ich doch. Aber ich finde es trotzdem merkwürdig und glaube, dass das Geld aus unsauberen Quellen stammt. Warum sonst diese Heimlichtuerei mit den anonymen Briefkuverts?«

»Und wenn schon«, widerspricht Gesa, »geschenkten

Fisch schubst man nicht wieder vom Tisch.«

Niklas schmunzelt. »Heißt das nicht, einem geschenkten Gaul schaut man nichts ins Maul, Gesa?«, fragt er. Inzwischen hat er sich an ihre Vorliebe, bekannte Redewendungen abzuwandeln, gewöhnt und kennt einige davon. *Diese ist neu.*

»Kann sein, dass es Gaul heißt«, gibt sie zu. »Ich finde aber, Fisch passt besser zu uns an der Küste.«

Zehn Minuten später werden Gesa und Niklas am Eingang der reetgedeckten weißen Strandvilla durch einen Kriminaltechniker aus dem Team von Uwe Feddersen begrüßt. Der Kollege möchte weiteres Spurensicherungsmaterial aus dem Auto holen und ist dabei, einen überdimensionalen Regenschirm aufzuspannen, damit sein Schutzanzug nicht nass wird. »Moin Gesa, willkommen Kollege Lux!«, empfängt er die beiden. »Uwe wartet schon auf euch. Geht bitte ins Souterrain, dort befindet sich die Einliegerwohnung mit der Toten.«

Gesa und Niklas erwidern den Gruß und huschen schnell an dem Beamten der KT vorbei, in den Flur der Villa, von dem zwei Türen zu nummerierten Wohnungen abgehen und eine Treppe in das tiefer gelegene Geschoss mit der Souterrainwohnung führt.

»Da lag ich doch mit meiner Vermutung, dass es sich um eine Einliegerwohnung innerhalb der Villa handelt, goldrichtig«, meint Gesa, während sie die Treppe hinuntergeht. »Ich wundere mich nur, dass hier vermietet wird. Hast du die Nummern an den beiden anderen Eingangstüren im Hausflur gesehen, Niklas? Das bedeutet, dass es sich womöglich um Ferienwohnungen handelt.«

»Was wäre daran auffällig?«, wundert sich Niklas. »Im

Ort wimmelt es doch davon. Ich glaube, es gibt inzwischen mehr Urlaubsquartiere als Wohnraum für die Einheimischen. Das habe ich am eigenen Leib erlebt, als ich auf der Suche nach einer Bleibe war.«

Gesa bleibt kurz auf der Treppe zum Souterrain stehen: »Gerade deshalb gibt es inzwischen strengere Vorschriften. Meines Wissens ist dieses Villenneubaugebiet ein reines Wohngebiet und für die gewerbliche Vermietung von Ferienunterkünften nicht vorgesehen. So stand es jedenfalls damals, vor drei Jahren, im Bebauungsplan, der für alle in der Gemeinde auslag. Ich erinnere mich genau an das Gespräch, das ich mit unserer Tourismusverantwortlichen Jutta Petersen geführt habe. Ihr gegenüber hatte ich gleich meine Bedenken geäußert, ob das später alles durchzusetzen sei.«

Niklas zieht hörbar Luft durch die Nase. »Gesa«, sagt er, »wir sind aber nicht vom Ordnungsamt, sondern haben ein Tötungsverbrechen aufzuklären. Nun lass uns mal runter in die Wohnung und hören, ob Uwe schon fündig geworden ist. Der Notarztwagen steht auch noch auf dem Parkplatz vor der Siedlung. Das bedeutet, der Arzt wird uns sprechen wollen. Die Zeugin, die das Opfer gefunden hat, müssen wir ebenfalls befragen.«

Gesa schnieft laut. »Hast ja recht«, erwidert sie und geht nun zügig die restlichen Stufen hinunter.

»Rena Schwender« steht an der Eingangstür.

»Na, diese Wohnung scheint dauerhaft vermietet zu sein«, kombiniert Niklas. Wegen des starken Regens waren er und Gesa sofort in die Villa gerannt, zumal der Kollege von der Kriminaltechnik ihnen die Tür aufgehalten hat. Wir haben gar nicht auf das Klingelschild geschaut, stellt Niklas im Nachhinein fest, während er in seinen Schutzanzug schlüpft.

Gesa springt vor ihm auf einem Bein herum. Sie hat sich im Ärmel ihres Anzugs verheddert. »Halt mal bitte meine Handtasche!«, bittet sie Niklas. »Der Stoff meines Anzugs klebt wieder so fest aneinander, da benötige ich spitzere Fingernägel, um die Bahnen zu lösen.«

»Nähte anhauchen hilft«, schlägt Niklas ihr vor.

Nachdem Gesa endlich fertig angezogen ist, klopft er sofort an die Wohnungstür.

Uwe Feddersen öffnet den beiden Kommissaren und mustert diese kritisch von Kopf bis Fuß.

»Moin, Uwe! Keine Sorge, wir sind komplett und gut verpackt!«, behauptet Gesa hinter ihrem Mundschutz. »Nun lass uns mal rein in die weniger gute Stube.«

»Moin, ihr zwei!«, grüßt Uwe freundlich. »Wir sind schon fleißig am Spurensichern. Davon gibt es dieses Mal allerhand. Wir werden vielleicht sogar bis zum Abend benötigen.«

»Oha, viele Spuren! Viel Arbeit für euch, aber gut für unsere Ermittlungen«, freut sich Gesa und sprudelt sofort los: »Wie kommt es, dass ihr heute so zeitig am Tatort seid, Uwe? Bei dem Leichenfundort handelt es sich doch um den Tatort, oder? Hast du schon erste Erkenntnisse für uns?«

Uwe Feddersen atmet kurz durch: »Welche deiner Fragen soll ich denn als Erstes beantworten?«, scherzt er.

Gesa zuckt nur mit den Achseln.

»Also gut, ich versuche es der Reihe nach«, meint Uwe. »Mein Kollege und ich waren gerade wegen eines Einbruchs im Nachbarrevier angefordert worden und bereits auf dem Weg, als Stefan Voß von eurer

Dienststelle anrief, sodass wir praktisch nur noch abbiegen mussten und dann quasi fünf Minuten später vor Ort waren. Du hast recht, Gesa, das ist heute unsere neue Rekordzeit. Wie wir schon feststellen konnten, ist der Fundort auch gesichert der Tatort. Die Frau ist seit gestern Abend tot, das hat uns der Notarzt bestätigt. Er wartet mit der Reinigungskraft, die das Opfer als die Bewohnerin Rena Schwender identifizierte, in der Küche der Wohnung. Dort haben wir die Spurensicherung bereits abgeschlossen. Im Wohnzimmer sind wir noch dabei. Hier ist die Frau zu Boden gegangen und zu Tode gekommen. Ich vermute, durch einen Schlag oder Sturz auf den Hinterkopf. Es sieht nach einem Kampf aus. Außerdem wurden die Schränke durchwühlt.«

»Und was ist mit dem Geldschein?«, möchte Niklas wissen. »Die Tote soll einen Hundert-Euro-Schein im Mund stecken haben.«

»So ist es«, bejaht Uwe. »Nun kommt mal weiter und macht euch selbst ein Bild. Aber nur kurz. Wir haben viel zu tun. Ihr könnt in der Zwischenzeit die Zeugin und den Arzt befragen.«

Gesa schmunzelt heimlich.

Toll, wie Uwe die Arbeit für uns einteilt.

Aber die Hauptkommissarin kennt den leitenden Kriminaltechniker schon viele Jahre und arbeitet hervorragend mit ihm zusammen. Sie weiß, wie Uwe es meint, und folgt ihm in den Raum mit der Toten.

Gesa und Niklas müssen dort zu ihrem Bedauern einen halben Meter vor dem Türrahmen stehenbleiben.

»Sorry«, entschuldigt sich Uwe, »ich habe euch ja angekündigt, dass ihr nur einen flüchtigen Blick auf die Frau werfen könnt. Wir müssen erst die Spuren des Kampfgeschehens erfassen.«

»Okay.« Niklas stöhnt leise, dann reckt er den Hals, um über Gesas braunen Wuschelkopf hinwegsehen zu können.

Hier sieht es in der Tat wüst aus.

Die aufgeschlagene Wolldecke auf der dunkelblauen Couch deutet darauf hin, dass dort vor Kurzem jemand gelegen hat, fällt Niklas auf.

Vielleicht ist die Frau im Schlaf überrascht worden.

Gesa stößt ihn an. »Wollen wir doch lieber erst in die Küche gehen und die Zeugin befragen?«

Niklas willigt ein. »Wir erkennen in dem Chaos ja ohnehin kaum Details.«

Ich hätte das Opernglas mitnehmen sollen, das mir die Eltern zu Weihnachten geschenkt haben.

Dann käme das unnütze Ding wenigstens zum Einsatz.

Das ist so typisch, teure Geschenke, an die Erwartungen geknüpft sind, wie ich mein Leben zu führen habe.

Leicht verstimmt folgt Niklas der Hauptkommissarin über den Flur.

Kaum sind er und Gesa in der Küche angekommen, erhebt sich der Notarzt sofort von seinem Stuhl und überreicht Gesa den ausgefüllten Totenschein und sein Protokoll. »Steht alles hier drin«, nuschelt er und verabschiedet sich kurzerhand von ihr und Oberkommissar Lux. Er wirkt sehr betroffen. »Ich muss dann mal wieder«, sagt der Mann leise und verzieht die Mundwinkel nach unten. »Meinem nächsten Patienten werde ich hoffentlich helfen können.«

Niklas geleitet den Arzt zur Haustür, denn dessen Reaktion erstaunt ihn. »Kannten Sie die Tote, Herr Dr. Bleibtreu?«, fragt er.

Für einen Notfallmediziner wirkt er mir zu mitgenommen.

»Nein, nein!«, erwidert der Arzt und schüttelt vehement den Kopf. »Wie kommen Sie denn darauf?«, entrüstet er sich und humpelt eilig in Richtung Parkplatz.

Erstaunt blickt ihm Niklas nach.

Im Haus ist es gar nicht aufgefallen, dass der Doktor sein rechtes Bein nachzieht.

4. Kapitel

»Danke, dass Sie so lange gewartet haben«, meint Gesa zu Else Reuter, die mit hochrotem Gesicht in der Küche der Getöteten sitzt.

Auch Niklas nimmt, nachdem er den Notarzt zur Tür gebracht hat, neben Gesa, gegenüber der Zeugin Platz.

»Sie sind zweiundsechzig Jahre alt und arbeiten für die Firma Blitzblanke Küste, haben mir die Kollegen von der Schutzpolizei notiert. Ist das richtig so, Frau Reuter?«, beginnt die Hauptkommissarin mit der Befragung.

Else Reuter nickt und knetet aufgeregt ihre kräftigen Hände. »Ich bin schon zwanzig Jahre dabei«, lamentiert sie, »aber so etwas ist mir noch nie passiert. Die arme Frau Schwender.«

»Kannten Sie die Tote näher?«, erkundigt sich Niklas sogleich.

»Was heißt schon näher? Sie war ja meistens nicht da, wenn ich geputzt habe. Ich besitze einen Schlüssel«, erwidert Else und schnieft laut. »Zu Frau Schwender komme ich normalerweise immer am Freitagnachmittag. Heute Morgen wollte ich die beiden Ferienwohnungen in der Villa reinigen und mir dafür die Putzmittel aus dem Wirtschaftsraum im Souterrain hochholen. Als ich bemerkte, dass die Wohnungstür der Frau Schwender nur angelehnt war, habe ich kurz geklopft. Anschließend noch laut gerufen, und als sich dann immer noch niemand gemeldet hat, bin ich rein, um nachzusehen«, berichtet Else Reuter. Über ihr kantiges Gesicht rollen Tränen. »Wer tut denn so etwas Schreckliches?«, ruft sie verzweifelt. »Frau Schwender war eine herzensgute Seele. Die hat sich doch so um andere gekümmert, und das völlig uneigennützig.«

»Inwiefern? Wie meinen Sie das?«, hakt Gesa nach.

»So genau weiß ich es auch nicht. Aber ich glaube, sie war jemand, der am Telefon ein offenes Ohr für Leute in Not hat.«

»Eine Seelsorgerin?«, fragt Niklas.

»Ja, ja«, Else Reuter nickt eifrig. »So nennt man diese Menschen wohl. Meiner Nichte hat sie auch einmal aus der Bedrängnis geholfen. Die arbeitet als Kellnerin und wurde von einem aufdringlichen Gast zuerst persönlich und später mehrmals am Telefon belästigt.«

»Interessant«, murmelt Niklas, der weiß, wie schwer es selbst der Polizei fällt, Stalker in Schach zu halten. Viele von denen umgehen die Vorschriften einer Gefährderansprache, und die Beamten sind machtlos, bis etwas passiert. *Ein Riesendilemma ist das.*

»Wie hat Frau Schwender es denn so schnell bewerkstelligt, dass ihre Nichte nicht mehr verfolgt wurde?«, möchte Niklas daher von der Zeugin erfahren.

»Soviel mir bekannt ist, arbeitete sie mit einem Anwalt zusammen. Dessen Visitenkarten liegen in dem Hängeschrank über der Spüle, oben links, in einem leeren Zuckerbecher. Ich weiß das, weil ich letzte Woche die Schränke ausgewischt habe und mir der Becher entgegenrutschte. Genau so eine Karte, wie in dem Becher liegen, hatte meine Nichte von Frau Schwender erhalten. Sie durfte mir aber nicht mehr darüber erzählen.«

»Verstehe«, erwidert Niklas.

Else Reuter nickt. »Ist ja auch egal. Hauptsache, der Spuk hatte ein Ende, haben wir in der Familie gedacht.«

»Es wäre trotzdem hilfreich, wenn Sie uns die Kontaktdaten Ihrer Nichte notieren, falls wir sie als Zeugin befragen wollen.«

»Muss das sein?«

»Ja«, bestätigt Gesa Else Reuter. »Es ist wichtig, das gesamte Umfeld der Getöteten auszuleuchten. Sie möchten doch, dass die Person, die für den Tod der armen Frau verantwortlich ist, so schnell wie möglich gefasst wird, oder?«

»Ja, natürlich möchte ich das«, versichert Else Reuter eilig und beginnt augenblicklich damit, das Formular, das ihr Niklas zusammen mit einem Stift über den Küchentisch geschoben hat, auszufüllen.

Gesa steht derweil auf und öffnet den Küchenschrank.

Das Innere der einzelnen Schränke ist zwar nicht von der KT durchsucht worden, aber es besteht vorerst auch keine Veranlassung dazu.

Ohnehin sind Uwe und seine Jungs im Wohnzimmer bis zum Abend ausreichend beschäftigt.

Else Reuter verfolgt von ihrem Stuhl aus, wie Gesa prüfend in den Schrank hineinschaut.

»Weiter hinten müssen Sie suchen! Hinter den Nudelbehältern. Die Zuckerdose ist kleiner.«

Endlich hat Gesa die weiße Keramikdose entdeckt und zieht diese behutsam an dem Geschirr vorbei nach vorn.

»Dr. Sebastian Kellinghusen«, liest Gesa laut vor, nachdem sie die Dose geöffnet und eine der Visitenkarten herausgenommen hat. »Handelt es sich um diesen Anwalt? Hat er Ihrer Nichte geholfen?«, fragt sie Else Reuter.

»Zeigen Sie mal bitte her«, antwortet Else. »Es war ein Herr Doktor, ja das stimmt«, überlegt sie und dreht die Karte mehrmals zwischen ihren von scharfen Reinigungsmitteln angegriffenen Fingern. »Und«, bestätigt sie kopfnickend, »die Visitenkarte war mit genauso einer goldig glänzenden Schrift bedruckt worden.« Behutsam fühlt sie die Erhebung auf dem edlen Papier und lächelt: »Die Buchstaben hoppeln ein wenig unter den Fingerspitzen. Das war mir aufgefallen.«

Niklas betrachtet die in hochwertigem Prägedruck angefertigten Visitenkarten des Anwalts nun ebenfalls genauer.

Dem Herrn werden wir umgehend einen Besuch abstatten. Sicher weiß er mehr über die getötete Frau als deren Reinigungskraft.

»Danke schön, Frau Reuter«, sagt er zu ihr. »Sie haben uns schon weitergeholfen. Bitte vervollständigen Sie noch diesen Fragebogen. Wir benötigen die Kontaktdaten Ihres Arbeitgebers, wegen des Vertrags für Ihre Tätigkeit.«

»Hier ist nichts illegal!«, beschwört Else Reuter und feuchtet ihren Finger an, bevor sie diesen demonstrativ in die Höhe reckt.

»Natürlich«, beschwichtigt Niklas die aufgebrachte

Frau. »Das ist auch gar nicht Gegenstand unserer Befragungen. Trotzdem müssen wir wissen, wer die Besitzer der Ferienwohnungen sind, die Sie heute putzen sollten.«

Else Reuter reißt ihre großen grauen Augen auf: »Das ganze Anwesen gehört der gnädigen Frau.«

Gesa verzieht pikiert den Mund.

Gnädige Frau. Wo leben wir denn?

Doch Else Reuter nickt ehrfürchtig: »Frau Schwender hat auch nur von ihr gemietet und nannte die Dame jedenfalls so. Ich habe mal ein Telefonat mitbekommen. Wer die Gnädige ist, das müssen Sie meine Chefin von der Blitzblanken Küste fragen. Mich interessiert so etwas nicht.«

»Okay, das werden wir«, meint Niklas und macht sich kurz Notizen. »Wann haben denn die letzten Gäste die Ferienwohnungen verlassen?«

»Ach, das ist schon eine Woche her. Gleich nach Silvester«, gibt Else Reuter zu. »Ich habe die Endreinigung nicht eher geschafft. Meine Chefin lässt mir da freie Hand, und sofort wieder vermietete Objekte stehen bei uns im Putzplan nun mal obenan. Daher hinke ich mit diesem Haus etwas hinterher.«

»Dabei wird es vorerst auch bleiben, Frau Reuter«, sagt Gesa zu ihr. »Wir werden die Strandvilla versiegeln. Es handelt sich um einen Tatort, und wenn wir mit der Eigentümerin Kontakt aufgenommen haben, werden wir auch die anderen beiden Wohnungen überprüfen. Danke für Ihre Auskünfte. Sie hören von uns, falls weitere Fragen auftauchen.«

Else seufzt erleichtert. »Das heißt, ich darf jetzt gehen?«

Niklas reicht ihr seine Visitenkarte. »Bitte melden Sie

sich frühestens ab morgen Mittag in unserer Dienststelle, um das Protokoll Ihrer Befragung zu unterschreiben.«

Else steckt die Karte in die Brusttasche ihrer Bluse. »Das tue ich. Selbstverständlich ... wenn man helfen kann.« Sie schüttelt traurig den Kopf. »Kann ich mich denn bei meiner Arbeit noch sicher fühlen?«, jammert sie. Nachdem sie aufgestanden ist, hilft Niklas ihr in den Mantel. Am Etikett im Kragen erkennt er den Designer.

Ein sündhaft teures Stück und keine Raubkopie.

Das fühle ich an dem edlen Stoff.

Else Reuter bemerkt das Zögern des Oberkommissars.

»Auf Wiedersehen!«, sagt sie schnell und verlässt die Küche.

Niklas und Gesa beratschlagen, wie sie jetzt am besten weiter vorgehen sollen.

»Lass uns als Nächstes bei Uwe im Wohnzimmer nachschauen, ob es etwas Neues gibt, und uns dann, um Zeit zu sparen, aufteilen«, meint Gesa.

»Okay. Ich kümmere mich um den Anwalt und du um die Chefin von der Blitzblanken Küste. Wir müssen dringend mehr über die Besitzerin der Villa erfahren«, erwidert Niklas.

»Aber von dem Anwalt erhoffe ich mir eher Auskünfte zu dem Opfer«, widerspricht Gesa, die mit der vorgeschlagenen Aufteilung hadert.

»Ja, natürlich«, bestätigt Niklas. »Ich dachte nur, du hast es nicht so mit Anwälten.«

Gesa grinst. »Und du mit Anwältinnen ...«, kontert sie.

Niklas winkt ab. »Bitte, Gesa! Ich möchte, was meine

Beziehungsgeschichten angeht, nur noch nach vorn schauen.«

»Oha!« Gesa lächelt schelmisch. »Gibt es da etwas, was ich wissen muss, äh darf?«, korrigiert sie sich zugleich.

»Vielleicht ... aber jetzt lass uns erst mal unseren Job erledigen.«

»Ja, ja, schon gut. Ich kümmere mich um die Reinigungsfirma und du nimmst Kontakt mit dem Anwalt auf.«

5. Kapitel

In einem unscheinbaren, mit schlichtem Rauputz versehenen Haus befindet sich in zweiter Reihe zur Strandpromenade von Laboe eine der inzwischen auf ein halbes Dutzend angewachsenen Zweigstellen der Firma »Mehr Service am Meer«.

Ein Name mit Programm. Darauf legt die Inhaberin der gleichnamigen Servicegesellschaft mit Hauptsitz in einem schicken, verglasten Kieler Büroturm allergrößten Wert. Während der Schulung ihrer Büroleiterinnen wird sie nicht müde, dies stets aufs Neue zu betonen. Die Damen sind alle über sechzig Jahre alt und aus dem aktiven Berufsleben ausgeschieden. Sie arbeiten jetzt auf Minijobbasis in der Verwaltung von »Mehr Service am Meer«, um das breit aufgestellte Angebot der Dienstleistungsgesellschaft zu koordinieren.

Die vierundsechzigjährige Inge Krabbe ist eine der Büroleiterinnen und glaubt inzwischen, dass sie den Job nur wegen ihres passenden maritimen Nachnamens erhalten hat. Denn wie sich Inge leider bereits nach einem halben Jahr eingestehen muss, ist sie restlos überfordert und schwimmt verzweifelt gegen den Strom ständig steigender Anforderungen.

Erst letzte Woche hat ihr Mann sie angefleht, den Job endlich sausen zu lassen.

Wahrscheinlich hat er recht.

Außerdem benötige ich das Geld gar nicht mehr so dringend.

Aber ich hatte mich so gefreut, wieder unter Menschen zu sein.

Doch wegen der vielen verschiedenen Dienstleistungen, die Inge managen soll, hat sie den Überblick verloren. Vor allem das ständige Improvisieren fällt der ehemaligen Kassiererin schwer, denn auch in ihrer hochgepriesenen Dienstleistungsfirma hapert es, wie überall, an fachkundigem oder zumindest arbeitswilligem Servicepersonal.

Da kann uns die gnädige Frau jede Woche zur Schulung schicken.

Soll sie sich mal selbst hierhersetzen.

Dann würde sie merken, was Sache ist.

In ihrem gläsernen Turm in Kiel bekommt die doch gar nichts mit von dem Chaos hier.

Zu viele Aufgaben und zu wenig Leute.

Neben der Durchführung von Reinigungstätigkeiten, Sicherheits- und Überwachungsdienstleistungen sowie von Urlaubsvertretungen für Büroarbeiten gehören das Austragen von Werbeflyern und Zeitungen zum bunten Portfolio der Firma »Mehr Service am Meer«. Vor einem Jahr wurde zusätzlich noch die Vermittlung von Nachhilfelehrern und professioneller Hausaufgabenbetreuung in das Programm aufgenommen.

Nervös blickt Inge auf die Uhr. Sie wartet auf Fiona. Eine sonst durch und durch zuverlässige Pädagogikstudentin, die in einem gehobenen Privathaushalt die Hausaufgabenbetreuung des zehnjährigen Sprösslings

übernehmen soll.
Dessen Vater ist Anwalt und die Mutter eine viel beschäftigte Schauspielerin.
Bestimmt zahlen die gut.
Die gnädige Frau kennt eben viele vermögende Leute.
Wo bleibt denn Fiona nur?
Inge schaut von ihrem Schreibtisch aus durch das mit Werbebotschaften und Fotos zufriedener Kunden reichlich dekorierte Schaufenster.
In zwei Stunden wird es finster.
Vorher schließe ich hier zu.
Im Dunkeln laufe ich jetzt nicht mehr allein nach Hause.
Plötzlich wird die Tür zu Inge Krabbes Ladenbüro aufgestoßen. Eine verschwitzte junge Frau mit verrutschter Pudelmütze und einem dreifach um den Hals geschlungenen, selbstgestrickten Schal betritt den Raum.
»Entschuldigen Sie meine Verspätung, Frau Krabbe«, prustet Fiona völlig außer Atem los. »In meiner Kieler Wohnung wurde während meines Urlaubs eingebrochen und ich musste warten, bis die Polizei kommt und alles aufnimmt.«
»Aber ...«, beginnt Inge.
»Ich weiß, ich hätte Sie anrufen können. Offen gestanden habe ich vor Schreck vergessen, in meine Nachrichten zu schauen, und gar nicht mitbekommen, dass ich mich heute Nachmittag für einen neuen Job vorstellen soll. Ein Freund hat mich mit dem Auto hergefahren. Mit dem Bus hätte ich es gar nicht mehr geschafft.«
»Ist ja schon gut«, meint Inge versöhnlich. Sie mag die freundliche fünfundzwanzigjährige Lehramtsstudentin Fiona. »Einen Kaffee kann ich dir aber nicht mehr anbieten, du musst sofort loslaufen«, sagt sie zu

ihr. »Es ist nicht weit. Da kannst du zu Fuß hingehen.«

»Worum handelt es sich denn genau? Welche Fächer sind gefragt?«

»Alle«, stöhnt Inge. »Der Kleine ist versetzungsgefährdet. Sein Halbjahreszeugnis ist nicht mehr zu retten. Er hat zu viele Fehlstunden angesammelt und schwänzte wohl ständig den Unterricht. Aber am Ende der vierten Klasse erwarten die Eltern eine Empfehlung zum Gymnasium für ihr Kind. Der Junge, Leon heißt er, ist schließlich soooo begabt.«

Fiona seufzt. »Ich weiß. Es hat bislang nur niemand bemerkt und die Lehrer sind alle unfähig.«

»So ist es.« Inge lacht. »Wird Zeit, dass du mit dem Studium fertig wirst, dann kannst du es besser machen. Aber nun lass den Herrn Doktor nicht länger warten.«

»Ein Ärztehaushalt?«

»Nein, der Herr Kellinghusen arbeitet als Rechtsanwalt. Seine Gattin ist Schauspielerin am Theater in Hamburg.«

»Interessant«, meint Fiona. »Na, ich werde schon mit dem kleinen Schulverweigerer fertig werden.«

»Da bin ich mir sicher.« Inge überreicht Fiona den Auftragsbogen und die von der Firma »Mehr Service am Meer« beglaubigten Zeugnisse und Beurteilungen der jungen Studentin. »Du bist doch unser bestes Pferd im Stall, behauptet die Gnädigste immer.«

Fiona presst ihre vollen Lippen aufeinander.

»Na, wenn die es sagt«, nuschelt sie auf dem Weg zur Tür. Dann dreht sie sich noch einmal zu ihrer Büroleiterin um und ruft fröhlich: »Tschüs, Inge! Ich bin dann mal los.«

6. Kapitel

Niklas ist an der Jugendstilvilla der Familie Kellinghusen angekommen und sichert sein Fahrrad vor dem Haus wie gewohnt mit einem dreifachen Kettenschloss.

Hoffentlich ist der Anwalt zu Hause.

Als der Oberkommissar in dessen Kanzlei angerufen hat, bekam er zur Auskunft, dass Dr. Kellinghusen wegen eines privaten Termins am Nachmittag zu Hause anzutreffen wäre. Wie lange, wusste die Rechtsanwaltsgehilfin selbst nicht genau. Niklas war es nicht gelungen, Herrn Kellinghusen auf seiner Mobilnummer zu kontaktieren. Er ist nun auf gut Glück mit dem Fahrrad zu dessen Privathaus geradelt, um ihn nach seiner Beziehung zu der ermordeten Rena Schwender zu befragen, in deren Küche er und Gesa einen Stapel seiner Visitenkarten gefunden haben.

Kaum hat Niklas zweimal den Klingelknopf an der historischen Fassade betätigt, wird die Haustür schwungvoll geöffnet und ein etwa zehnjähriger Junge mit blonden, bis über die Ohren gewachsenen, glatten Haaren mustert Niklas misstrauisch.

»Was willst du?«, fragt er und stellt sich breitbeinig in den Türrahmen. »Wir kaufen nichts«, verkündet er mit altkluger Miene.

»Leon!«, hört Niklas es plötzlich aus dem dunklen Flur hinter dem Kind rufen. »Geh bitte sofort zurück zu deiner Lehrerin!«

Eine reifere, hoch aufgeschossene Dame in grauem Kostüm stürmt auf ihren Absatzschuhen über das mit kunstvollen Intarsien verzierte Parkett.

»Sie wünschen?«, fragt sie Niklas und spitzt ihre schmalen Lippen beim »ü« so stark, dass sich ihr Mund zu einer Tülle verformt.

»Mein Name ist Niklas Lux. Ich bin Oberkommissar bei der Kripo Laboe und möchte Dr. Kellinghusen sprechen.«

Niklas zeigt der Frau seinen Dienstausweis. »Darf ich Ihren Namen bitte ebenfalls erfahren?«

»Niedermeier. Ruth Niedermeier«, antwortet sie und spricht jedes Wort dabei extra langsam und deutlich aus. »Ich bin die Hausdame der Kellinghusens.«

»Sehr gut«, lobt Niklas und schenkt Ruth Niedermeier ein strahlendes Lächeln.

Ich muss den Eisblock auftauen, denkt er, während er sich brav die Schuhe abputzt. Dann schaut er die Frau mit seinen stahlblauen Augen an: »Würden Sie mich bitte zu Herrn Kellinghusen führen?«

Ruth Niedermeier zögert kurz und überlegt.

Was für ein höflicher, gutaussehender Kommissar, denkt sie.

Was er wohl von Dr. Kellinghusen will?

Oder hat der Bengel etwas ausgefressen?

Wundern würde es mich nicht.

Niklas schaut der Hausdame erneut bittend in ihre kleinen Augen. Doch sie hat längst Gefallen an dem unerwarteten Besuch gefunden.

»Nun treten Sie erst einmal ein, Herr Lux«, sagt sie mit schmelzender Stimme. »Der Herr Kellinghusen hat leider vor dreißig Minuten das Haus verlassen, nachdem er mit der neuen Lehrerin für unseren Leon alles geregelt hatte.«

»Oh!«, erwidert Niklas enttäuscht.

»Na, vielleicht kann ich Ihnen weiterhelfen«, meint Ruth Niedermeier. »Zeit für einen guten Friesentee haben Sie doch noch, Herr Lux. Sie sehen verfroren aus«, stellt sie fest, als sie die gut durchbluteten Wangen im charismatischen Gesicht des Oberkommissars betrachtet.

»Ich bin mit dem Fahrrad hier«, erklärt Niklas ihr den Grund für seine frische Gesichtsfarbe.

»Sportlich, sportlich.« Frau Niedermeier zupft Niklas am Ärmel: »Kommen Sie, geben Sie mir Ihre Jacke, damit ich diese an die Garderobe hängen kann.«

Auf dem Weg in das Kaminzimmer, in dem Ruth Niedermeier ihm einen Tee servieren möchte, schaut Niklas interessiert durch die offene Wohnzimmertür. An einem riesigen Eichenholztisch sitzt der zehnjährige Sprössling der Familie, das Gesicht tief in einem dicken Buch vor sich vergraben. Auf dem Tisch liegen überall Hefte verstreut, und neben dem Kind, die junge, sehr hübsche Frau, wie Niklas sofort auffällt, wird seine neue Lehrerin sein.

»Erhält der Junior Privatunterricht?«, wundert sich Niklas, während er Frau Niedermeier in das Kaminzimmer folgt.

Sie verneint es. »Leon wird nur zusätzlich gefördert. Da scheuen seine Eltern keine Kosten. In dem normalen Schulunterricht wird doch heutzutage viel zu wenig vermittelt. Speziell begabte Kinder wie Leon kommen dabei einfach zu kurz«, nörgelt die Hausdame.

Niklas nickt höflich und denkt sich seinen Teil.

Früher nannte man es Nachhilfe, heute Begabtenförderung.

Frau Niedermeier seufzt laut. »Zum Glück bin ich nicht auch noch für diese Belange Leons zuständig«, stöhnt sie. »Ich kümmere mich wirklich um alles und jeden in diesem anspruchsvollen und viel beschäftigten Drei-Personen-Haushalt, aber die schulischen Angelegenheiten des Juniors müssen bitte außen vor bleiben, darum habe ich Dr. Kellinghusen bei meiner Einstellung vor über drei Jahren explizit gebeten. Damals wurde Leon gerade eingeschult ...« Sie stöhnt erneut laut. »Kinder, wie die Zeit vergeht. Bitte setzen Sie sich, Herr Lux!«, sagt sie und zeigt mit ihrer gepflegten Hand zu einem der drei Ledersessel vor dem Kamin. »Ich hole nur schnell den Teewagen. Nehmen Sie Zucker? Etwas Gebäck vielleicht dazu?«

»Ohne Zucker, aber gern mit einem Keks, wenn es keine Umstände bereitet.«

»Natürlich nicht, Herr Kommissar«, versichert Ruth Niedermeier, die Niklas' Anwesenheit zunehmend mehr zu genießen scheint.

Wahrscheinlich hat sie Langeweile, denkt er. Insgeheim ärgert er sich aber, den Hausherrn nicht angetroffen zu haben. Damit er nicht ganz umsonst hergefahren ist, hofft Niklas, von der gesprächigen Hausdame ein paar Informationen zu erhalten.

Sicher kann sie mir nicht die Fragen beantworten, die ich dem Anwalt stellen wollte.

Aber aus Erfahrung weiß Niklas, dass Hausangestellte, wenn sie denn erst einmal ins Plaudern geraten sind, zusätzliche Einblicke in das private Umfeld liefern, die der eigentliche Zeuge oder Verdächtige nicht von allein erwähnen würde.

Na, ich lass mich überraschen.

So ein gemütlicher Tee an meinem ersten Arbeitstag hat auch etwas Gutes.

»Der Tee schmeckt vorzüglich«, lobt Niklas zehn Minuten später, während er sich zum zweiten Mal von dem Spritzgebäck aus der Schale auf dem Servierwagen nimmt.

Frau Niedermeier registriert es mit einem zufriedenen Lächeln und leistet sich sogar eine kleine Unaufmerksamkeit, indem sie sich jetzt mit den Fingern durch ihre streng gescheitelten platinblonden Haare fährt, sodass eine vorwitzige Strähne anschließend ihre Stirn bedeckt.

»Huch!«, ruft sie und richtet schnell wieder ihre Frisur.

»Was möchten Sie denn eigentlich von Herrn Kellinghusen, Herr Kommissar?«

»Darüber darf ich Ihnen leider keine Auskunft geben. Es hat mit seiner anwaltlichen Tätigkeit zu tun«, erklärt Niklas, »aber wenn Sie mir trotzdem ein paar Fragen allgemeiner Art beantworten würden?« Niklas stockt kurz und überlegt. »Bei unserem Gespräch handelt es sich natürlich um keine offizielle polizeiliche Befragung, aber ich belehre Sie jetzt trotzdem darüber, dass Sie nicht lügen dürfen, sich aber auch nicht selbst belasten müssen.«

Frau Niedermeier hebt erschrocken die Hände hoch. »Um Gottes willen, warum sollte ich? Auch die Kellinghusens sind grundanständige Leute, sonst würde ich doch hier nicht arbeiten.«

»Natürlich, da bin ich mir sicher«, beruhigt Niklas die Frau und nimmt genüsslich einen Schluck Tee, um Zeit zu gewinnen.

Nachdem er einen weiteren Keks gegessen hat, fragt er die Hausdame: »Sagt Ihnen der Name Rena Schwender etwas, Frau Niedermeier?«

»Ja, ein wenig. Persönlich kenne ich die Dame nicht, aber ich weiß, dass Dr. Kellinghusen öfter mit ihr telefoniert. Ich dachte eine Zeit lang sogar, sie wäre

seine Geliebte.«
»Warum haben Sie diesen Gedanken dann wieder verworfen?«
»Na, Sie möchten es wohl ganz genau wissen, Herr Lux?« Ruth Niedermeier lächelt verschmitzt und droht Niklas aus Spaß mit dem Finger, bevor sie dessen Frage beantwortet: »Weil Frau Kellinghusen auch mit Rena Schwender telefoniert hat. Es ging um die Verlängerung eines Mietvertrags.«
»Wissen Sie mehr darüber?«
»Na, die Frau Schwender wohnt doch im Villenviertel direkt in den Dünen, in einem Strandhaus, welches der gnädigen Frau Gefken gehört.«
»Handelt es sich bei der Dame um eine Adlige?«
»I wo!« Frau Niedermeier macht eine abwertende Handbewegung. »Die Gefken tut nur so vornehm und lässt sich mit ›gnädige Frau‹ ansprechen. Dabei hat diese Person bestimmt keine anständige Kinderstube genossen. Wie die redet und sich permanent in die Gespräche anderer einmischt ... Schlechtes Benehmen nenne ich so etwas«, schimpft die Hausdame. »Ich habe es selbst erlebt, als ich Frau Gefken auf einer Wohltätigkeitsgala der feinen Kieler Gesellschaft traf, zu der ich die Familie Kellinghusen begleitet habe, um auf Leon aufzupassen, damit sich die Eltern mit den anderen Gästen in Ruhe unterhalten können. Der Junge wollte unbedingt mit. Er hat ein solches Theater veranstaltet, das glauben Sie nicht. Leon sieht seine Mutter einfach zu selten. Die Schauspielerei ist ein Familienkiller, sag ich Ihnen.«
Niklas nickt höflich zu den Worten von Ruth Niedermeier, die einmal kräftig Luft holt und dann ihren Bericht über die ungeliebte Unternehmerin Gefken

fortsetzt: »Der Gefken gehört die Firma ›Mehr Service am Meer‹, Herr Kommissar. Mit ihren Zweigstellen breitet sie sich von Kiel bis Lübeck wie ein Krake mit seinen gierigen Armen aus und macht alle anderen kleinen Dienstleister an unserer schönen Küste platt.«

Frau Niedermeier räuspert sich kurz.

»Äh, entschuldigen Sie meine vulgäre Formulierung, Herr Lux. Jetzt rede ich schon wie Frau Gefken. Sie treibt andere Unternehmen in die Insolvenz, wollte ich sagen.«

»Und diese Dame ist die Vermieterin von Rena Schwender?«, vergewissert sich Niklas lieber noch einmal, denn seine Gesprächspartnerin hatte sich inzwischen erheblich in Rage geredet.

»Ja, genau so ist es. Wie ich Ihnen bereits erzählt habe.«

Frau Niedermeier zieht ihre akkurat gezupften Brauen hoch. »Die Gefken«, behauptet sie, »war doch die Erste, die eine der teuren, neu gebauten Strandvillen erworben hat. Es wird gemunkelt, dass sie dort Ferienwohnungen vermietet, obwohl das die Nutzungsverordnung für dieses Gebiet in den Dünen eigentlich nicht gestattet.«

»So etwas würde doch auffallen«, gibt Niklas zu bedenken.

»Sicherlich, Herr Kommissar. Aber glauben Sie mir, Menschen wie Frau Gefken regeln alles mit Geld. Wahrscheinlich hat sie wieder eine ordentliche Summe für wohltätige Zwecke springen lassen, und schon drücken die Verantwortlichen in der Gemeinde ein Auge zu.«

»Was natürlich nicht in Ordnung wäre, da gebe ich Ihnen vollkommen recht«, erwidert Niklas.

Ich müsste langsam zurück in die Dienststelle. Viel Neues erfahre ich hier nicht mehr.

Er trinkt schnell den letzten Schluck Tee aus der feinen chinesischen Porzellantasse, in welcher ihm die edle Friesenmischung serviert wurde, und erhebt sich dann aus seinem Sessel.

»Liebe Frau Niedermeier, ich bedanke mich herzlich für Ihre Gastfreundschaft und das Gespräch. Leider muss ich aufbrechen und zurück in die Dienststelle. Ich lasse Ihnen meine Karte hier und bitte Sie, Herrn Dr. Kellinghusen auszurichten, dass er sich so schnell wie möglich bei der Kriminalpolizei in Laboe melden möchte.«

Niklas überreicht Frau Niedermeier seine Visitenkarte: »Adresse und Telefonnummern – steht alles drauf.«

»Vielen Dank. Könnten Sie mir vielleicht auch eine hierlassen?«, bittet Ruth Niedermeier. »Falls ich einmal Bedarf habe und nicht weiß, an wen ich mich wenden soll.«

Ach, du lieber Himmel, denkt Niklas erschrocken. *Hoffentlich geht das nicht nach hinten los.*

Aber er übergibt der Hausdame der Kellinghusens jetzt ebenfalls eine Karte.

»Das ist ganz reizend von Ihnen, Herr Kommissar. Oh, Kriminaloberkommissar steht ja hier. Entschuldigen Sie.«

»Halb so wild«, wiegelt Niklas ab und geht in Richtung Flur.

»Warten Sie, ich geleite Sie zur Haustür. Sie benötigen doch noch Ihre Jacke, die ich in der Garderobe aufgehängt habe.«

Im Foyer der Villa begegnet Niklas der Studentin Fiona. Sie wirft sich gerade ihren überlangen, bunten

Schal um, während Leon wie ein zahmes Eichhörnchen um sie herumspringt: »Wann kommst du wieder? Wann kommst du wieder?«, ruft er.

Niklas lächelt Fiona freundlich zu.

Die Spezialförderung des Filius scheint auf offene Ohren gestoßen zu sein. Er mag seine Lehrerin.

Fiona verabschiedet sich jetzt höflich von Frau Niedermeier und streichelt Leon anschließend über den Kopf: »Bitte denk an die Aufgaben, die du bis zum nächsten Mal erledigen sollst.«

»Mach ich. Ich schwöre!«

Aus seinen Augenwinkeln erkennt Niklas, dass Frau Niedermeier hinter dem Rücken des Jungen kurz zur Decke schaut und ein Stoßgebet murmelt.

Niklas muss heimlich grinsen.

Wie oft der Kleine das wohl schon versprochen hat.

Als Niklas und die Studentin Fiona, die gemeinsam mit ihm das Wohnhaus der Kellinghusens verlassen hat, draußen vor der Jugendstilvilla stehen, ist es dunkel geworden. Das Licht der nostalgischen Straßenlaterne beleuchtet nur spärlich den schmalen Gehweg und die kopfsteingepflasterte Gasse.

Niklas bückt sich, um sein Rennrad von dem dreifachen Kettenschloss zu befreien. »Leider bin ich nicht mit dem Auto hier und kann Sie nicht mitnehmen«, sagt er zu Fiona. »Ist ganz schön einsam hier. Ich hoffe, Sie haben es nicht weit.«

»Es geht so«, antwortet Fiona. »Ich muss zur Bushaltestelle am Wäldchen laufen und dann noch nach Kiel zurück. Ich habe von Leon gehört, dass Sie von der Polizei sind, Herr ...«

»Lux, Niklas Lux«, stellt er sich vor.

»Ich bin Fiona, die neue Nachhilfelehrerin.«

Niklas schmunzelt. »Ach, und ich dachte, Sie wären für die Begabtenförderung engagiert worden.«

»Jedes Kind ist auf seine Art begabt«, widerspricht Fiona. Ihr ist die Ironie in Niklas' Worten nicht entgangen. »Leon ist nicht dumm, aber er verweigert den Unterricht in der Schule. Die Ursache dafür befindet sich meistens ganz woanders.«

»Natürlich«, lenkt Niklas ein, »Sie sind die Fachfrau. Es liegt mir wirklich fern, über Leon zu lästern. Tut mir leid, falls es so rüberkam.«

»Schon gut«, meint Fiona und schaut mehrmals ängstlich nach links und rechts.

»Hier ist niemand«, versichert Niklas ihr. »Scheint eine ziemlich einsame Gasse zu sein, so am Ortsende und kurz vor dem Kiefernwald.«

Fiona nickt. »Macht es Ihnen etwas aus, mich zur Bushaltestelle zu begleiten? Auch wenn es erst früher Abend ist.«

Niklas schaut die junge Frau verwundert an.

Sie zieht ihre Mundwinkel traurig nach unten. »Ich weiß«, sagt sie leise, »im Sommer spielen um diese Zeit noch Kinder draußen und die letzten Besucher vergnügen sich am Ostseestrand ...«

»Aber Sie fürchten sich gerade?«, unterbricht Niklas die junge Frau. »Ist das immer so, oder gibt es einen speziellen Grund, warum Sie die fünfhundert Meter zum Bus nicht allein gehen wollen?«, möchte er wissen.

»Man merkt doch gleich, dass Sie bei der Kripo arbeiten«, seufzt Fiona. »Nein, ich bin eigentlich überhaupt nicht ängstlich. Aber in meiner Kieler Wohnung wurde während meines Urlaubs eingebrochen, und seit ich wieder zu Hause bin, fühle ich mich beobachtet und verfolgt.«

»Von wem?«
»Wenn ich das wüsste ... ich sagte ja schon, es ist so ein Gefühl. Vielleicht bilde ich mir das alles nur ein. Die Kieler Beamten meinten auch, es wäre der Schock nach dem Einbruch. Meine Zimmer sind komplett durchwühlt worden.«
»Was wurde denn gestohlen?«
»Na, nichts! Das ist es ja, was mich so nervös macht.«
»Verstehe ich vollkommen«, tröstet Niklas Fiona, während er die Pedale seines Fahrrads einmal mit der Hand durchdreht. »Lassen Sie uns jetzt bitte losgehen! Ich werde mein Rad schieben und bringe Sie selbstverständlich zu Ihrer Bushaltestelle.«
»Vielen Dank.« Fiona schaut Niklas mit ihren wasserblauen, großen Augen erleichtert an.
Erkenne ich da einen Tränenschleier?, denkt er und wühlt in seiner Hosentasche.
»Bitte, hier ist meine Karte«, erklärt Niklas ihr. »Die ist zwar etwas zerknickt, die anderen habe ich hinten im Rucksack stecken, aber es steht alles Wichtige drauf. Wenn Sie in Not sind, rufen Sie mich an.«
Fiona steckt die Karte ein und trottet dann wortlos neben Niklas her.
Ich verstehe diese Frau nicht, denkt er.
Sie ist wie ausgewechselt, seit wir aus Kellinghusens Villa raus sind.
Dort drinnen sprühte sie vor Energie und Lebensfreude, und jetzt?
Niklas beobachtet Fiona unauffällig.
Sie bemerkt es und zieht sich ihren riesigen Schal über das halbe Gesicht. »Ist kalt geworden«, murmelt sie zur Erklärung, aber in ihren Augen erkennt Niklas die blanke Panik.
Ich werde mit ihr warten, bis der Bus kommt.

Mit der Frau stimmt doch irgendetwas nicht.

7. Kapitel

Müde von ihrem ereignisreichen Arbeitstag bleibt Gesa, dreißig Meter von dem Haus ihrer Schwester entfernt, auf einer Anhöhe stehen. Sie atmet die kalte Abendluft ein und genießt den Blick über die Dünen und den menschenleeren Strand. Die See ist ruhig und schmiegt sich wie ein schwerer, schwarzer Schatten an das Ufer.

Gesa stöhnt leise.

Ich könnte jetzt im Stehen einschlafen.

Sie hatte den Besuch bei ihrer Schwester Hilde eigentlich absagen wollen.

Das Letzte, was ich heute gebrauchen kann, ist ein klärendes Gespräch zu meinen Problemen mit Svenja und deren Freund Martin, hat Gesa zu ihrer Schwester gemeint.

Hilde zeigte Verständnis, bat Gesa jedoch, trotzdem bei ihr zum Abendbrot vorbeizuschauen. Sie müsse auch gar nicht lange bleiben, aber Hilde wollte ihr unbedingt etwas Wichtiges erzählen.

Sie klang aufgeregt.

Geradezu besorgt.

Gesa willigte ein, nach Feierabend bei Hilde vorbeizufahren, unter der Bedingung, dass nicht über Svenja und Martin geredet wird.

Hilde hat es versprochen.

Gesa vergräbt ihre frierenden Hände in den Manteltaschen. Wie schnell die kalt werden, sobald man in die Nähe des Wassers kommt, staunt sie.

Ich hätte meine Handschuhe nicht im Auto liegen lassen sollen.

Dass der Lux bei der Kälte mit dem Fahrrad fährt. Respekt.

Gesa hatte Niklas nach seinem Termin bei den Kellinghusens in der Dienststelle angetroffen. Sie selbst sprach ja zuvor mit der Chefin der Reinigungsfirma, deren Angestellte die tote Rena Schwender gefunden hat. Auch Gesa erhielt dieselbe Information wie Niklas – die Villa, in der Rena Schwender erschlagen wurde, gehört Johanna Gefken. Einer bekannten, teils wohl sehr beliebten, aber auch nicht unumstrittenen Kieler Unternehmerin. Einer Selfmade-Millionärin, wie es so schön auf Neudeutsch heißt, erfuhr Gesa.

Morgen werden wir uns in der Teamsitzung mit Stefan und Lisa über unsere Erkenntnisse austauschen, haben die Hauptkommissarin und Niklas verabredet, bevor sie beide als Letzte die Dienststelle verlassen haben.

Gesa schaut auf ihre Armbanduhr. Ihr Magen knurrt.

Gut, dass mich Hilde zum Abendbrot eingeladen hat.

Dann muss sie an Uwe Feddersen und seinen Kollegen von der Kriminaltechnik denken.

Die Armen untersuchen immer noch die Spuren in der Villa.

Die Tote ist inzwischen in die Rechtsmedizin nach Kiel überführt worden.

Mal sehen, was Niels dort Neues herausfindet.

Dr. Niels von Isenberg, der für die Kripo Laboe zuständige Pathologe, ist seit über einem Jahr Gesas fester Freund.

Bestimmt wird er mich spätestens morgen Mittag anrufen und fragen, wann er wieder bei mir übernachten kann.

Jetzt, da Svenja vorzeitig abgereist ist.

Gesa schüttelt entschlossen den Kopf. Schluss für

heute mit der Grübelei, denkt sie und läuft zügigen Schrittes zum Haus ihrer Schwester.

An diesem Abend geht es nur um Hilde.

Die zweiundfünfzigjährige Gesa pflegt ein inniges und herzliches Verhältnis zu ihrer zwei Jahre älteren Schwester, die vor über zwanzig Jahren, als die Eltern bei einem Autounfall ums Leben kamen, noch während ihres Pharmaziestudiums die Bähr-Apotheke übernahm und sich zusätzlich rührend um ihre schwangere Schwester Gesa kümmerte. Gesas damaliger Freund Adrian, der Vater ihrer zwanzigjährigen Tochter Svenja, verschwand kurz nach dem Unfall ihrer Eltern spurlos. Trotz nie aufgegebener Suche fehlt bis heute jede Spur zu dem umtriebigen Seemann.

Ob Adrian überhaupt noch lebt?

Warum muss ich ausgerechnet jetzt an ihn denken?

Svenja hat mir erneut vorgeworfen, dass ich die Recherchen nach ihrem Vater nicht ausreichend forciere.

Mein Mädchen hat keine Ahnung, wie begrenzt die Möglichkeiten für uns bei der Kripo sind.

Bei aller Liebe zum Datenschutz – so manchen Verbrecher hätten wir eher geschnappt, wenn im Dienst nicht vieles so furchtbar bürokratisch und kompliziert ablaufen würde. Die Halunken lachen sich doch heimlich ins Fäustchen über uns.

Gesa ist inzwischen an einem schmucken Rotklinkereinfamilienhaus angekommen. »Hilde und Gerd Neumann« steht auf dem mit kindlichen Schnörkeln und einer Möwe mit krummem Schnabel verzierten Klingelschild von Gesas Schwester und ihrem Mann Gerd.

Über Gesas sommersprossiges Gesicht huscht ein Lächeln.

Svenja hat das Türschild einst für ihre Tante und ihren Onkel gebastelt, die selbst kinderlos blieben und

sich stets rührend um ihre Nichte kümmern.
Gesas kalte Finger streicheln zärtlich über das im Laufe der Zeit ausgeblichene, ehemals dunkelblaue Keramikschild. Als es angefertigt wurde, war Svenja zehn Jahre alt und leidenschaftliches Mitglied in einem Keramikzirkel. Nach acht Wochen war ihr Interesse an dem Arbeiten mit dem feuchten Ton verflogen.

Was mein Kind nicht schon alles für Hobbys hatte.

Hilde öffnet ihrer Schwester die Tür.

»Komm, rein!«, flüstert sie und zupft Gesa hastig am Mantel. »Wir setzen uns in die Küche«, schlägt sie vor. Als Gesa, die auf eine gemütliche Stunde am Wohnzimmerkamin gehofft hat, Hilde verwundert anschaut, entschuldigt die sich schnell: »Du hast doch selbst gesagt, dass du wenig Zeit hast, Schwesterchen. Gerd möchte seine Quizsendung in der Stube gucken. Da stören wir mit unserem Geschnatter nur. Ich habe dir aber ein paar Schnitten geschmiert«, beruhigt Hilde, der Gesas Enttäuschung nicht entgangen ist, ihre Schwester.

Gesa denkt an ihren knurrenden Magen und ist erleichtert.

Trotzdem findet sie Hildes Verhalten seltsam. Ihren Schwager Gerd hat es doch noch nie gestört, wenn sie zu Besuch kommt.

Seit wann schaut er Quizsendungen?

»Darf ich Gerd wenigstens einen guten Abend wünschen?«, fragt sie und sieht ihrer Schwester tief in die Augen. Die fährt sich mit den Fingern nervös durch ihre blonden, halblangen Haare.

»Verschweigst du mir etwas?«

Hilde senkt betroffen ihre Lider. Gesa bemerkt, dass sie den Tränen nahe ist. Sie umarmt Hilde.

»Hildchen, was ist denn los? Hast du Ärger mit Gerd?«, flüstert sie ihr ins Ohr und drückt ihre Schwester fest an sich.

Hilde löst sich aus Gesas Umarmung.

»Gib mir mal deinen Mantel!«, sagt sie zu Gesa. »Ich erzähle dir gleich alles. Möchtest du Wein?«

»Danke, lieber nicht. Ich muss einen klaren Kopf behalten«, antwortet Gesa.

Uwe Feddersen durchsucht immer noch den Tatort, und so lange muss ich telefonisch erreichbar sein.

Sie geht kurz ins Wohnzimmer, um ihren Schwager zu begrüßen.

»Schön, dass du da bist, Gesa«, meint Gerd zu ihr. Er klingt besorgt. »Irgendetwas stimmt nicht mit Hilde. Vielleicht sagt sie dir ja, was los ist.«

Gesa nickt: »Ich werde mir alle Mühe geben.«

Als sie eine Minute später auf der gepolsterten Eckbank von Hildes Wohnküche sitzt und sich die Lachsbrote mit Sour Cream und Dillgarnierung schmecken lässt, legt Hilde wortlos einen braunen DIN-A5-Umschlag neben Gesas Platz auf den Tisch. Dann setzt sie sich ihrer Schwester gegenüber.

Gesa bläst die Wangen auf, als sie den Umschlag erkennt. »Hast du etwa noch mehr Geld erhalten?«, murmelt sie mit vollem Mund.

Hilde verneint. »Nein, im Gegenteil, ich soll alles wieder zurückgeben.«

»Ist nicht wahr!« Gesa will gerade nach dem Umschlag greifen, da stoppt sie abrupt. »Hildchen, reich mir doch bitte eine Serviette!«

Sie wischt sich die mit Creme beschmierten Finger sauber und holt ein Paar Einmalhandschuhe aus ihrer Tasche auf der Sitzbank.

Nachdem Gesa diese übergestreift hat, öffnet sie den bereits aufgerissenen Umschlag erneut und zieht einen schlichten, weißen, mit schwarzer Schrift bedruckten Bogen Papier hervor.

Fassungslos überfliegt sie den Text, um ihn dann noch einmal wortwörtlich leise zu wiederholen: »Das Geld, das du vor Weihnachten in einem solchen Umschlag erhalten hast, gehört mir. Ich melde mich, um es abzuholen. Keine Polizei! Gib es zurück, sonst wirst du oder jemand aus deiner Familie sterben.«

Gesa legt das Blatt wieder in den Umschlag zurück.

»Gib mir mal bitte einen von deinen größeren Gefrierbeuteln, Hilde! Der Brief ist beschlagnahmt.«

»Verstehst du nun, warum ich so aufgewühlt bin?«

Als Hilde ihr die Plastiktüte reicht, streichelt Gesa ihren Handrücken.

»Hab keine Angst, Hildchen. Das ist so ein Blödsinn. Wie will der Absender das denn in der Realität bewerkstelligen? Wir würden dich rund um die Uhr bewachen.«

»Mein Leben lang? Keine Polizei, hat er gesagt. Dann musst du alle bewachen lassen, auch dich, Gerd, Svenja unsere Cousinen und deren Familien ...«

Bei dem Gedanken an ihre Tochter muss Gesa schlucken.

In diesem Moment freut sie sich das erste Mal darüber, dass Svenja sich so weit weg, in Australien, aufhält.

»Ja, du hast recht, Hildchen. Aber es könnte sich doch auch um einen ganz üblen Scherz handeln«, fällt Gesa jetzt ein. Sie atmet erleichtert aus und beißt beherzt in das nächste Lachsbrot. »Diese Möglichkeit scheint mir viel plausibler als eine reale Gefahr«, murmelt sie schnell mit vollem Mund, um ihrer Schwester und sich selbst Mut zu machen. »Ich vermute, jemand, der neidisch auf dich ist und weiß, dass du eine großzügige Spende erhalten hast, möchte etwas von dem reichlichen Geldsegen abhaben.«

»Meinst du?« Über Hildes Gesicht zieht ein Hoffnungsschimmer.

»Ja, ganz bestimmt«, brabbelt Gesa und kaut schnell ihr Brot zu Ende auf. »Trotzdem müssen wir der Sache auf den Grund gehen. So eine Morddrohung ist kein Kavaliersdelikt«, empört sie sich lautstark.

»Pst!« Hilde legt erschrocken ihren Zeigefinger an den Mund. »Wenn Gerd dich so hört, kommt er womöglich aus der Stube zu uns gelaufen.«

»Sorry. Ich frag nur der Form halber, Hildchen«, flüstert Gesa, »hättest du das Geld denn noch?«

»Natürlich. Ich hab die 5000 Euro zur Bank gebracht. Ohnehin hatte ich vor, diese wieder für die Obdachlosenhilfe einzusetzen.«

Gesa seufzt. »Du bist so ein guter Mensch, Hilde. Was hätte ich nur damals ohne dich gemacht. Ich werde nicht zulassen, dass man dir so übel mitspielt. Diesen Scherzkeks kriegen wir schnell, das verspreche ich dir.«

Ich werde dem Lux nachher eine Nachricht schicken.

Er hatte ja heute Abend nichts vor, sondern wartet, wie ich, auf Uwes abschließenden Bericht.

Uwe wollte sich aber nur melden, wenn er etwas Außergewöhnliches findet, den Rest gibts morgen schriftlich, hat er gesagt.

Hilde stupst ihre Schwester an: »Träumst du, Gesa? Möchtest du mehr Tee?«

»Nein und ja«, antwortet sie. »Ich überlege, ob ich meinen Kollegen gleich mal anrufe, bevor er die Beine lang hat.«

Gesa greift in ihre Handtasche, in dem Moment klingelt ihr Handy.

Uwe Feddersen!

Gesa nimmt den Anruf an. »Sekunde, Uwe!«, meldet sie sich. Dann steht sie von ihrem Platz auf und sagt zu Hilde: »Ich geh mal ins Bad zum Telefonieren, es ist dienstlich.«

Über den Mord im Villenviertel muss Hilde heute wirklich nichts wissen. Das spricht sich morgen früh genug herum.

In Hildes Gäste-Bad im Erdgeschoss des Hauses setzt sich Gesa auf den mit einem flauschigen Bezug verkleideten Toilettendeckel und lauscht, was Uwe Feddersen ihr Neues zu berichten hat.

»Wir sind jetzt durch, Gesa«, erklärt Uwe, »und du wirst es nicht glauben, auf den letzten Metern, als wir die Post im Briefkasten und die auf dem Stapel im Flur durchgesehen haben, ist uns ein brauner Umschlag aufgefallen. Frau Schwender muss ihn bereits einmal geöffnet haben. Wir haben nicht alle Briefe überprüft, das wäre später eure Aufgabe, aber da keine Adresse oder Absender draufstand, hat der Umschlag unseren Instinkt geweckt.«

Gesa werden die Knie weich. Zum Glück sitze ich, denkt sie.

Uwe redet aufgeregt weiter: »In dem Brief steht sinngemäß, dass Frau Schwender ihre Geldspende zurückgeben soll, sonst stirbt sie oder jemand aus ihrer Familie. Puh!«, meint Uwe. »Was sagst du dazu, Gesa?«

Die Hauptkommissarin schweigt.

»Gesa?«, ruft Uwe am anderen Ende der Verbindung. »Wir haben wahrscheinlich das Mordmotiv gefunden.«

»Das will ich nicht hoffen«, antwortet Gesa leise.

»Wie? Das verstehe ich nicht«, wundert sich Uwe.

»Na, es war ein sehr langer Tag heute. Ich habe das Schreiben mit den anderen Beweismitteln eingetütet. Wir wollen im Labor in Kiel noch einige Untersuchungen daran durchführen.«

»Gut, Uwe«, spricht Gesa jetzt zu ihm mit weinerlicher Stimme. »Weißt du, wo meine Schwester Hilde wohnt? Kannst du dort vorbeikommen?«

»Ja, ich kenne die Bähr-Apotheke.«

»Nein, nicht dorthin. Ich bin bei ihr zuhause.« Gesa gibt dem Kriminaltechniker die Adresse durch. »Auf eurem Rückweg nach Kiel fahrt ihr quasi an Hildes Haus vorbei. Ich warte auf euch, denn ich möchte dir einen weiteren anonymen Brief mit demselben Inhalt mitgeben.«

»Nein!«, ruft Uwe entsetzt. »Sag nicht, deine Schwester hat ...?«

»Doch, sie hat. Ich habe es eben erst erfahren«, stammelt Gesa, dann rutscht ihr das Handy aus den Fingern auf den weichen WC-Vorleger. Verzweifelt schlägt sie die Hände vors Gesicht.

Das darf doch alles nicht wahr sein.

8. Kapitel

Dort ist es!

Als er das flackernde Licht einer Kerze im Fenster des alten Campinganhängers bemerkt, breitet sich eine Riesenerleichterung auf dem feingeschnittenen Gesicht des zwanzigjährigen, jungen Mannes aus.

Er streicht sich eine dunkelbraune Locke von der blassen Wange. Was für ein Glück, dass meine Erinnerung zurück ist, freut er sich.

Wenigstens die hat mir Rena nicht nehmen können.
Diese Hexe.
Wie zur Vergewisserung, dass alles um ihn herum real ist, greift er jetzt an die Träger des dunkelblauen Rucksacks, den er über seiner immer noch klammen Winterjacke trägt.
Und den Rucksack habe ich auch endlich wieder zurück, frohlockt er.
Gerechtigkeit siegt.
Jetzt habe ich fürs Erste ausgesorgt.
Ich muss nur abwarten, bis ein wenig Gras über die Sache gewachsen ist.
Geschmeidig wie eine Katze klettert er durch das ihm bekannte Loch in einem zwei Meter hohen Maschendrahtzaun und läuft über ein kurzes Stück abgemähter, holpriger Wiese.
Gleich bin ich bei dir, Julie!
Nach weiteren zwanzig Metern Fußweg durch trockenes Gestrüpp und über umherliegende Bretter von zerborstenen Sperrholzkisten steht er vor einem ausrangierten Wohnwagen.
Julie öffnet ihm mit verweinten Augen die quietschende Tür.
»Rafael!«, schluchzt sie. »Ich bin so froh, dass du lebst.«
»Ich auch«, erwidert er mit extra tiefer Stimme. Gegenüber der Achtzehnjährigen möchte er gern älter erscheinen.
Jemand muss sie beschützen.
»Ich habe gestern den ganzen Strand nach dir abgesucht«, behauptet das Mädchen. »Du wolltest doch nur schnell hoch in die Dünen, um auszutreten.«
»Stimmt«, erwidert Rafael. »Aber plötzlich hat mich ein wildfremder Kerl zu Boden gerissen, beschimpft

und auf mich eingeschlagen, bis ich bewusstlos wurde.«

Julie kneift entsetzt ihre blauen Augen zusammen. Sie zittert.

»Es tut mir so leid«, wiederholt sie immer wieder.

Rafael wundert sich: »Hast du eigentlich gar nichts mitbekommen? So wie der gebrüllt hat.«

Das Mädchen schüttelt wortlos den Kopf. Sie hat früh gelernt, Erinnerungen zu verdrängen.

»Tut es sehr weh?«, fragt sie, nachdem Rafael sich seiner Sachen bis auf die Boxershorts entledigt hat und sie die Hämatome an seinem Körper entdeckt.

»Nein«, sagt er. »Eine alte Hexe hat mich mit ihrem Kräutertrunk wieder aufgepäppelt.«

»Wer?«, staunt Julie. »Wo warst du denn?«

»Ach, das tut nichts zur Sache. Jetzt bin ich ja hier, bei dir.«

Er zieht Julie an sich. »Da fühle ich mich wie neu geboren. Nur der lange Fußmarsch in den feuchten Klamotten war ätzend.« Rafael schielt auf Julies Bett. »Ich muss mich dringend aufwärmen«, sagt er und streift ihr das Oberteil ihres Jogginganzugs über den Kopf. Sie trägt nur ein dünnes, durchsichtiges Hemd darunter. »Du bist wunderschön«, haucht Rafael ihr ins Ohr und küsst ihre langen, blonden Haare.

Als Julie ihm ihre vollen Lippen entgegenhält, nimmt Rafael die Einladung sofort an. Erregt drängt er das Mädchen zu ihrem Bett.

»Es weiß doch niemand, dass du hier bist?«, flüstert sie ängstlich.

»Natürlich nicht«, keucht Rafael und reißt ihr die Hose und den Slip in einem Schwung vom Körper.

Julies helle Augen schauen ihn erneut zweifelnd an.

»Und du hast niemandem von dem Wohnwagen erzählt?«

»Ganz bestimmt nicht«, versichert er. »Wann und wo sollte ich das denn getan haben? Glaub es mir!«, beschwört er die Achtzehnjährige und nimmt Julies Gesicht zärtlich zwischen seine großen, schlanken Hände.

Als sie sich vor einer Woche in einer Bar in Kiel kennenlernten, dachte Julie zuerst, es sei der Pianist, der ihr einen Drink spendiert. Mit seinen verwegenen dunklen Locken, den feurigen Augen und seinen eleganten Bewegungen hob sich Rafael wohltuend von den übrigen jungen Männern in der Bar ab. Sie verspürte daher keine Angst, ihn mit in ihren Campinganhänger zu nehmen, obwohl sie es eigentlich nicht durfte.

Aber Rafael war von Anfang an anders.

Mit ihm war es Liebe und kein Sex.

Julie stöhnt leise, als Rafael sie hochhebt und behutsam auf die durchgelegene Matratze in der Schlafkoje ihres Wohnwagens legt. Unter seinen innigen Küssen laufen Tränen über ihre Wangen.

»Ich hol dich hier raus«, flüstert er. »Das verspreche ich.«

»Ja«, seufzt Julie, »aber jetzt lass mich fliegen, mit dir.«

Dienstag

9. Kapitel

Mit einem eher zurückhaltenden »Moin, ihr Lieben« begrüßt Gesa ihr vollständig versammeltes Team am Besprechungstisch im Großraum. Dann berichtet sie von den Drohbriefen, die sowohl die inzwischen einer Gewalttat zum Opfer gefallene Rena Schwender als auch Gesas Schwester, Hilde Neumann, erhalten haben. Ihren Kollegen, Oberkommissar Lux, hatte Gesa bereits gestern Abend angerufen. »Die Lage ist ernst«, sagt sie und schaut mit kleinen, müden Augen in die Runde.

Sie hat heute Nacht bestimmt kaum geschlafen, vermutet Niklas und schenkt Gesa frischen Kaffee aus der Thermoskanne auf dem Tisch nach. Die Hauptkommissarin nimmt schnell einen Schluck. »Ich hoffe, dass uns die ganze Sache nicht über den Kopf wächst«, fährt sie fort, »vorsichtshalber habe ich mit Hauptkommissar Winter vom LKA in Kiel die Voraussetzungen abgeklopft, unter denen wir Personenschutz beantragen können.«

Niklas schaut Gesa erwartungsvoll an. Er ahnt nichts Gutes.

»Für Privatpersonen sind die Hürden leider sehr hoch«, schimpft sie. »Zu hoch. Erst einmal würde es ausreichen, wenn Hilde zu Hause bleibt, wurde mir erklärt.«

»Und was ist mit den Angehörigen, die ja in dem Brief ebenfalls bedroht werden?«, wirft Lisa empört ein. »Sollen die alle zu Hause bleiben? Dann dürften Sie jetzt gar nicht ermitteln, Frau Bähr«, stellt die junge Kriminalobermeisterin fest.

»So ist es leider«, stimmt ihr Stefan zu. Der neunundzwanzigjährige Kriminalmeister zieht die buschigen Augenbrauen hoch und lehnt sich lässig in seinen Stuhl zurück. »Der Begriff Angehörige ist außerdem sehr weit gefasst. Bis zu welchem Verwandtschaftsgrad sollte der Schutz denn ausgeweitet werden?«, gibt er zu bedenken. »Ich habe einen Fußballkumpel, der bei einem privaten Sicherheitsdienst arbeitet. Meistens werden diese in solchen Fällen mit herangezogen. Manchmal sogar im Auftrag der Polizei.«

Gesa nickt. »Ich habe meiner Schwester auch dazu geraten, sich vorerst privat zu kümmern. Sie möchte weiterhin in ihrer Apotheke verkaufen, und mein Schwager Gerd muss als Projektleiter einer Tiefbaufirma täglich mehrere Baustellen besuchen.«

Lasse hat das Gespräch aufmerksam verfolgt. Dem Polizeischüler tut vor allem Hauptkommissarin Bähr leid.

So mitgenommen habe ich sie noch nie erlebt.

Er versucht Gesa zu trösten: »Vielleicht handelt es sich tatsächlich nur um einen bösen Scherz und die Drohung ist nicht ernst gemeint«, überlegt er. »Der Tod der Frau Schwender muss doch nicht zwangsläufig mit den Erpresserbriefen zu tun haben.«

Niklas unterstützt Lasses These. »Auch diesen Ermittlungsansatz werden wir in jedem Fall weiterverfolgen«, erwidert er.

Gesa verzieht skeptisch ihre Mundwinkel: »Ich halte die Möglichkeit eines zufälligen Raubüberfalls für am unwahrscheinlichsten und denke da insbesondere an den 100-Euro-Schein zwischen den Lippen der Toten

...«
»Wir müssen schleunigst herausbekommen, ob der von dem geschenkten Geld stammt!«, fordert Stefan.
»Richtig!«, meint Niklas. »Leider wissen wir nicht einmal, ob Frau Schwender zuvor eine der Begünstigten gewesen ist.«
Lisa macht sich kurz Notizen: »Darüber habe ich auch schon nachgedacht«, murmelt sie.
»Und?«, fragt Gesa. »Was ist dabei herausgekommen?«
Lisa seufzt kurz und wirft ihren blonden Pferdeschwanz in den Nacken. »Da in Frau Schwenders Haus ein Drohbrief gefunden wurde«, beginnt sie, »in dem die Frau aufgefordert wird, das Geld zurückzugeben, gehe ich mit an Sicherheit grenzender Wahrscheinlichkeit davon aus, dass sie eine der Personen gewesen ist, die vor Weihnachten eine anonyme Spende erhalten haben. Wir sollten daher prüfen lassen, aus welcher Charge die 100-Euro-Banknote stammt. So ein Geldschein ist wie ein offenes Buch. Man kann vieles daraus ablesen. Vom Alter angefangen bis ...«, Lisa stockt kurz, »na, das wisst ihr selbst.«
»Sehr gut, Lisa!«, lobt Gesa die Dreiunddreißigjährige. »Uwe Feddersen und die Kollegen im Labor der Kriminaltechnik sind da bereits dran, soviel ich weiß.«
Auch Niklas nickt Lisa anerkennend zu: »Es wird uns wohl nichts anderes übrigbleiben«, sagt er, »als alle potenziellen Spendenempfängerinnen und -empfänger ausfindig zu machen. Einerseits, um diese zu warnen und gegebenenfalls zu beschützen, andererseits, um vielleicht noch vorhandenes Bargeld auf Spuren zu untersuchen.«
»Wie wollen Sie das denn bewerkstelligen, Kollege

Lux?«, zweifelt Stefan. »Sollen wir einen Aufruf starten? In dem Fall müssten wir es begründen, und das wäre Wahnsinn! Dann sind die Menschen verunsichert. Auf jeden, dem Geld geschenkt wurde, fallen mindestens zehn Angehörige, die auch bei uns an der Küste leben.«

»Ich weiß«, stöhnt Niklas.

Hier ist doch jeder mit jedem verwandt.

»Aber haben Sie eine bessere Idee, Stefan?«, fragt er den Kriminalmeister.

Ehe Stefan antworten kann, meldet Lasse sich.

Stefan zeigt sofort mit seiner kräftigen Hand auf den Polizeischüler: »Nee, hab ich leider nicht«, mault er. »Aber Lasse hat eine. Jugend voran!«, lästert der Neunundzwanzigjährige.

Lasse zieht vor Aufregung schnell noch einmal Cola aus der Flasche vor sich durch den Strohhalm.

Inzwischen schafft er das vollkommen geräuschlos, stellt Lisa mit einem Schmunzeln fest. Auch sie wartet jetzt gespannt auf Lasses Vorschlag.

»Also«, beginnt er, »ihr wisst ja, meine Mutter kennt viele Menschen an der Küste rund um Laboe. Wer angeblich alles mit einer Spende bedacht wurde, war hinreichendes Thema der letzten drei Kaffeekränzchen. Ich finde, wir sollten daher die Menschen befragen, die viel mitbekommen. Unsere Bäckersfrau am Hafen zum Beispiel oder eben meine Mutter.«

Niklas strahlt Lasse an. »Oder unser Trudchen«, meint er, denn ihm fällt plötzlich ein, dass er bei seiner ehemaligen Vermieterin und inzwischen guten Freundin, der zweiundachtzigjährigen Kapitänswitwe Trude Hansen, zum Mittagstisch eingeladen ist.

Beinahe hätte ich es vergessen.

»In Anbetracht der angespannten Lage wollte ich eigentlich heute auf meine Mittagspause verzichten«, sagt er und schaut fragend zu Gesa über den Tisch: »Aber ich hatte es Trude vor meinem Urlaub bereits zugesagt, und nun bekommt mein Besuch eine völlig neue Bedeutung. Wenn jemand etwas über die Spendenempfänger wissen könnte, dann ist es unser Trudchen.«

Über Gesas Gesicht huscht ein erleichtertes Lächeln. »Meinen Segen hast du, Niklas«, sagt sie. »Bleib von mir aus so lange wie nötig heute.« Dann überlegt sie und schaut der Reihe nach in die Tischrunde: »Lasse, du rufst bitte deine Mutter an und bittest sie, uns zu unterstützen, und Stefan, Sie besorgen uns Kuchen zum Nachmittag und hören sich gleichzeitig beim Bäcker um. Ich gebe Ihnen gleich Geld.« Sie schnauft kurz durch: »So, das wärs fürs Erste.«

Enttäuscht wendet Lisa ihren Blick von Gesa ab.

Und ich, denkt sie, ich schiebe mal wieder Innendienst.

Gesa bemerkt Lisas Verstimmung und sieht die Kriminalobermeisterin entschuldigend an. »Ich benötige Sie dringend für die Dokumentation, Lisa«, erklärt Gesa ihr. »Die schaffe ich nicht allein, und Andreas Winter vom LKA hat einen lückenlosen Bericht gefordert, damit er zumindest einen Antrag auf Unterstützung für uns stellen kann«, jammert Gesa. Ihre Stimme beginnt leicht zu zittern.

Sie hat die Hoffnung auf Polizeischutz für ihre Schwester noch nicht aufgegeben.

Lisa nickt sofort eifrig. Ich bin auch eine unsensible Kuh, ärgert sie sich über sich selbst.

Jeder tut, was er am besten kann. So funktioniert Teamarbeit. Das ist doch mein Reden, wenn Stefan manchmal zickt.

Sie lächelt Gesa mutmachend an. »Natürlich, Frau Bähr«, verspricht Lisa ihrer Chefin, »ich werde eine PowerPoint-Präsentation erstellen, die in Kiel alle aus den Chefsesseln haut.«
»Danke, Lisa«, antwortet Gesa leise. Ihre grünen Augen blicken müde, aber voller Dankbarkeit in die Runde. Dann gibt sie sich einen Ruck.
»Noch wurde unser Kutter nicht versenkt!«, verkündet sie mit fester Stimme. »Alle Mann an Deck und an die Aufgaben, bitte!«

10. Kapitel

Kaum hat sich Niklas zu Trude Hansen und Stefan zum Hafenbäcker auf den Weg gemacht, klopft es kräftig an die Tür vom Großraumbüro der Kripo Laboe.
Mist, denkt Lisa, die damit beschäftigt ist, ihre PowerPoint-Präsentation zu formatieren und einen passenden Grafikrahmen dafür auszuwählen.
»Lasse!«, spricht sie laut, ohne von ihrem Bildschirm aufzublicken. »Kümmerst du dich bitte gleich mal?«
Lisa hat ja mitbekommen, dass der Polizeischüler, dessen Platz im Großraum hinter dem Empfangstresen ist, bereits fertig mit seiner Mutter telefoniert hat und inzwischen eine defekte Verteilerdose repariert. Zuvor hatte er seine Mutter, so wie Gesa es gewünscht hat, gebeten, sich im Ort umzuhören, wer alles vor Weihnachten eine anonyme Geldspende bekommen haben könnte.
»Herein!«, ruft Lasse sofort und sieht sich einen Au-

genblick später einem breitschultrigen Mann gegenüber, an dessen grauem Jackett, das er unter seinem offenen, mit Kunstpelz besetzten Wintermantel trägt, die Knöpfe jeden Moment abzuspringen drohen.

Lasse starrt den etwa fünfzigjährigen Hünen mit offenem Mund an.

Hat der einen Brustkorb!

Der Mann nimmt seine Wollmütze ab und fährt sich mit seiner kräftigen Hand über den kahlen Schädel. Seine schmalen, grauen Augen blitzen Lasse fordernd an.

»Was kann ich für Sie tun?«, erkundigt der sich höflich.

»Ich weiß nicht, ob ich bei Ihnen schon richtig bin«, mault der Besucher und wirft einen kritischen Blick auf Lasses Polizeischüleruniform-Jacke, die der Zwanzigjährige wieder einmal achtlos über den Stuhl hinter sich geworfen hat, statt diese auf einen Bügel an der Garderobe zu hängen.

Lisa ist inzwischen von ihrem Schreibtisch aufgestanden und nach vorn an den Empfangstresen geeilt, um Lasse zu unterstützen.

»Kriminalobermeisterin Rückert«, stellt sie sich vor. »Guten Tag, Herr ...«

»Sänger, Holm Sänger«, antwortet der Mann. Dann nestelt er einen zusammengefalteten Umschlag aus der Innentasche seines Mantels und wedelt Lisa damit vor der Nase.

»Ich werde bedroht«, behauptet er. »Kann man hier irgendwo in Ruhe reden? Ich meine, wenn der Nächste an die Tür klopft ...«

»Werden wir denjenigen bitten, draußen zu warten«, fällt ihm Lisa ins Wort. »Bitte begleiten Sie mich zu unserem Besprechungstisch, dort können Sie uns Ihr

Anliegen ausführlich vortragen.«

»Sie behandeln die Sache doch vertraulich?«, fragt Holm Sänger ängstlich nach, während er seinen Mantel auszieht. Lisa nickt, und Lasse kommt hinter dem Tresen hervorgeschossen: »Den Mantel dürfen Sie mir geben«, bittet er und mustert den Muskelprotz ungeniert. Auch Lisa ist beeindruckt. Ihrer Meinung nach sollte Herr Sänger aber in Zukunft eine Anzugnummer größer wählen.

Seiner platzt aus allen Nähten.

Holm Sänger sind die bewundernden Blicke der Kriminalbeamtin und des Polizeischülers nicht entgangen.

»Ich bin Personenschützer«, erklärt er stolz, »und habe eine eigene kleine Firma. Also genauer gesagt, handelt es sich um ein Subunternehmen. Aber ich leite den Laden und bin der Geschäftsführer. Gerade war ich in Kiel zu einer Versammlung.«

Er schaut auf den über beiden Knien zerbeulten Stoff seiner Anzughose. »Daher meine Verkleidung«, entschuldigt er sich. »Normalerweise trage ich so etwas nicht.«

Lasse lächelt Herrn Sänger an.

Der Mann ist mir sympathisch.

»Möchten Sie Kaffee oder Tee trinken«, fragt er, »oder lieber etwas Kühles?«

Lisa registriert Lasses Eifer mit anerkennenden Blicken.

Er macht sich langsam, denkt sie zufrieden.

»Kümmere dich bitte kurz weiter um Herrn Sänger«, bittet sie Lasse und wendet ihren Blick nun wieder dem Besucher zu: »Ich hole unsere Chefin, Hauptkommissarin Bähr«, erklärt Lisa dem Mann. »Sie sagten doch, Sie werden bedroht«, meint sie und zeigt auf den Brief in seiner Hand. »Darf ich bitte vorher einen Blick darauf werfen?«

Lasse reicht Lisa schnell ein Paar Einmalhandschuhe aus dem Schubfach hinter dem Empfangstresen.

Mensch, der Junge ist aber heute auf Zack.

»Danke, Lasse!« Sie streift die Handschuhe über und nimmt den gefalzten, braunen A5-Umschlag an sich, den Herr Sänger ihr entgegenhält. Nachdem Lisa einen weißen, mit schwarzer Schrift bedruckten Bogen herausgezogen und den Text überflogen hat, muss sie sich zusammenreißen, um sich ihre Aufregung nicht anmerken zu lassen.

Auch Lasse ahnt sofort, was seine Kollegin da zwischen den Fingern hält.

Dieser Mann ist wahrscheinlich der Nächste, der einen Drohbrief bekommen hat.

Nur zwei Minuten später sitzen Gesa und Lisa mit Herrn Sänger am Besprechungstisch, während Lasse in der kleinen Küche der Abteilung neben der fauchenden Kaffeemaschine steht und die Ohren spitzt.

Zum Glück redet Holm Sänger laut und deutlich: »Den Brief habe ich, als ich heute Mittag von der Neujahrssitzung der Geschäftsführer unserer Servicegesellschaft zurückkam, in meinem Hausbriefkasten vorgefunden«, erklärt er Gesa gerade.

»Leben Sie allein?«, möchte die Hauptkommissarin von Herrn Sänger wissen.

»Ja«, antwortet er mürrisch und sofort bilden sich Schweißperlen auf seiner Stirn und seiner Glatze. »Ich bin schon seit zehn Jahren geschieden und kinderlos. Warum fragen Sie?«

»Na, es hätte doch sein können, dass der Brief für einen Familienangehörigen oder jemanden, der noch in

Ihrem Haushalt lebt, bestimmt ist«, klärt Lisa den aufgeregten Mann auf. »Schließlich ist der Umschlag ohne Anschrift, und die Drohung wurde allgemein und nicht speziell für Sie verfasst.«

»Glauben Sie mir etwa nicht?« Über Holm Sängers Schläfe schwillt eine dicke, blaue Ader an. Gesa stellt erschrocken fest, dass sich die Halsmuskeln ihres Gegenübers deutlich abzuzeichnen beginnen.

Als würde er gleich in eine Bodybuilder-Pose verfallen.

»Natürlich nehmen wir Sie und den Brief ernst«, beruhigt sie den Mann. »Wie viel Geld haben Sie denn vor Weihnachten erhalten, als die anonymen Spenden verteilt wurden?«

»Äh, ich verstehe nicht?«, windet sich Herr Sänger.

Gesa lässt sich nicht beirren. »Andersherum gefragt, wie viel Geld sollen Sie denn zurückgeben?«

»Ach, so viel war es nicht. Daher habe ich auch schon alles ausgegeben. 1500 Euro in großen Scheinen, wenn Sie es genau wissen wollen. Ich war in Kiel und habe es die Feiertage mal ordentlich krachen lassen.«

»Wie darf ich mir das vorstellen?«

Holm Sänger stöhnt. »Na, ich bin dahin, wo Männer so richtig verwöhnt werden. Aber nicht mit Gänsebraten oder dem zehnten Paar zu kleinen Socken.« Er grinst.

»Verstehe«, antwortet Gesa trocken. »Sie haben Ihre Spende im Bordell ausgegeben.«

»So ist es.«

»Alles? Oder sind Scheine übriggeblieben?«, erkundigt sich Lisa.

Hoffentlich hat er wenigstens noch einen.

Es wäre so wichtig, die Seriennummer mit dem 100-Euro-Schein zu vergleichen, der in Rena Schwenders Mund steckte.

»Na, Sie haben Vorstellungen!«, entrüstet sich Holm Sänger und spannt seinen imposanten Bizeps unter dem knappen Jackett an. »Was glauben Sie, wie weit man im Puff damit kommt? Das genügt gerade für dreimal Bla...«

»Danke!«, unterbricht ihn Gesa. »Die Details tun nichts zur Sache.«

Lasse, der zuvor noch kurz in der Küche geblieben ist, um das Gespräch zu verfolgen, nähert sich mit einem vollen Tablett dem Besprechungstisch.

Holm Sänger wartet gar nicht erst ab, dass Lasse dieses abstellt, sondern erhebt sich kurz von seinem Platz und greift sich eine Tasse mit dampfendem Kaffee.

»Entschuldigung, ich hatte so einen verdammten Durst«, sagt er und schlürft genüsslich los.

»Ah!«, stöhnt er. »Der ist gut«, lobt er Lasse und strahlt den Polizeischüler aus seinen kleinen grauen Augen an. »Da können die sich in Kiel mal ein Beispiel nehmen. Die Plörre, die uns während der Gesellschaftersitzung als Kaffee serviert wurde, verdient den Namen nicht einmal.«

»Um welche Gesellschaft handelt es sich denn?«, möchte Gesa wissen.

»Bei uns dreht sich alles um Service«, erklärt Herr Sänger ihr mit staatstragender Miene. ›Mehr Service am Meer‹ heißt der Laden. Den großartigen Namen hat sich die gnädige Frau Gefken selbst ausgedacht. Werbefuzzis benötigen wir nicht, sagt sie immer. Die wollen nur unser Bestes, nämlich unser Geld, und das stecken wir lieber direkt in den Kundenservice, dann kommt auch am meisten wieder bei uns an.«

»Interessante Philosophie«, meint Gesa. Sie und Lisa schauen sich unauffällig an. Den beiden ist natürlich aufgefallen, dass wieder ein Drohbrief bei jemandem gelandet ist, der mit der Unternehmerin Gefken zu tun hat.

Die eine war ihre Mieterin, der andere ist einer ihrer Geschäftsführer.

»Und? Läufts in Ihrer Firma?«, fragt Gesa Herrn Sänger.

»Ich kann jedenfalls nicht klagen, Frau Hauptkommissarin«, prahlt er. »Das Geschäft mit der Sicherheit ebbt nie ab. Im Gegenteil, die Anfragen nach Personenschutz und Objektbewachung häufen sich.«

»Das heißt, Sie profitieren von solcher Art Drohbriefen?«, provoziert Gesa den Mann.

Er lacht.

Sein Lachen klingt echt.

»Das glauben Sie, Frau Bähr!«, tönt er. »Aber genau das Gegenteil ist der Fall. Es ist völlig unmöglich, jemanden lückenlos zu überwachen, und schon gar nicht auch noch alle Familienangehörigen«, behauptet er. »Dafür hätte ich niemals genug Personal. Sie kennen doch die Vorschriften. Finden Sie mal jemanden, der bereit ist, für wenig Kohle sein Leben zu riskieren, und ein einwandfreies polizeiliches Führungszeugnis muss derjenige ebenfalls vorweisen.«

Herr Sänger schlürft den Rest Kaffee aus der Tasse.

»Im Vertrauen«, flüstert er, »die meisten Jobs erledige ich allein. Auf mich kann ich mich am besten verlassen. Doch nun werde ich selbst bedroht ...« Traurig stiert Holm Sänger in seine leere Tasse.

Lisa gibt Lasse, der sich an den Empfangstresen zurückgezogen hat, ein Handzeichen. »Sie möchten doch sicher noch einen Kaffee?«, fragt sie Holm Sänger. Der nickt heftig: »Unbedingt«, bittet er. »Meinen

Sie, Sie können mir überhaupt helfen?«, fragt er verzweifelt. »Sie sind doch bei der Kripo auch chronisch unterbesetzt.«

Gesa gibt sich optimistisch und kämpferisch: »Keine Sorge, den Absender des an Sie gerichteten Drohbriefes schnappen wir uns. Wir haben eine sehr hohe Aufklärungsquote«, versichert sie Herrn Sänger. »Als Erstes schreiben wir gleich ein Protokoll, und wenn die Kollegen vom Außendienst zurück sind, analysieren wir die Lage zu Ihrem Fall und leiten die Maßnahmen ein.«

Ich weiß nur noch nicht welche, denkt Gesa insgeheim.

»Bleiben Sie ruhig und wachsam. Sie hören dann bald wieder von uns«, tröstet sie Holm Sänger.

»Danke.« Über sein Gesicht huscht ein Hoffnungsschimmer. »Eine Frage hätte ich aber noch: Haben außer mir weitere Personen einen solchen Drohbrief erhalten? Schließlich ist es ein offenes Geheimnis, dass sich vor Weihnachten einige der Küstenbewohner über Geldgeschenke freuen durften.«

Gesa antwortet mit einer Gegenfrage: »Sind Ihnen diese Personen bekannt? Auch wenn es sich nur um ein Gerücht handelt, wir gehen jedem Hinweis nach.«

Holm Sänger reißt entsetzt seine Augen auf. »Dann haben also noch mehr Leute Drohbriefe erhalten?«, stammelt er.

Gesa zuckt mit den Schultern und bemüht sich um einen möglichst ahnungslosen Gesichtsausdruck. »Darüber darf ich Ihnen leider keine Auskunft erteilen.«

»Schon klar.« Herr Sänger winkt ab. »Ich bin ja vom Fach. Aber um Ihre Frage zu beantworten, mir ist niemand bekannt, der noch beschenkt, geschweige denn jetzt bedroht wurde. Vielleicht bin ich tatsächlich ein Einzelfall«, überlegt er. »In meiner Branche hat man wenig Freunde. Die Konkurrenz ist hart, und den ein oder anderen Gauner habe ich in meinem Arbeitsleben dingfest gemacht und Ihren Kollegen übergeben«, brüstet sich der Sicherheitschef. »Da kann es durchaus sein, dass mir jetzt einer übel mitspielt.«

»Dann müsste derjenige aber wissen, dass Sie 1500 Euro erhalten haben«, meint Lisa zu ihm. »Haben Sie jemandem davon erzählt, Herr Sänger?«

»Um Gottes willen! Ich kenne nur Leute, die mich angebettelt hätten. Wissen Sie, mir hat im Leben bisher niemand etwas geschenkt, und daher wollte ich mich einmal selbst verwöhnen. Verstehen Sie das?«

Lisa nickt.

Was für ein trauriger Mensch, denkt sie.

Mir bringt es am meisten, anderen etwas zu schenken und zu sehen, wie sie sich darüber freuen.

Auch Gesa lässt der Gefühlsausbruch Holm Sängers nicht kalt.

Ein Kerl wie ein Baum, aber im Innersten ein Häufchen Elend.

Zum Glück kommt Lasse mit frischem Kaffee an den Tisch und das Gemüt des Mannes hellt sich wieder auf.

»Gut, Herr Sänger«, sagt Gesa zu ihm, »ich verabschiede mich jetzt von Ihnen. Trinken Sie in Ruhe Ihren Kaffee aus. Meine Kollegin, Kriminalobermeisterin Rückert, wird ein Protokoll aufnehmen, das Sie dann bitte unterschreiben. Passen Sie auf sich auf! Wir melden uns.«

Gesa beugt sich über den Tisch und sammelt den in einer Beweismitteltüte liegenden Drohbrief und ihre Schreibutensilien zusammen. Dann steht sie auf und steckt alles in ihre Handtasche.

»Ihren Brief«, sagt sie, »behalten wir selbstverständlich hier und lassen ihn in der Kriminaltechnik genauer untersuchen.«

Nun erhebt sich auch Holm Sänger von seinem Platz und gibt Gesa zum Abschied die Hand.

»Danke, Frau Bähr. Wenn ich mal etwas für Sie tun kann ...«

Doch Gesa schüttelt nur resigniert den Kopf.

»Leider nicht.«

Oder schaffst du es etwa, mir Personenschutz für meine Schwester bereitzustellen?, denkt sie und verlässt den Großraum über den kleinen Zwischenflur, um zu ihrem Büro zu gehen.

Am liebsten würde sie jetzt vor Wut mit dem Fuß gegen die Wand treten.

Ach, das ist doch alles eine riesige, undurchschaubare Scheiße, durch die wir da waten müssen.

Nichts als Nebel!

Nicht nur draußen vor der Tür.

Auch in meinem Kopf.

Hoffentlich ist Niklas bald von Trude zurück.

Allein verzweifle ich sonst.

11. Kapitel

Niklas ist in der Zwischenzeit pünktlich um 12.00 Uhr bei Trude Hansen zum Mittagessen erschienen. Dieses Mal drückte er den nostalgischen Klingelknopf an ihrem weißgetünchten Kapitänshäuschen äußert vorsichtig. Nicht, dass der wieder stecken bleibt und ein nerviges Sturmklingeln verursacht, wie bei seinem letzten Besuch kurz vor Weihnachten.

Zu Niklas' Verwunderung öffnete ihm nicht seine zweiundachtzigjährige gute Freundin Trude Hansen ihre in leuchtendem Tannengrün gestrichene Eichenholztür, sondern eine junge Frau.

Die kenne ich doch, war sein erster Gedanke. Er staunte nicht schlecht, dass er die Lehramtsstudentin Fiona, die er gestern im Hause des Anwalts Kellinghusen kennengelernt hat, so schnell wiedertrifft.

Während Fiona am Esstisch im Wohnzimmer die Kartoffelsuppe mit Würstchen kellenweise auf die Teller verteilt, klärt Trude Niklas auf, was es mit der für ihn unerwarteten Anwesenheit Fionas auf sich hat.

»Ich habe es so sehr im Rücken«, ächzt Trude, »wie dir bestimmt schon aufgefallen ist, Niklas. Das Kreuz ist ohnehin meine große Schwachstelle, und nun ist mir gestern beim Aufstehen die Hexe in die Lendenwirbel geschossen. Anschließend war es komplett vorbei mit meiner Beweglichkeit.«

Niklas sieht Trude mitfühlend an. »Du hättest mir absagen können«, meint er, »oder mich um Hilfe bitten.«

»Ach was! Ich verzichte zu allem Ärger doch nicht noch auf deinen Besuch«, empört sich Trude, »und mir zu helfen, schaffst du nun wirklich nicht. Ich weiß, dass du keine Zeit hast und gestern dein erster Arbeitstag nach dem Urlaub war.« Trude atmet tief durch. »Zum Glück hat Hilde Neumann mir ihre Apothekenhelferin vorbeigeschickt, die hat mir den Rücken mit Salbe eingerieben und ein paar von Hildes Wundermitteln dagelassen. Als ich der Frau mein Leid klagte, wie ich jetzt meinen Alltag mit Kochen,

Einkaufen und Putzen bewältigen soll, hat sie mir von der Firma ›Mehr Service am Meer‹ erzählt, die für genau solche Notfälle einspringen würde.«

Trude blickt dankbar zu Fiona herüber.

»Das Mädel ist Gold wert«, lobt sie. »Kochen musste sie aber heute nicht. Ich hatte noch Kartoffelsuppe eingefroren.«

Niklas kneift verwundert die Augen zusammen.

Ist die junge Frau nicht als Nachhilfelehrerin tätig?

Fiona zerstreut sofort seine Zweifel. »Normalerweise arbeite ich für das Unternehmen in der Hausaufgabenbetreuung und Schülernachhilfe«, sagt sie. »Mein Einsatz bei Frau Hansen ist eine Ausnahme. Die Grippewelle hat leider fast die halbe Firma erfasst, und da ich diese Woche vorlesungsfreie Zeit habe, bin ich im Bereich Haushaltsservice für eine erkrankte Kollegin eingesprungen.«

»Ach«, meint Trude enttäuscht, »dann kommst du morgen gar nicht zu mir, Fiona?«

»Doch«, versichert sie und lächelt. »Ich habe die ganze Woche am Vormittag und über Mittag für Sie Zeit, Frau Hansen.«

Trude strahlt. »Am Nachmittag muss ich aber zur Hausaufgabenbetreuung«, erklärt ihr Fiona schnell.

»Schade. Dich könnte ich den ganzen Tag um mich haben«, lobt Trude die Fünfundzwanzigjährige.

Niklas kommt aus dem Staunen nicht heraus.

Trude ist doch sonst so sparsam, denkt er.

Nicht geizig, aber sie achtet schon auf ihre Ausgaben.

So ein privater Service ist sicher nicht billig.

Warum hilft ihr Carlo nicht?

Der pensionierte Leuchtturmwärter Carlo Friedrichsen ist ein enger Freund Trudes. Die beiden sind verwitwet und haben sich nicht gesucht, aber im hohen

Alter doch gefunden. Nur zusammenzuziehen wagen sie nicht.

Bei unseren zwei Dickköpfen geht das nicht gut aus, hat Trude zu Niklas gemeint, obwohl ein Zusammenleben ihnen im Alltag einiges erleichtern würde.

»Wo ist denn Carlo eigentlich?«, erkundigt sich Niklas jetzt bei ihr. Dann beißt er herzhaft von der Schinkenwurst in seiner Kartoffelsuppe ab. »Die Suppe ist dir wieder vorzüglich gelungen«, murmelt er mit vollem Mund.

Trude nickt. »Aufgewärmt schmeckt sie meistens besser«, bestätigt sie, »und was Carlo betrifft, der ist mit seiner Tochter und deren Familie im Urlaub, im Harz. Ich habe ihn selbstverständlich gefragt, was er plötzlich in den Bergen sucht. Weißt du, was er mir geantwortet hat?«

»Nein. Aber du wirst es mir sicher erzählen«, antwortet Niklas und schmunzelt.

»Auf die Gipfel klettern und prüfen, ob er bis zu uns an die Ostsee schauen kann.«

Niklas bemerkt, wie Fiona hinter vorgehaltener Serviette leise in sich hineinkichert.

Heute scheint es der Studentin wieder besser zu gehen, stellt er mit Freude fest.

Wenn ich mich an ihre Panikattacken gestern Abend erinnere.

Zu der Zeit hat sie ein vollkommen anderes Bild von sich vermittelt.

Niklas wendet seine Aufmerksamkeit jetzt wieder Trude zu. Sie hat ihn, während er kurz zu Fiona gesehen hat, keinen Moment aus den Augen gelassen.

Wahrscheinlich glaubt Trudchen, ich hätte Interesse an der ausgesprochen hübschen Frau.

Fionas große Augen sind faszinierend, sie schimmern klar und blau wie Bergseen.

Aber über zwanzig Jahre jünger ist mir wirklich zu viel des Altersunterschieds.
Außerdem habe ich Dana kennengelernt.
Sie wollte sich heute melden und mir mitteilen, wann sie an die Ostsee reist und mich besucht.
»Trude?«, fragt Niklas und zieht ihren Namen extra in die Länge. Er überlegt noch, wie er sie am besten fragen soll. Sofort wird die alte Dame in ihrem Sessel ein wenig größer. Der Junge hat doch etwas auf dem Herzen, vermutet sie.
»Ja, Niklas? Lass es raus, min Jung!«, fordert sie ihn auf und streckt neugierig ihr Kinn vor.
Aua, mein Rücken. Ich muss gerade sitzen.
Fiona springt vom Tisch auf und stopft schnell ein Sofakissen zwischen Trudes krummen Rücken und die Stuhllehne.
»Danke, mein Kind.« Trude tätschelt Fionas Hand.
Niklas beginnt seine Frage ein zweites Mal: »Den Service, den du dir für diese Woche gebucht hast, der ist sicher nicht ganz ohne ... Kosten, meine ich. Da kommen doch einige Euro zusammen.«
»Haha!« Trude lacht heiser. »Das denkst du! Ich habe auch geglaubt, so etwas kann ich mir nicht leisten«, gibt sie zu, »aber ich muss gar nichts dafür bezahlen. Außer meine Helferin zu beköstigen, was eine Selbstverständlichkeit für mich ist, verlangen die nichts von mir«, versichert die gastfreundliche Trude.
Niklas runzelt die Stirn: »Das heißt, Sie arbeiten die ganzen Vormittage umsonst?«, fragt er Fiona.
Die schüttelt den Kopf. Ihre halblangen, rotblonden Locken kringeln sich dabei nach allen Seiten. »Nein, natürlich nicht. Ich bin Studentin und benötige das Geld. Was die Kunden mit der Büroleiterin der Servicefirma aushandeln, entzieht sich meiner Kenntnis.«

Niklas empfindet Fionas Antwort viel zu geschäftlich formuliert.

Man merkt deutlich, wie unangenehm ihr das Thema ist. Sie ist wieder total reserviert.

»Ich räume dann mal den Tisch ab«, verkündet Fiona da auch schon. »Bleiben Sie ruhig sitzen, Frau Hansen!«, sagt sie, als Trude unruhig auf ihrem Stuhl hin und her zu rutschen beginnt. »Sie haben doch einen Gast. Nicht wahr, Herr Lux? Bestimmt möchten Sie noch ein wenig mit Ihrer Bekannten plaudern. Ich bin zum Arbeiten hergekommen und werde derweil den Abwasch erledigen und die Küche putzen.«

»Niklas ist kein Bekannter, er ist ein enger Freund!«, verbessert Trude Fiona.

»Oh, entschuldigen Sie, ich wusste nicht ...« Fiona stapelt schnell das Geschirr auf dem Tablett und verlässt eilig das Wohnzimmer.

Niklas ist es recht.

Ich muss Trude noch um Hilfe bei der Ermittlung der Beschenkten bitten, das darf die Studentin auf keinen Fall mitbekommen.

»Trudchen«, sagt Niklas und schenkt ihr Wasser in ihr Trinkglas nach. »Ja«, antwortet sie sofort, »es gibt gleich noch Nachtisch.«

Niklas lächelt sie an: »Danke schön, aber das hat Zeit, Trude.«

Sie staunt: »Wie kommts denn? Sonst schielst du schon während des Hauptgangs zu meiner Wanduhr über dem Sofa, weil deine Pause immer so knapp bemessen ist, und jetzt hast du plötzlich viel Zeit?« Sie droht Niklas mit ihrem knochigen Zeigefinger und grinst schelmisch: »Hat das etwa mit der hübschen Deern, die uns heute das Mittagessen serviert, zu tun?«

Niklas schließt kurz die Augen.
Egal, was ich jetzt sage, sie glaubt es mir ohnehin nicht.
»Hab ich es doch geahnt!«, krakelt Trude los.
»Trudchen, nein! Ganz bestimmt verhält es sich nicht so, wie du vermutest«, widerspricht er. »Ich habe im Urlaub in Berlin eine neue Frau kennengelernt«, fühlt er sich genötigt preiszugeben, damit Trudes Neugier befriedigt wird.
»Ah!«, entweicht ein staunender Laut aus ihrem kleinen Mund. Dann sieht sie Niklas misstrauisch an: »Das hast du dir aber nicht eben ausgedacht?«, warnt sie ihn.
»Nein. Ich schwöre es. Aber nun lass mich dir erklären, warum ich heute über meine reguläre Mittagspause hinaus bleiben darf. Ich bin teils dienstlich bei dir zu Besuch. Unser Kripoteam benötigt deine Hilfe.«
»Im Ernst?« Trude hat vor lauter Stolz ihren Rückenschmerz verdrängt und springt kurz mit dem Po von ihrem Sitzkissen hoch. »Dass ich das noch erleben darf«, freut sie sich. »Was kann ich tun? Raus mit der Sprache, min Jung!«
Niklas steht auf und schließt kurz die Wohnzimmertür.
»Zuerst musst du mir bitte eine Verschwiegenheitserklärung unterzeichnen«, sagt er und zieht ein gefaltetes Stück Papier und einen Kugelschreiber aus seiner Hemdtasche.
Trude unterschreibt, ohne einmal drüberzulesen. »Dann ist es sogar hochoffiziell«, staunt sie. »Tja, soll Carlo mal ruhig durch den Harz kraxeln. Ich habe Wichtigeres zu tun. Worum geht's denn überhaupt?«, fällt ihr plötzlich ein. »Wann erzählst du mir das endlich, Niklas?«

Er schmunzelt. »Du hast mich ja nicht zu Wort kommen lassen«, entschuldigt er sich und erläutert Trude sein Anliegen.

Schon nach den ersten Sätzen hat Trude den Ernst der Lage begriffen. »Mensch, Niklas!«, stöhnt sie. »Das neue Jahr fängt ja echt bescheiden an. Was bin ich im Nachhinein froh, dass ich keine Geldspende erhalten habe.«

»Fällt dir spontan jemand ein, wo du es vermuten würdest?«

Trude nickt. »Einen weiß ich sogar mit Sicherheit«, behauptet sie. »Es handelt sich um Dr. Bleibtreu, unseren Notarzt. Eigentlich ist er Internist, aber er praktiziert nicht mehr. Angeblich soll er selbst schwer krank sein, Krebs haben ...«

Niklas erinnert sich sofort an den hinkenden Notfallmediziner gleichen Namens.

Der hat den Totenschein für die erschlagene Rena Schwender ausgestellt.

»Woher weißt du, dass dieser Arzt zu den Beschenkten gehört?«

»Seine ältere Schwester, die Hannelore, spielt in unserer Canastarunde. Die hat es ausgeplaudert. Ihr Bruder will aufhören zu arbeiten und sich damit noch ein schönes Leben machen, hat sie erzählt.«

Das kommt auf die Summe an, denkt Niklas, und darauf, wie lange man zu leben hat.

Als hätte Trude seine Gedanken gelesen, erwidert sie: »Wie viel Geld er bekommen hat, weiß ich nicht. Hanne meinte, die Zeit, die ihm verbleibt, sei kurz, und dafür würde es reichen.« Trude seufzt laut. »Bestimmt hat er auch noch etwas fürs Alter zurückgelegt, der Arme.«

»Sicherlich«, stimmt Niklas ihr zu. »Das ist wirklich

eine traurige Geschichte. Fallen dir weitere Personen außer dem Arzt ein?«

Trude zieht hörbar Luft durch die Nase. »Wenn ich genau überlege, ehrlicherweise nicht. Aber ich werde mich in den nächsten Tagen umhören.«

»Danke, Trudchen, und bitte denk an die Erklärung, die du unterschrieben hast«, ermahnt Niklas sie. Er hat der alten Dame nur verraten, dass die Beschenkten womöglich in Gefahr wären. Mehr nicht. Von den Drohbriefen hat er nichts erwähnt. Niklas kennt Trude gut und weiß, wie schwer es ihr fällt, etwas für sich zu behalten. Außerdem wollte er ihr keine zusätzliche Angst einflößen.

Die ganze Angelegenheit ist schon aufregend genug für sie.

»Trudchen«, sagt Niklas lächelnd zu ihr, »bevor deine reizende Helferin uns den Nachtisch serviert, habe ich eine letzte Frage. Wir sind vorhin vom Thema abgekommen ... Warum musst du für den Haushaltsservice nichts bezahlen?«

»Das habe ich selbst nicht so richtig verstanden. Die Büroleiterin, eine Frau Krabbe, versicherte mir, dass diese Woche wirklich komplett umsonst ist. Ich soll die Firma ›Mehr Service am Meer‹ erst einmal kennenlernen und mich überzeugen, wie zuverlässig sie wären. Dann würde sie mich später, wenn es mir wieder besser geht, besuchen und mir das Programm vorstellen«, berichtet Trude. Ihre runzligen Wangen sind vor Aufregung von roten Flecken übersät. »Du glaubst nicht, was die alles für einen tun können, Niklas!«, schwärmt sie. »Frau Krabbe hat mir am Telefon tausend Dinge aufgezählt. Leider habe ich mir kaum etwas merken können. Mir ist ganz schwindelig im Kopf geworden, so schnell wie die Frau geredet hat.«

»Mhm«, presst Niklas zwischen seinen vollen Lippen

hervor. Er spart sich jeglichen Kommentar und schluckt hinunter, was er Trude antworten möchte.

»Wenn diese Frau Krabbe einen Termin mit dir vereinbart hat, informierst du mich bitte?«, sagt er stattdessen und blickt Trude streng an.

»Warum das denn? Du hast doch immer so wenig Zeit! Meinst du, das ist nötig?«, wundert sie sich.

»Ja, meine ich«, versichert Niklas ihr mit Nachdruck in der Stimme. »Die Zeit nehme ich mir dann, Trudchen.«

»Na gut. Wenn du es möchtest.«

Die Tür zur Stube wird aufgestoßen und Fiona betritt mit einem Tablett randvoll gefüllter Kompottschälchen das Zimmer.

Trudes graue Augen leuchten. »Rote Beerengrütze mit ordentlich viel Vanillesoße. Schön dick und kräftig, so wie du sie magst«, erklärt sie Niklas.

»Na, dann«, freut er sich und greift zu dem Teelöffel an seinem Platz, »wünsche ich guten Appetit.«

»Nun setz dich mal zu uns, Fiona!«, fordert Trude die zögernde junge Frau auf, nachdem diese den Nachtisch verteilt hat. »Der Niklas beißt nicht«, plappert sie munter drauflos, »aber er ist leider wieder frisch vergeben, wie ich eben erfahren habe.«

Als Trude sieht, dass Fiona peinlich berührt zur Seite schaut, fügt sie schnell hinzu: »Ich meine ja nur ... falls du ein Auge auf den schmucken Kerl geworfen hast.«

Fiona setzt sich jetzt an den Tisch und lächelt Trudes Bemerkung einfach weg, während Niklas fast der erste Happen roter Grütze im Hals stecken bleibt. Er kämpft mit einem Hustenreiz und wirft der jungen Frau einen entschuldigenden Blick zu.

Sie löffelt, als wenn nichts wäre, langsam weiter die Vanillesoße von ihrer Beerengrütze und sagt dann leise: »Es tut mir leid. Ich kann heute nicht mehr lange bleiben, Frau Hansen.« Fiona räuspert sich kurz und wendet sich an Niklas: »Wenn Sie vielleicht nachher den Rest abräumen und abwaschen würden, Herr Lux ...«

Niklas nickt sofort. »Natürlich. Ich kümmere mich um Trude«, verspricht er, »und in ihrer Küche kenne ich mich bestens aus.«

Fiona strahlt. »Vielen Dank. Das würde mir sehr helfen. Mein Nachhilfeunterricht beginnt heute bereits eine halbe Stunde früher. Ich werde mich in fünf Minuten auf den Weg machen müssen.«

12. Kapitel

Als Fiona kurze Zeit später über die schmale kopfsteingepflasterte Gasse zum Wohnhaus der Kellinghusens spaziert, fahren die Gedanken in ihrem Kopf Achterbahn.

Die ganze Sache läuft aus dem Ruder.

Der nette Kommissar hat mich beim Mittag so merkwürdig angesehen.

Ob er etwas ahnt, nachdem ich gestern vor ihm die Fassung verloren habe?

Das darf mir nicht wieder passieren.

Eine Windbö erfasst Fionas rotblonde Locken und zerzaust ihr Haar. Wie aus dem Nichts beginnt es in Strömen zu regnen.

Schon wieder.

Ein bisschen Schnee wäre schön, denkt sie wehmütig.

Wir haben Januar.

Sie schlägt die Kapuze ihres Steppmantels hoch.
Dann hätte ich nicht so weit weg im Norden studieren dürfen, würde Papa jetzt sagen.
Ach, Papa.

Kellinghusens Hausdame, Frau Niedermeier, öffnet Fiona die schwere Eichentür der Jugendstilvilla, kaum dass die Studentin den Klingelknopf berührt hat.
Wahrscheinlich hat der Drachen mit der Stoppuhr hinter dem Fenster gelauert und auf mich gewartet.
»Treten Sie ein!«, begrüßt Ruth Niedermeier die Fünfundzwanzigjährige ohne weitere Willkommensworte, aber dafür gleich mit einem Vorwurf. »Sie sind ja vollkommen durchnässt, Fiona!«, kreischt sie entsetzt. »Haben Sie denn keinen Schirm dabei?«
»Vergessen«, murmelt Fiona, die ihren schwarzen Knirps bei Trude Hansen auf der Flurkommode liegen gelassen hat.
Frau Niedermeier rümpft ihre schmale Nase.
Tss! Wo soll das hinführen, wenn heutzutage nicht einmal die angehenden Pädagogen im ganzen Satz antworten?
Hochnäsig blickt sie auf Fiona herab, die sich ihrer nassen Sachen entledigt. Die junge Frau ist ein willkommenes Opfer für Ruth Niedermeier, um ihre schlechte Laune an jemandem auszulassen. Herr Kellinghusen ist leider unverhofft über Mittag nach Hause gekommen und hat das gesamte Konzept der strengen Hausdame durcheinandergebracht.
Angeblich muss er etwas Dringendes mit der Nachhilfelehrerin besprechen.
Haha, wer es glaubt ...
Der hat ein Auge auf das hübsche Ding geworfen.
Fiona passt doch genau in sein Beuteschema.
Na, Frau Kellinghusen ist nicht ganz unschuldig an seinen

Eskapaden.

Jeden Abend am Theater – das hält keine Ehe aus.

Nach den Aufführungen soll es dort in der Künstlergarderobe heiß hergehen.

In dem Film gestern Abend war es jedenfalls so, erinnert sich Frau Niedermeier und bekommt glänzende Augen.

»Leon spielt in seinem Zimmer«, erklärt sie Fiona, die gerade in die für sie bereitgestellten Hausschuhe schlüpft. »Der Herr Kellinghusen möchte Sie noch vor dem Unterrichtsbeginn sprechen.« Frau Niedermeier senkt ihre Stimme und redet weiter: »In seinem Arbeitszimmer. Gehen Sie ruhig schon einmal hinten durch zu ihm. Ich habe ohnehin in der Küche zu tun. Mein Tagesablauf ist vollkommen durcheinandergeraten«, jammert sie.

Aha, daher die miese Stimmung, denkt Fiona und zieht heimlich eine Grimasse hinter Ruth Niedermeiers Rücken.

Die Frau ist dermaßen festgefahren.

Flexibilität muss ein Fremdwort für sie sein.

Kein Wunder, dass Leon rebelliert.

Eine strenge Hausdame mit minutiöser Planung und Eltern, die ihm alles erlauben und kaum anwesend sind.

Was sein Vater wohl jetzt von mir möchte?

Eigentlich ist der doch um diese Zeit in seiner Anwaltskanzlei.

Fiona ist am Arbeitszimmer des Hausherrn angelangt. Die Zimmertür ist nur leicht angelehnt worden. Vorsichtig lugt die Studentin durch den Türspalt um die Ecke.

Sebastian Kellinghusen, ein schlanker Mittvierziger mit dichtem braunem Haar und einem Dreitagebart, der seinem eher weichen Gesicht etwas Verwegenes verleiht, sitzt mit übergeschlagenem Knie auf der Kante seines Schreibtischs und telefoniert angestrengt über ein Headset. Die glatte Stirn hat er in Falten gelegt. Seine schmalen Hände gestikulieren aufgeregt.

Sofort zieht Fiona ihren Kopf wieder aus der Tür und wartet kurz ab. Plötzlich hört sie deutlich einen ihr bekannten Namen und erschrickt.

Was hat Herr Kellinghusen damit zu tun?

Sie schleicht wieder nahe an die Tür und presst sich, so dicht es geht, dagegen, um das Telefonat des Anwalts zu belauschen.

»Rena ist tot«, flüstert er.

»Warum? Woher soll ich das wissen!«, schnauzt er in sein Mikro. »Da gibt es andere, die sich besser auskennen«, protestiert er.

Fiona versucht, sich einen Reim auf die Äußerungen des sichtlich erregten Mannes zu machen.

»Die Kripo will mich sprechen«, beschwert er sich. »Ein Kommissar war gestern hier und hat unsere Hausdame ausgehorcht. Ich muss mich heute unbedingt bei denen in der Dienststelle blicken lassen«, mault er.

Aha, denkt Fiona, daher war Herr Lux gestern zu Besuch.

Der Anwalt Kellinghusen redet auf einmal lauter: »Hast du sie noch alle?«, pöbelt er seinen Gesprächspartner am Telefon an. »Ich weiß selbst am besten, was ich sagen werde. Wozu bin ich Jurist?«, höhnt er und schaut auf seine goldene Rolex. »Oh, verdammt, so spät schon?«, stellt er erschrocken fest. »Unser neuer Schmetterling müsste längst hereingeflattert sein.« Die Pupillen in seinen hellen Augen weiten sich gierig, und Kellinghusen reibt sich einmal kurz mit der Hand über den Schritt. Zum Glück kann Fiona ihn hinter der Tür nicht sehen, sondern nur hören.

Warum nennt er mich Schmetterling, dieser Spinner?

»Nein, ich bin nicht wegen ihr mittags nach Hause«, behauptet Kellinghusen. Dann stockt er kurz: »Obwohl, wenn ich es mir recht überlege ... der Appetit kommt beim Essen. Vielleicht lade ich die Hübsche heute Abend zu einem gepflegten Dinner ein«, überlegt er. »Mit Leon und ihr läuft es wunderbar«, schwärmt sein Vater. »Warum nicht auch mit mir? Ich wette, der verführerische Falter hat weitere Qualitäten, und wenn nicht, kann sie ja von mir noch einiges lernen«, prahlt Kellinghusen und lacht heiser: »Schließlich geht es um Nachhilfe, haha.«

Fiona verdreht empört ihre großen, blauen Augen.

Davon stand nichts im Vertrag, denkt sie bissig. In Gedanken spielt sie das Gelernte aus ihrem Selbstverteidigungskurs durch.

Du eingebildeter Fatzke, dir werde ich es zeigen.

Plötzlich zieht jemand von hinten an ihrem Hosenbein.

Leon!

»Man darf nicht lauschen, wenn Erwachsene telefonieren«, flüstert er.

Fiona wird knallrot. Zum Glück ist es im Flur vor dem Arbeitszimmer dunkel. Die Studentin folgt ihrem Schützling nun eilig ins Esszimmer.

Noch vor der Tür bremst sie kurz und hält Leon an seinem Pulloverärmel fest. »Du verrätst mich aber nicht«, bittet sie. »Hast du denn deine Übungsaufgaben, die ich dir gestern gegeben habe, erledigt?«, erkundigt sie sich.

Der Zehnjährige bohrt provozierend in der Nase:

»Und wenn nicht?«, fragt er und sieht Fiona spitzbübisch an. »Petzt du es dann der ollen Niedermeier oder meinem Papa?«

»Okay«, erwidert sie und grinst. »Wir sind quitt. Nun lass uns aber schnell weiter in euer Esszimmer gehen und uns an den großen Tisch setzen. Dein Papa telefoniert wohl länger, der kann mir später sagen, was er von mir möchte. Wir werden jetzt mit dem Unterricht beginnen.«

Leon macht einen Luftsprung.

»Prima!«, ruft er und stürmt voran. Nach ein paar Metern dreht er sich um und verkündet stolz: »Die Rechenaufgaben von dir habe ich übrigens alle erledigt. Die waren so lustig und haben riesigen Spaß gebracht.«

Zufrieden lächelnd folgt Fiona ihrem Schützling.

Sie versucht, die Gedanken an das belauschte Telefonat vorerst zu verdrängen.

Der Kellinghusen kann mich mal.

Ich habe nichts mit dem zu bereden.

Wenn die Nachhilfestunde vorbei ist, hau ich einfach ab.

13. Kapitel

Niklas und Gesa haben, nachdem Sebastian Kellinghusen erst am späten Nachmittag in ihrer Dienststelle zur Befragung erschienen ist, beschlossen, für heute Feierabend zu machen. Während Gesa die Eingangstür zum Großraum der Kripo abschließt, hält Niklas ihr den Mantel auf.

»Der Kerl hat sich geschickt aus jeder Frage herausmanövriert«, beschwert sich der Oberkommissar über den arroganten Anwalt.

Gesa nickt zustimmend, während sie in ihren hellgrauen Wintermantel schlüpft: »Aber wir haben nichts gegen den Kellinghusen in der Hand. Vielleicht hat er die Frauen, die sich in ihrer Not an die Telefonseelsorgerin Rena Schwender gewandt haben, wirklich nur uneigennützig beraten, wie er behauptet hat«, sagt sie und knöpft sich ihren Mantel zu. »So, jetzt aber nichts wie nach Hause, Niklas! Danke fürs Aufhalten.«

Kaum, dass die beiden losgegangen sind, stoppt Gesa schon auf dem ersten Treppenabsatz. »Mit dieser Art Beratung bewegt sich der Kellinghusen allerdings in einer Grauzone«, erklärt sie Niklas und läuft dann weiter die Treppe hinunter. »Eine kostenlose Beratung zu Werbezwecken ist ihm als zugelassenem Rechtsanwalt nicht gestattet, und eine sogenannte Pro-Bono-Beratung für karitative oder gemeinnützige Zwecke müsste eigentlich über einen Verein laufen.«

Niklas hält Gesa die Haustür vom Dienststellengebäude auf: »Ach, sieh mal einer an!«, meint er und verzieht die Mundwinkel. »Glaubst du, daher streitet Kellinghusen eine intensivere Zusammenarbeit mit der getöteten Rena Schwender ab?«

»Es wäre zumindest eine Erklärung«, antwortet Gesa. »Aber nun lass uns nach Hause fahren, Niklas. Wir haben das Gespräch aufgezeichnet und werden morgen mit Lisa und Stefan beraten, wie es mit dem Anwalt weitergehen soll. Als Nächsten müssten wir dringend den Notarzt Dr. Bleibtreu aufsuchen. Er ist potenziell gefährdet.«

»Ja, du hast recht.« Niklas kniet sich am Fahrradständer vor dem Dienststellengebäude hin und befreit sein Rennrad von dem dreifachen Kettenschloss.

»Fahr lieber schnell los«, verabschiedet sich Gesa mit einem Blick in den schwarzen Abendhimmel. »Noch regnet es nicht. Tschüs, Niklas!«, sagt sie und geht weiter über den Parkplatz zu ihrem dunkelblauen, alten Dienstopel.

Wie gut, dass wir keinen Frost haben. So komme ich zügig weg.

Sie gähnt laut.

Jetzt ein heißes Bad und anschließend früh schlafen.

Im Hintergrund hört sie Niklas' Handy klingeln.

»Dana!«, ruft er überrascht.

Gesa hält inne und spitzt ihre kleinen Ohren.

Dana? Den Namen höre ich zum ersten Mal und so, wie der Lux ihn ausgesprochen hat, sicher nicht zum letzten.

Sie hört Niklas laut und fröhlich lachen. »Was? Du bist schon hier? Bei mir in Laboe?«, fragt er.

Gesa fällt die Verwunderung in seiner Stimme auf, aber auch seine große Freude.

Sie gibt sich einen Ruck. Ende der Lauschattacke, ermahnt sie sich.

Ich werde dann mal einsteigen und losdüsen.

Sie schließt die Wagentür auf und lässt sich erschöpft in ihren Sitz fallen.

Als sie mit dem Opel vom Parkplatz rollt, telefoniert Niklas immer noch. Er ist so in sein Gespräch vertieft, dass er nicht einmal bemerkt, wie Gesa an ihm vorbeifährt. Im Lichtkegel der Scheinwerfer sieht sie seine stahlblauen Augen übermütig blitzen.

Hoho, denkt sie.

Da geht heute was, lieber Lux.

Hoffentlich kommt er morgen früh pünktlich aus der Koje.

So schnell ist Niklas schon lange nicht mehr mit seinem Rennrad nach Hause geradelt. Mit quietschenden

Reifen biegt er in die kleine Privatstraße in zweiter Reihe zur Strandpromenade ein. Vor einem dreigeschossigen Mehrparteienhaus schiebt er sein Fahrrad in einen freien Bügel des Gemeinschaftsständers.

Aus dem dunklen Hauseingang tritt plötzlich eine junge Frau in Jeans und Parka hervor. Ihre langen blonden Haare wehen im Abendwind.

»Niklas!«, ruft sie und fällt ihm in die Arme. »Beeile dich! Ich stehe im absoluten Halteverbot.«

Na, das passt zu Dana, denkt er, während er sie innig küsst.

»Ich muss nur schnell mein Rad anschließen«, sagt er, nachdem sie sich aus seiner Umarmung gelöst hat.

Dana lacht: »Ich hätte gedacht, du nimmst das Schmuckstück mit nach oben in die Wohnung und stellst es neben dein Bett«, lästert sie. »So wie du in Berlin von deinem Fahrrad erzählt hast, schwärmen andere Männer höchstens von ihrem teuren Sportwagen. Sorry.« Dana kichert leise hinter vorgehaltener Hand.

»Andere interessieren jetzt nicht«, erwidert Niklas unwirsch. »Aber du schätzt mich schon richtig ein«, meint er selbstkritisch. »Leider kann ich mein Rad nicht mit hochnehmen. Die Dachgeschosswohnung, die ich vor über einem Jahr bezogen und inzwischen gekauft habe, verfügt nur über zwei Zimmer und einen sehr schmalen Korridor. Auch die Küche ist eher klein gehalten. Dafür entschädigt mich der grandiose Blick auf die Ostsee«, schwärmt er. »Ich zeige ihn dir gleich, wenn wir oben auf der Terrasse sind.«

»Sehr gern.« Dana schaut verlegen auf ihre Fußspitzen. »Aber mein Bus ...«

»Welcher Bus?« Niklas erschrickt.

Ach, herrje. Dana fährt einen alten Campingbus, erinnert er sich plötzlich wieder.

Der kann hier nirgends parken.

»Dämmerts bei dir?«, fragt Dana ihn. »Ich schlage vor, wir fahren zu eurem Campingplatz direkt am Strand, da findet sich bestimmt ein Plätzchen für meinen Liebling.«

»Im Winter? Am Abend?«

»Jupp, ich habe heute Mittag angerufen. Ist alles klar, Herr Kommissar. Wir übernachten an der frischen Luft. Ich wollte schon immer mal im Winter in der Ostsee baden.«

Niklas wird ein wenig unbehaglich. Er hat sich ja genau in diese verrückte Art der Journalistin Dana verliebt, die er bei der Silvesterparty seines Freundes Holger in Berlin kennengelernt hat, aber heute Abend in ihrem alten Campingwagen zu übernachten, übersteigt gerade seine Vorstellungskraft.

Ich habe sogar meine Wohnung extra aufgeräumt.

Dann überlegt er kurz.

Warum eigentlich nicht im Bus schlafen?

Danas Verrücktheit tut mir gut.

»Okay, ich komme mit«, willigt er ein und lächelt dabei vielsagend: »Ich würde trotzdem vorher einmal schnell hoch in meine Wohnung laufen ...«

Dana lacht. »Musst du nicht«, versichert sie ihm. »Ich habe alles eingepackt, was sicherheitsbewusste Kommissare für eine unbeschwerte Nacht benötigen.«

»Aber ich brauche auch frische Sachen für den nächsten Tag, da muss ich nämlich wieder zum Dienst.«

»Die holen wir morgen früh«, verspricht Dana ihm mit einem Augenaufschlag und zieht Niklas, der bereits sein Schlüsselbund aus der Hosentasche nestelt, vom Hauseingang weg. »Jetzt lass uns nicht noch mehr Zeit verlieren«, bittet sie ihn. »Ich habe ehrlich gesagt schon etwas eher mit dir gerechnet.«

»Ich auch«, versichert Niklas. »Bei uns ist zurzeit die Hölle los.«

Dana schmiegt ihre Arme fest um seinen Hals. »Dann entführe ich dich jetzt in den Himmel«, haucht sie Niklas ins Ohr und knabbert frech an seinem Ohrläppchen.

»Unbedingt«, antwortet er, nachdem Dana mit kurzem Anlauf auf seinen Rücken gesprungen ist und ihre langen Beine um seine Hüften schlingt. »Ich kann es kaum erwarten«, keucht er und läuft, mit ihr im Huckepack, los zu ihrem Campingbus.

Mittwoch

14. Kapitel

Noch müde von der kurzen Nacht mit seiner neuen Freundin blinzelt Niklas verschlafen aus seinen blauen Augen.

Wie spät ist es?

Er kneift die Lider zusammen und schaut zu dem alten Wecker auf dem schmalen Fensterbrett. Unter der sternenförmig eingerissenen Scheibe des quietschgelben Siebzigerjahre-Modells sind die verblichenen Ziffern nur noch als Striche zu erkennen.

Erst 7.00 Uhr, stellt Niklas erleichtert fest.

Er seufzt und dreht sich wieder zur Seite, wobei er

mit seinen Füßen zwei Blechtassen und einen Milchtopf aus dem Regal am Bettende hinunterfegt.
Kopfschüttelnd beobachtet er, wie das von ihm heruntergerissene Geschirr über die Decke weiter auf den harten Boden rollt, wo es scheppernd liegen bleibt.
Die Koje ist eindeutig zu kurz für meine langen Beine.
Dass Dana hier auf Dauer gut schlafen kann!
Seine Berliner Freundin ist nicht gerade klein gewachsen. Die sportliche Blondine misst fast 1,80 m.
Wo ist Dana überhaupt?
Niklas sieht sich in dem umgebauten VW-Bus um.
In einer guten Stunde muss ich los.
Zuerst nach Hause, frische Sachen holen und dann zum Dienst.
Von Dana ist nichts zu sehen.
Hinter dem geblümten Vorgang in dem winzigen Küchentrakt ihres Campingbusses zischt und faucht Danas uralte Kaffeemaschine, als wäre sie eine Dampflokomotive, die an einem Berg das Letzte aus sich herausholt.
Dann muss Dana schon aufgestanden sein.
Dass von diesem Gerät genießbarer Kaffee zu erwarten ist, hat Niklas gestern Abend, als er Danas mobiles Wohndomizil inspizierte, im Stillen bezweifelt. Aber gerade duftet es verführerisch gut, muss er sich eingestehen.
Mhm!
Außerdem würde mir mit Dana selbst ein einfaches Glas Wasser himmlisch schmecken.
Sehnsuchtsvoll denkt Niklas an die aufregende vergangene Nacht mit der vierunddreißigjährigen Journalistin zurück.
In dem Moment steht sie auch schon mit glühenden

Wangen und vom Frost glänzender Nase vor ihm. Ein eiskalter Windzug begleitet sie und weht bis unter Niklas' Bettdecke.

»Hui!«, ruft er. »Mach bitte schnell die Tür wieder zu!«

Dana schließt laut die Bustür und schüttelt anschließend ihre nassen Haare so heftig aus, dass die Tropfen bis zu Niklas auf das Bett spritzen. Er geht hinter einem Kissen in Deckung. Dana lacht. Unter ihrem Bademantel läuft Wasser ihre schlanken Fesseln hinunter und sammelt sich zwischen Danas nackten Zehen.

»Warst du etwa in der Ostsee baden?«, fragt Niklas erstaunt.

Seine Freundin lächelt. Ihre blau gefrorenen Lippen reichen dabei von einem Ohr bis zum anderen. »Ja, warum nicht?«, antwortet sie amüsiert und wirft mit Schwung ihren gelb gestreiften Bademantel ab. Dann zieht sie sich ihren Bikini aus und hüpft splitternackt zu Niklas ins Bett.

Er muss sich zusammenreißen, um nicht zurückzuzucken, als er Danas eiskalte Haut so plötzlich an seinem vom Schlaf aufgeheizten Körper spürt.

»Wärmst du mich wieder auf?«, schnurrt sie ihm ins Ohr und schiebt ihr Knie langsam zwischen Niklas' Oberschenkel. Er seufzt laut und küsst Danas zitternden Mund. Ihre grünen Augen strahlen ihn verführerisch an. Nur kurze Zeit später ist der Temperaturunterschied ihrer beiden Körper vollständig ausgeglichen und Niklas im Nachhinein froh, dass seine Freundin ihn gestern Abend überzeugt hat, an dem abgelegenen Weg vor den Dünen stehenzubleiben, anstatt den offiziellen Campingwagen-Parkplatz zu nutzen.

Hier sind wir allein.
Die Wände in dem Bus sind doch sehr hellhörig.
Mal abgesehen von den einfach verglasten Scheiben.

Eine Stunde später fährt Dana Niklas zurück zu seiner Wohnung nach Laboe. Er hat es zuvor lediglich geschafft, eine halbe Tasse Kaffee zu trinken.

Frühstück muss heute ausfallen.
Aber wach bin ich inzwischen.

Er lächelt zufrieden, als er zu seiner Freundin hinüberschaut, die den betagten Bus mit geschmeidigen Lenkbewegungen durch die engen Straßen des pittoresken Küstenortes jongliert.

»Bitte kümmere dich später um einen zugelassenen Stellplatz, Dana«, erinnert er sie.

»Versprochen!« Sie zwinkert Niklas zu. »Ich habe da bereits ein hübsches Fleckchen im Auge«, schwärmt sie. »Die Stelle liegt sogar noch dichter am Strand als unser Platz eben.«

Niklas wirft ihr einen zweifelnden Blick zu.

»Also ich habe dort nirgendwo Parkverbotsschilder entdecken können«, behauptet Dana selbstbewusst.

»Na gut«, lenkt er ein. »Du wirst wissen, was du tust. Wie verbringst du denn deinen Tag?«, fragt er. »Ich muss ja zum Dienst und es könnte heute spät werden. Vielleicht schaffen wir es nicht einmal, gemeinsam Abendbrot zu essen«, bedauert Niklas, der insgeheim an die weiterhin ungeklärten Todesumstände der Rena Schwender und die Bedrohungslage für die Geldspendenempfänger denken muss.

Dana zerstreut seine Befürchtungen: »Ich bin selbstverständlich nicht zum Spaß hier«, verkündet sie und grinst verschmitzt. »Außer, wenn ich mit dir zusammen bin«, erklärt sie lachend, als sie in Niklas' verblüfftes Gesicht schaut, »also bitte nicht missverstehen.«

»Hast du einen Auftrag von deiner Zeitung?«

»Richtig kombiniert, Herr Kommissar!«, bestätigt Dana und bremst plötzlich abrupt.

Niklas, der einen überraschenden Satz nach vorn in Richtung der von der Atemluft beschlagenen Frontscheibe macht, fühlt sich sofort an Gesas Fahrstil erinnert.

»Wird hier etwa neuerdings geblitzt?«, wundert er sich.

Dana grinst und zeigt auf ein gut genährtes Entenpärchen, das gerade dabei ist, gemütlich die Straße zu überqueren.

»Ach so.« Niklas ist erleichtert. »Worüber schreibst du denn als Nächstes?«, erkundigt er sich bei Dana.

Sie streicht sich eine blonde, lange Haarsträhne aus der Stirn. »Na, über euch, eure Küstenbewohner im Allgemeinen und speziell über die Menschen, die letztes Jahr vor Weihnachten anonyme Geldgeschenke bekommen haben.«

Niklas klappt vor Schreck die Kinnlade herunter.

Er selbst hatte auf Holgers Silvesterparty von dem Phänomen berichtet. Bei dieser Feier lernte er Dana kennen.

Mist!

Warum habe ich nur darüber herumgequatscht, ärgert er sich und weiß gleichzeitig, dass er sich nichts vorzuwerfen hat.

Zu diesem Zeitpunkt war der Sachverhalt lediglich eine nette Geschichte und keine Erpressung samt Morddrohung gewesen.

»Was hast du?«, wundert sich Dana, die ihren Bus

jetzt weiter sachte über den Weg rollen lässt. »Sei unbesorgt«, versichert sie Niklas, »ich verrate nicht, dass ich die Information von dir habe.«

Er schüttelt den Kopf. »Es wird trotzdem nichts mit deinem Artikel werden«, murmelt er leise.

»Wieso denn?«, ruft Dana. »Wir haben Pressefreiheit. Ich kann recherchieren, wie und wo ich möchte«, widerspricht sie.

»Davon abgesehen, dass nicht alles von der Pressefreiheit gedeckt ist, hättest du in diesem Fall völlig recht. Leider haben sich die Umstände geändert ...«

»Hä? Ich verstehe nicht.«

»Dana, ich darf da jetzt nicht drüber reden«, beschwört Niklas sie.

»Okay. Aber wie soll ich das meinem Chefredakteur beibringen? Der hat mir die eine Woche hier oben im Norden nur bewilligt, weil er anschließend eine sauber recherchierte Reportage drucken möchte.« Sie stockt kurz. »Ich hatte sogar ein wenig gehofft, du würdest mir helfen, den Kontakt zu den Leuten herzustellen.« Enttäuscht lässt Dana ihre Mundwinkel hängen.

»So eine Scheiße!«, flucht sie leise und trommelt mit ihren schlanken Fingern auf das Lenkrad.

Auch Niklas tut es leid, dass der bis eben so vielversprechend beginnende Tag mit Dana eine solche Wendung nahm. Er ahnt, dass sie wieder abreisen muss, wenn sie ihren Auftrag nicht erfüllen kann.

»Ich könnte versuchen, mit meiner Chefin, Hauptkommissarin Bähr, zu reden«, beruhigt er sie.

In Danas grünen Augen blitzt Hoffnung auf.

»Aber ich verspreche nichts«, beschwichtigt Niklas sofort, während seine Freundin mit ihrem Bus in die kleine Privatstraße zu dem Mehrfamilienhaus mit Niklas' Dachgeschosswohnung einbiegt.

»Lass mich da vorn auf dem Anwohnerparkplatz raus«, bittet er. »Ich ziehe mich schnell um und fahre dann mit dem Rad in die Dienststelle.«

»Okay«, seufzt Dana. »Ruf bitte gleich an, sobald ich loslegen darf. In der Zwischenzeit kümmere ich mich um ein kuschliges Plätzchen für meinen Campingbus.«

15. Kapitel

»Herein!«, stöhnt Gesa, als es mehrmals hastig an ihrer Bürotür klopft.

Sie hockt auf dem Fußboden neben ihrem kleinen runden Besuchertisch, von dem ihr, der Schwerkraft folgend, ein zum Berg anwachsender Aktenstapel vor zwei Minuten abgestürzt ist.

»Oh!«, ruft Niklas, nachdem er die Tür geöffnet hat und das Chaos auf Gesas Büroteppich erblickt. Er eilt ihr sofort zu Hilfe.

»Moin!«, begrüßt Gesa ihren Kollegen mit zerknirschtem Gesicht. »In einer halben Stunde beginnt unsere Teamsitzung«, schimpft sie, »und nun das!« Verzweifelt schlägt sie die Hände über dem Kopf zusammen, als sie bemerkt, dass einige nicht abgeheftete Seiten lose herumliegen.

Die muss ich erst wieder zuordnen, verdammt!

Auch Niklas ist kurz gestresst. Seine stahlblauen Augen schauen nervös über die verstreuten Aktenberge. Er hatte sich extra beeilt, um Gesa vor der morgendlichen Teambesprechung von Danas Plan zu erzählen.

»Was kann ich denn für dich tun, Niklas?«, fragt Gesa ihn, während sie weiter Papier vom Boden zusammenklaubt. Sie hat ihren Ärger unterdrückt und sich inzwischen wieder im Griff. »Du bist doch sicher nicht in mein Büro gekommen, um mir beim Aufräumen zu helfen«, sagt sie freundlich.

»Ehrlicherweise nicht«, gibt Niklas sofort zu, sammelt aber weiter fleißig die losen Blätter auf und legt diese auf das Fensterbrett.

»Gute Idee!«, lobt Gesa. »Ich schaue mir die später alle in Ruhe durch.« Sie sieht auf ihre Armbanduhr: »Jetzt habe ich keine Zeit dafür. Spuck es aus, Niklas. Wo drücken dich deine Schwimmflossen?«

Niklas schmunzelt kurz wegen Gesas neuer Sprüche-Schöpfung und berichtet ihr dann ausführlich von seiner neuen Freundin und deren journalistischem Auftrag, Interviews mit den beschenkten Küstenbewohnern durchzuführen.

»Aha«, staunt Gesa, die insgeheim befürchtet hatte, dass Niklas sie um einen freien Tag bitten möchte.

Hab ich's doch gestern Abend geahnt, dass er Damenbesuch bekommt.

Sie steht langsam vom Fußboden auf. »Lass uns lieber hinsetzen!«, stöhnt sie und hält sich ihr krummes Kreuz. »Zieh du dir bitte den freien Besucherstuhl zu mir an den Schreibtisch, Niklas.«

Die beiden diskutieren nun mehrere mögliche Varianten für Danas Recherchen und wägen ihre Ideen miteinander ab. Ein gemeinsamer Nenner ist jedoch schwer zu finden.

»Die Sache ist die, Niklas«, gibt Gesa zu bedenken, »wie weit kannst du Dana Paulsen vertrauen? Wie lange kennst du sie überhaupt?«

Niklas kneift die Augenlider zusammen. »Seit Silvester«, murmelt er. »Mein Freund Holger kennt sie aber bereits fünf Jahre. Sie hat über seine Galerie in einem Berliner Kulturmagazin berichtet.«

»Schön«, antwortet Gesa schnell und ihr Gesichtsausdruck zeigt deutlich, dass dem nicht so ist. Sie schüttelt zweifelnd den Kopf. »Ich weiß nicht«, jammert sie, »womöglich bringt sich die Frau durch die Interviews in Gefahr. Wir müssten sie einweihen. Das wiederum könnte unsere Ermittlungen gefährden.«

Gesa zieht hörbar Luft durch die Nase. »Hast du mal darüber nachgedacht«, sagt sie, »dass Dana Paulsen nicht zufällig hier aufgetaucht ist?«

»Also, Gesa!«, widerspricht Niklas entrüstet. »Was denn sonst? Selbstverständlich ist sie mit voller Absicht hier. Wir hatten ausgemacht, dass sie, sobald es ihr zeitlich möglich ist, zu mir hoch an die Ostsee nach Laboe kommt. Ich habe ja gerade Urlaub gehabt und Dana arbeitet als freie Journalistin und kann sich ihre Zeit eher einteilen. Für mich ist es völlig plausibel, dass sie sich da Arbeit mitbringt, wenn sie mich besucht. Über die anonyme Geldspendeaktion habe ich dummerweise selbst bei der Silvesterparty geplaudert ...«

»Ja, schon gut. Das klingt alles logisch«, beruhigt Gesa den aufgebrachten Niklas. »Mal eine andere Frage: Wie ernst ist es denn mit dir und ihr?«

Niklas zuckt mit den Achseln. »Was soll ich dazu sagen? Nach nicht einmal zwei Wochen ... Ich wollte schauen, wie es sich entwickelt. Bisher passt es super.«

Gesa grinst. »Verstehe. Ich freue mich für dich und dass es dir gelungen ist, deine alte Beziehung loszulassen. Gerade deshalb möchte ich nicht, dass wir deine neue gefährden.«

»Inwiefern?«

»Na, meiner Meinung nach müssten wir Dana Paulsen entweder verbieten, zu recherchieren, oder ihr zur Bedingung stellen, dass sie mit uns zusammenarbeitet, ohne ihr die wahren Hintergründe zu nennen.«

»Okay«, erwidert Niklas, »Dana ist ja intelligent genug und kann sich denken, dass, wenn wir mit im Spiel sind, an der Spendensache etwas faul ist.«

Gesa nickt. »Andersherum könnten wir mit Hilfe deiner Freundin mehr über die Beschenkten erfahren, die nicht mit uns zusammenarbeiten wollen. Wir sollten die knifflige Angelegenheit gleich mit Lisa und Stefan besprechen. Ich möchte, dass alle aus dem Team, auch Lasse, eingeweiht sind und gegebenenfalls ein Auge auf die Dame haben.«

Niklas stöhnt laut auf. »O mein Gott! Ich sehe schon, wie der Kollege Voß sein Grinsen nicht mehr aus dem Gesicht bekommt.«

Gesa beugt sich über ihren Schreibtisch und stupst Niklas freundschaftlich an. »Da musst du jetzt durch«, lacht sie. »Denk an den gemeinsamen Feierabend mit deiner neuen Freundin! Wohnt sie eigentlich so lange bei dir in der Wohnung?«, erkundigt sich Gesa. »Entschuldige, dass ich so direkt frage, Niklas. Du weißt ja, in welchen komplizierten Ermittlungen wir im Moment stecken. Nur, falls ich dich anrufen oder unangekündigt besuchen muss.«

»Keine Sorge, ich bin Tag und Nacht für dich erreichbar«, versichert Niklas Gesa. »Dana übernachtet übrigens lieber in ihrem Campingbus und ich wahrscheinlich die nächsten Tage ebenfalls, wenn mein Rücken das übersteht. Sie möchte morgens in der Ostsee baden.«

»Wow!« Gesa schaut Niklas mit großen Augen an. »Spannend! Die Frau ist ganz anders als ...«

»Tja«, gibt Niklas zu, »ich versuche, meine Komfortzone zu verlassen. Vielleicht klappt es dieses Mal besser, und wenn nicht, hatte ich wenigstens Spaß«, sagt

er und geht zur Tür.
Gesa schmunzelt heimlich hinter seinem Rücken.
Genau richtig so, Lux!
»Bis gleich!« ruft sie ihm hinterher.

Mit einem fröhlichen »Moin, ihr Lieben!« begrüßt die Hauptkommissarin nur kurze Zeit später ihr Team zur Besprechung. Den ersten Tagesordnungspunkt hat Gesa nach ihrem Gespräch mit Niklas kurzfristig geändert. Doch wenn sie geahnt hätte, welche hitzige Debatte dieser auslösen wird, wäre der Diskussionspunkt zu der geplanten Recherche der Journalistin Dana Paulsen sicher an das Ende der Teamsitzung gerückt.
Wir müssen endlich zu Potte kommen.
Auch Niklas schaut immer wieder verzweifelt auf die große, runde Uhr über der Eingangstür des Großraumbüros der Kripo.
In einer Stunde ist Mittag, denkt er, und wir sind nicht einen einzigen entscheidenden Schritt weiter.
»Leute! Der Fang muss in den Hafen! Kommt bitte zu einem Abschluss«, mahnt Gesa nun eindringlich.
Warum ist das heute nur so warm im Büro?
Sie wedelt mit einem A4-Blatt, das sie vor sich auf dem Tisch liegen hat: »Hier stehen interessante Neuigkeiten geschrieben! Um nächste Maßnahmen festzulegen, müssen wir im Todesfall Rena Schwender endlich die Ergebnisse der kriminaltechnischen Untersuchung und den letzten Bericht der Rechtsmedizin besprechen!«
»Okay«, meint Lisa erschöpft, »dann binden wir die Journalistin so ein, wie Sie vorgeschlagen haben, Frau Bähr.« Sie wischt sich ihre verschwitzten Ponyhaare aus dem Gesicht. Auch Stefan stehen von der Hitze

im Raum bereits feine Schweißperlen auf der Stirn.
»Kann mal einer die Heizung runterdrehen?«, nörgelt er.
»Nur zu, Kollege Voß! Selbst ist der Mann«, ermuntert ihn Gesa.
Während Stefan sich anschickt, aufzustehen, verzieht der Polizeischüler Lasse sein Gesicht, als hätte er Zahnschmerzen: »Dann ist der Ofen aber komplett aus«, unkt er. »Das Thermostat am Heizkörper funktioniert nämlich nicht mehr.«
»Seit wann?«, möchte Gesa sofort wissen.
Lasse hebt ahnungslos die Schultern. »Ich habe es heute erst festgestellt, Frau Bähr.«
Gesa stöhnt laut. »Gut oder auch nicht«, meint sie.
Typisch.
Dass Heizungen immer im Winter Zicken machen.
»Bitte kümmern Sie sich darum, dass ein Fachmann die Angelegenheit überprüft«, bittet sie Lasse.
»Es kann Wochen dauern, einen Handwerker zu bekommen«, erwidert er. »Soll ich nicht lieber? Ich könnte ein neues Thermostat besorgen.«
Gesa gibt sich geschlagen. »Okay, versuch dein Glück, Lasse! Jetzt geht's aber endlich mit der Tagesordnung weiter.«
Dann wendet sie sich mit eindringlichen Blicken wieder dem gesamten Team zu: »Ich fasse noch einmal fürs Protokoll zusammen. Wir werden Dana Paulsen Interviews führen lassen. Dafür wird sie unserem Kollegen Lux sofort berichten, wenn ihr etwas auffällt oder wenn sie von der Bevölkerung Informationen zu weiteren Spendenempfängern erhält.«
Niklas schaut gespannt in die Runde: »Ich halte es für einen guten Kompromiss. Sie wird sich wie jede investigative Journalistin durchfragen. Davon könnten

wir sie ohnehin nur abbringen, wenn wir die Gründe dafür auf den Tisch legen, und da sind wir uns einig: Das möchte niemand von uns.«

Lisa reißt entsetzt ihre blauen Augen auf. »Aber ich habe trotzdem noch Bauchweh damit!«, klagt sie. »Wir haben es mit nachgewiesenen Morddrohungen an die Betroffenen zu tun. Bekannt sind uns der Notarzt Dr. Bleibtreu, der Sicherheitsfirmeninhaber Holm Sänger, die Apothekenbesitzerin Hilde Bähr und die ums Leben gekommene Seelsorgerin Rena Schwender.«

Stefan hebt zum Einwand die Hand: »Ob Dr. Bleibtreu eine Drohung erhalten hat, wissen wir nicht. Nur, dass er ebenfalls großzügig bedacht wurde.«

»Ja, stimmt«, korrigiert sich Lisa. »Trude Hansen hatte es dem Oberkommissar erzählt.«

Gesa nickt der jungen Kriminalobermeisterin freundlich zu. »Ob Dr. Bleibtreu auch bedroht wird, können wir heute Nachmittag erfragen, Lisa. Sie und ich werden dem Notarzt einen Besuch abstatten.«

Niklas, der das leidige Thema um Danas Recherche endlich abschließen möchte, sagt schnell: »Du sprachst von neuen Ergebnissen der KTU, Gesa. Was haben Uwe Feddersen und seine tüchtigen Kollegen denn inzwischen herausgefunden?«

Gesa nimmt den Themenball, den Niklas ihr zugespielt hat, dankbar an.

»Ihr werdet es nicht glauben«, beginnt sie sofort mit ihrem Bericht und zieht eine Grafik mit Fingerabdrücken aus einer Akte vor sich. »Wir haben eine neue Spur! Diese hier«, sagt sie und hält das Blatt Papier hoch. »Die Abdrücke gehören zu Rafael Schmied, einem Kleinkriminellen, der es an unserer Küste schon öfter mit dem Gesetz zu tun bekam, meistens wegen Verstößen gegen das Betäubungsmittelgesetz.«

Lasse bläst die Wangen auf: »Bestimmt wurden seine Fingerspuren in der Wohnung der Toten gefunden«, platzt der Zwanzigjährige dazwischen, was ihm einen strengen Blick von Stefan einbringt.

Gesa schiebt dem Kriminalmeister den Fingerabdruckbogen über den Tisch. »Ich reiche den gleich an Sie weiter, Stefan. Den jungen Mann bestellen wir bitte sofort ein. Falls er über keine gültige Meldeadresse verfügt oder dort nicht anzutreffen ist, leiten Sie umgehend die Fahndung nach ihm ein.«

Stefan steckt den Ausdruck in eine Klarsichtfolie aus seiner Schreibmappe. »Fahndung, Frau Bähr?«, fragt er. »Dann sind wir jetzt sicher, dass es sich um ein Verbrechen handelt, dem Frau Schwender zum Opfer fiel?«

»Ja«, bestätigt Gesa, »und damit komme ich gleich zum nächsten Punkt. Die rechtsmedizinische Untersuchung der Kopfverletzung hat ergeben, dass Frau Schwender mit einem stumpfen Gegenstand erschlagen wurde. Bisher kommt aber leider nichts von dem, was in der Villenwohnung verdächtig war und sichergestellt wurde, als Tatwaffe in Betracht.«

»Sollten die anderen beiden Wohnungen, die mutmaßlich als Ferienwohnungen genutzt werden, nicht ebenfalls durchsucht werden?«, fällt Stefan wieder ein.

Gesa stimmt ihm zu: »So ist es. Leider habe ich immer noch keinen Termin mit der vielbeschäftigten Unternehmerin Frau Gefken ausmachen können. Wenn die weiter so blockiert, gehen wir ohne Schlüssel rein«, knurrt Gesa. »Jetzt, wo zweifelsfrei feststeht, dass Frau Schwender erschlagen wurde, wird es kein Problem sein, einen Beschluss zu erwirken.«

Lisa zieht ihre schmale Nase kraus. »Puh«, jammert sie. »Die Frau Gefken ist wirklich ein harter Brocken und ihr Sekretariat erst ... Ich werde es im Anschluss an unsere Besprechung gleich wieder versuchen.«

»Danke, Lisa«, Gesa schaut erneut auf die Uhr. »Ich denke, dann sind wir fürs Erste heute durch. In einer halben Stunde ist ohnehin Mittag.«

»Prima!«, meint Niklas. »Ich rufe jetzt Dana Paulsen an. Wenn ich es gleich tue, könnte ich mich mit ihr in meiner Mittagspause am Hafen treffen und ihr unsere Vorgehensweise erklären.«

Nicht nur Gesa fällt auf, wie die Augen des Oberkommissars sofort freudig glänzen. »Klar, so machen wir es, Niklas«, sagt sie zu ihm, während sich Stefan und Lasse vielsagende Blicke zuwerfen.

»Kindsköpfe!«, zischt Lisa den beiden zu.

Aber Niklas lächelt nachsichtig darüber hinweg. »Ich weiß allerdings nicht«, erwidert er und feixt, »ob ich genügend Zeit finden werde, beim Hafenbäcker reinzuschauen, um Kuchen zum Nachmittag zu besorgen.«

»Och!« Stefan blickt Niklas extra traurig aus seinen großen dunkelbraunen Augen an. »Kollege Lux«, säuselt er, »der Besuch beim Bäcker ist ein Muss für die Journalistin. Wenn sie da lange genug in der Schlange stehen bleibt, erfährt sie alles, was sie wissen möchte.«

Gesa hebt erschöpft die Arme.

»Ende der Veranstaltung!«, verkündet sie. »Alle aufstehen, bitte! Bevor noch mehr von Trude Hansens Weisheiten zum Besten gegeben werden.«

16. Kapitel

Dana Paulsen tritt ungeduldig von einem Bein auf das andere. Sie wartet am Hafen in einer äußerst zugigen Ecke auf Niklas, der sie zum Mittagessen eingeladen hat und mit ihr über ihre geplante Reportage reden möchte.

Seit Niklas' merkwürdiger Reaktion auf ihr Vorhaben zermartert sich Dana ihren hübschen Kopf, was hinter seinem Verhalten stecken könnte.

Ich hatte doch gleich den richtigen Riecher, dass an der Sache mehr dran ist als eine wohltätige Aktion.

Zu jeder Geschichte gibt es ein Davor und ein Danach. Eine alte Journalistenweisheit, wie ihr Chefredakteur nicht müde wird zu betonen.

Ein eisiger Windzug pfeift plötzlich um die Häuser. Fröstelnd zerrt sich Dana die zu kurz geratene Kapuze ihres Parkas tiefer in die Stirn.

Mann, hier zieht es wie Hechtsuppe.

Sie läuft schnell ein paar Schritte weiter und biegt in eine kopfsteingepflasterte Gasse ein. Dort beginnt eine Reihe historischer Kapitänshäuschen. Wie hübsch, denkt sie, hier bleibe ich. Schutzsuchend lehnt sich Dana an die erste Häuserwand, um dem Wind, der trotz schönsten sonnigen Winterwetters vom Hafen zu ihr herüberweht, auszuweichen.

Hier kann man es aushalten, findet sie und blinzelt zufrieden in die Sonne. Hin und wieder lugt sie um die Ecke, ob Niklas zu sehen ist.

Er hat gemeint, es könnte später werden.

Ich bin ja sehr pünktlich.

Kein Wunder, bei dem Fahrradverleih war ich die einzige Kundin.

Dana hat deshalb beschlossen, zu Niklas in die Wohnung zu ziehen. Damit sie nicht ständig mit ihrem Campingbus hin- und herfahren muss und trotzdem mobil ist, hat sich die sportliche Vierunddreißigjährige ein Fahrrad ausgeliehen.

Ihr war nicht entgangen, dass die Liegefläche in ihrem Bus den athletisch gebauten und 1,90 m großen Niklas zumindest beim Schlafen vor einige Herausforderungen gestellt hat.

Ansonsten schien ihm der Platz genügt zu haben.

Dana kichert leise, und ihre vom Wind glänzenden Augen strahlen gleich noch heller.

Beweglich ist er ja.

Aber nur von frischer Luft und Liebe kann selbst ein Mann wie Niklas nicht leben. Vor allem, wenn er am nächsten Morgen pünktlich bei seiner Arbeit erscheinen soll.

Ob er endlich im Anmarsch ist? Die Dienststelle liegt doch nur zehn Minuten Fußweg entfernt.

Ungeduldig springt Dana erneut hinter der Hausecke hervor, um nach Niklas Ausschau zu halten – und trifft auf harten Widerstand.

»Aua!«, schimpft Fiona, die, mit drei vollen Einkaufstaschen bewaffnet, in dieselbe Gasse einbiegen wollte, in der Dana auf Niklas wartet.

Die Studentin befindet sich auf dem Weg zu der von Rückenschmerzen geplagten Trude Hansen, für die sie einige Hausarbeiten übernommen hat.

»Entschuldigung! Es tut mir wirklich leid«, stammelt Dana erschrocken und bückt sich sofort, um die aus dem Netz herausgerollten Mandarinen vom Gehsteig aufzusammeln. Als sie wieder hochkommt und der sich die schmerzende Schulter reibenden Fiona ins

Gesicht schaut, verschlägt es Dana vor Staunen zuerst die Sprache.

Das ist … nicht möglich!

»Du bist doch Fiona!«, ruft sie dann freudig aus. »Na, was für ein Zufall! Nach so langer Zeit …« Sie drückt die verdutzte junge Frau überschwänglich an sich. »Fast hätte ich dich unter deinem dicken, bunten Schal nicht erkannt, aber diese wasserblauen Augen«, schwärmt Dana, »besitzt nur eine Person, an die ich mich erinnere.«

Jetzt hat die fünfundzwanzigjährige Studentin Fiona ihre ehemalige Nachbarin aus Berlin auch wiedererkannt.

»Hallo, Dana!«, erwidert sie höflich. »Schön, dich zu treffen. Ich habe aber leider nicht viel Zeit.«

Fiona erklärt Dana kurz ihren Job bei Trude Hansen und dass sie am Nachmittag bereits wieder Nachhilfestunden für den kleinen Leon, den Sohn von Rechtsanwalt Kellinghusen, geben muss.

»Ich hetze täglich hin und her«, jammert sie, »immer in Sorge, mich zu verspäten. Die Busse fahren im Winter leider selten pünktlich. Für die eine Woche in Laboe ein Zimmer zu nehmen, ist mir aber zu teuer.«

Fiona verschweigt Dana, dass sie nach dem Einbruch in ihrer Wohnung Angst hat und inzwischen vorübergehend zu einer Freundin gezogen ist, wodurch sich ihr Anfahrtsweg nach Laboe verdoppelt hat. »Es ist wirklich blöd«, jammert sie, »dass ich meine Wohnung in Kiel habe, wo ich normalerweise Lehramt studiere. Nächste Woche geht's auch wieder los mit den Vorlesungen.«

»Toll!«, lobt Dana. »Du hast ja schon als Kind am liebsten Schule gespielt«, erinnert sie sich an die neun Jahre jüngere Tochter der Nachbarn ihrer Eltern.

»Wohnen deine Eltern noch in Berlin?«, erkundigt sich Dana bei Fiona.

»Nein, nach meinem Unfall sind wir von der Großstadt weggezogen.«

Dana schüttelt nachdenklich den Kopf und sagt leise. »Verstehe. Das muss damals schrecklich gewesen sein. Ich selbst habe zu dem Zeitpunkt nicht mehr zu Hause gewohnt, war schon in München zum Journalistikstudium ...«

»Und? Was machst du jetzt so?«, unterbricht Fiona Dana. Ihr ist es sichtlich unangenehm, über die alte, schon vierzehn Jahre zurückliegende Sache zu reden.

Dana geht sofort auf Fionas Ablenkungsmanöver ein und plaudert munter drauflos: »Ich arbeite zurzeit als freie Journalistin bei einer großen Wochenzeitung und bin für eine Recherche hier im Norden, an der Ostsee, unterwegs. Mehr darf ich dir leider nicht verraten. Gleich treffe ich mich mit meinem neuen Freund zum Mittagessen. Daher meine Ungeduld und unser Zusammenstoß, als ich nach ihm Ausschau gehalten habe.« Dana lächelt verliebt. »Die Beziehung ist noch ganz frisch«, schwärmt sie.

Fiona seufzt. »Wie schön.«

»Bist du auch ...?«

»Nein, bei mir ist im Moment Ebbe. Ich habe genügend Dinge um die Ohren und gerade keine Zeit für die Liebe«, klagt Fiona und sieht erschrocken auf ihre Armbanduhr. »Oje! Frau Hansen mag es gar nicht, wenn wir nicht pünktlich um 12.00 mittagessen.«

»Na, zehn Minuten hast du ja noch«, tröstet Dana sie und legt ihr mütterlich den Arm um die Schulter.

Als die neun Jahre jüngere Fiona ein kleines Mädchen war, hatte Dana häufig auf sie aufgepasst und sich bei Fionas Familie als Babysitterin ihr Taschengeld aufgebessert.

Plötzlich schlägt sich die Journalistin mit der flachen Hand an die Stirn, als hätte sie ein Geistesblitz getroffen. »Weißt du was, Fiona? Ich glaube, ich habe die Lösung für dein Zeitproblem.«

»Ja?«, fragt Fiona hoffnungsvoll.

Die impulsive Dana erzählt Fiona von ihrem Campingbus, der mindestens bis zum Ende der Woche frei wäre und Fiona zur Verfügung stehen würde.

Ich habe Niklas zwar noch nicht gefragt, aber er wird bestimmt nichts dagegen haben, dass ich ab heute bei ihm übernachte.

Fionas hellblaue Augen strahlen vor Glück: »Und das wäre wirklich okay für dich?«

»Na, klar!« Dana kramt in ihrer Handtasche. »Hier ist der Schlüssel! Ich habe zwei. Vielleicht holen wir heute Nachmittag noch ein paar Sachen von mir raus. Wahrscheinlich fahre ich aber allein mit dem Fahrrad hin. Mein Freund muss immer lange arbeiten.«

»Ich werde euch nicht stören«, versichert Fiona. »Am Nachmittag gebe ich ohnehin Unterricht. Wo steht denn dein Bus überhaupt?«, fällt ihr plötzlich ein, nachzufragen. »Ich kenne nur den Campingwagenparkplatz am Marine-Ehrenmal.«

Dana lacht. »Viel zu spießig!«, meint sie, »ich habe ein traumhaftes Fleckchen direkt hinter den Dünen gefunden.« Dana beschreibt Fiona die idyllische Lage ihres Stellplatzes.

»Ach, das ist gar nicht mehr so weit von der Stadtvilla des Rechtsanwalts Kellinghusen entfernt«, freut sich Fiona. Als Dana sie verwundert ansieht, sagt sie: »Nein, nicht was du denkst. Ich benötige keinen Anwalt. Ich erteile deren Sohn Nachhilfeunterricht.«

»Ach ja«, erinnert sich Dana, »darüber hast du vorhin erzählt. Entschuldige, Fiona, ich bin etwas aufgeregt und muss jetzt endlich zum Hafen vorlaufen. Mein Freund wartet dort sicher schon auf mich. Lass dich drücken und nimm bitte meine Karte mit meiner Handynummer, falls etwas mit dem Bus ist oder auch sonst natürlich.«

Dana reicht Fiona ihre Visitenkarte. »Deine Mobilnummer kannst du mir dann später schreiben«, bittet sie Fiona und zieht die Studentin an den Enden ihres bunten Schals dichter zu sich heran, um sie zu umarmen.

»Ich bin so froh, dich gesund wiederzusehen, meine Kleine«, flüstert sie ihr ins Ohr.

Dann trennen sich die beiden Frauen und Dana eilt um die Häuserecke davon.

Niklas!

Er winkt ihr bereits von einer Bank aus zu.

Hoffentlich hat er nicht zu lange gewartet.

17. Kapitel

Nach einer ausgiebigen Mittagspause, die nicht nur für seine unkonventionelle Freundin Dana Überraschungen bereithielt, ist Niklas in die Dienststelle der Kripo Laboe zurückgekehrt. Nachdenklich steigt er die Stufen zum ersten Obergeschoss hinauf.

Dana wird jetzt bei mir wohnen.

Sie holt am Nachmittag ihre Sachen aus dem Campingbus.

Niklas fasst sich an sein schmerzendes Knie.

Eigentlich sollte ich mich freuen.

Für einen erholsamen Schlaf ist die Koje im Bus wirklich zu eng.
Aber ansonsten ...
Niklas hatte bereits Gefallen daran gefunden, in der Natur zu übernachten und von seinem anstrengenden Alltag völlig abschalten zu können. Dass Dana wenn auch nur für die kurze Zeit ihrer Recherche komplett bei ihm einziehen möchte, hat Niklas ein wenig überrumpelt.
Mal sehen, wie der erste Abend bei mir zu Hause läuft, grübelt er.
Während ihrer Verabschiedung nach dem gemeinsamen Fischbrötchenessen am winterlichen Hafen schien ihm Dana leicht verstimmt zu sein. Obwohl sie sich große Mühe gab, ihre Enttäuschung zu überspielen, spürte Niklas, dass seine Freundin sich schwertat, einzusehen, dass er sie bei ihren Nachforschungen zu den anonymen Spenden nicht unterstützen wird.
Als Journalistin ist sie erfahren genug, um zu wissen, dass ich so etwas nicht darf.
Warum hat sie immer wieder nachgebohrt?
Sie könnte zumindest erahnen, dass wir in der Angelegenheit ermitteln.
Niklas presst die Lippen aufeinander.
Dana kann sich glücklich schätzen, dass sie überhaupt weiter recherchieren darf.
Aber mehr als den Hinweis, sich beim Hafenbäcker zeitweilig in die Schlange zu stellen, durfte ich ihr nicht geben.
Gesa reißt mir sonst den Kopf ab.
Die Hauptkommissarin ist strikt dagegen, dass Niklas Dana die Namen ihm bereits bekannter Empfänger der großzügigen vorweihnachtlichen Geldgeschenke preisgibt.
Die Journalistin würde sich doch sofort auf die

Durchführung ihrer Interviews stürzen, ist Gesas Meinung. Dabei hofft Gesa inständig, mithilfe von Danas Recherchen weitere Personen zu ermitteln, die Geld erhalten haben und sich damit ebenfalls in einer Bedrohungslage befinden.

Das hat Gesa geschickt eingefädelt.

Sie hat große Sorge um ihre Schwester.

Verständlich, dass ihr jedes Mittel recht ist, auch wenn ich die Zusammenarbeit mit Dana grenzwertig finde.

Vor allem, weil Dana völlig ahnungslos ist.

Niklas öffnet jetzt im ersten Obergeschoss der Dienststelle die Tür zum Großraumbüro.

»Kollege Lux!«, rufen Stefan und Lasse ihm freudig hinter dem Empfangstresen entgegen. Lasse, weil er darauf wartet, als Nächster zur Pause rausgehen zu dürfen, und Stefan möchte sehen, ob Niklas den versprochenen Kuchen für den Nachmittag mitgebracht hat.

Niklas grinst schelmisch und hebt demonstrativ seine leeren Hände hoch. Als er den enttäuschten Blick des Kriminalmeisters bemerkt, lacht er laut los und fasst sich über die Schulter.

»Falls Sie das Kuchenpaket in meinen Händen vermissen, Stefan, heute gibts frische Berliner. Die Tüte passte noch gut in meinen Rucksack hinein«, erklärt er und zieht sich diesen vom Rücken herunter.

Lasse, der sich inzwischen die Jacke seiner Polizeiuniform übergezogen hat, bleibt zögernd an der Eingangstür des Großraums stehen.

»Was ist?«, fragt Stefan ungeduldig. »Benötigst du Geld für deinen Mittagstisch?«

Stefan hilft dem Polizeischüler öfter aus der Klemme, wenn sich wieder einmal Ebbe in dessen Brieftasche zeigt. Leider passiert das häufiger, da Lasse an keinem

Baumarkt oder Bastelladen vorbeikommt, ohne dort eine mindestens zweistellige Summe auszugeben.

Lasse wird rot. »Nee, ist doch Monatsanfang«, erwidert er leise und dreht sich weg. Vor Oberkommissar Lux ist ihm Stefans Frage peinlich.

»Mir ist nur eben eingefallen«, redet Lasse weiter, »dass Frau Bähr und Lisa am Nachmittag unterwegs sind. Die beiden befragen den Notarzt Dr. Bleibtreu und besprechen sich dafür gerade im Büro der Hauptkommissarin. Vielleicht sollte der Kollege Lux den Frauen gleich etwas von den Berlinern anbieten.«

Stefan kneift seine dunkelbraunen Augen zusammen: »Mit welcher Begründung?«

Lasse öffnet schnell die Tür. »Na, du gehst doch heute nicht zum Essen raus, Vossi, und ich wette, da verputzt du die Hälfte der Berliner sonst vorher allein.«

Stefan brummt missmutig und schiebt Lasse energisch aus der Tür. »Darüber zerbrich dir mal nicht den Kopf, mein Lieber«, antwortet er. »Abmarsch! Deine Pause ist sonst gleich vorbei.«

Niklas, der während des kurzen Disputs unter den Kollegen seinen Anorak an der Garderobe aufgehängt hat, erkundigt sich sofort bei Stefan, warum der später nicht zur Pause rausgeht. Niklas weiß genau, wie sehr der leidenschaftliche Amateurfußballer es liebt, an der frischen Luft zu sein. Heute, bei dem sonnigen Winterwetter, würde es sich Stefan normalerweise nicht nehmen lassen, eine Runde am Hafen zu drehen oder am Strand Steine in die Ostsee zu ditschen. So sagt man, wenn flache Steine so geschickt geworfen werden, dass sie möglichst oft hintereinander über die Wasseroberfläche springen, hat Stefan Niklas erklärt. Es existiert sogar ein inoffizieller Wettbewerb mit den

Kollegen der Schutzpolizei, wer die meisten Steinsprünge mit einem Wurf schafft.

»Verspüren Sie denn heute keine Sehnsucht nach Sonne und Meer?«, erkundigt sich Niklas bei Stefan, der inzwischen Lasses Platz hinter dem Empfangstresen eingenommen hat. »Es ist wirklich schön draußen und inzwischen auch weniger windig.«

Stefan schmunzelt.

Der Lux ist und bleibt ein Zugereister.

Wenig Wind ist doch nicht schön.

Dann zuckt er unschlüssig mit den Achseln und sieht zu dem ihn um zwei Kopflängen überragenden Oberkommissar hinauf. »Ich glaube, ich bleibe heute lieber drinnen. Ich werde schon nicht verhungern«, meint er. »Wenn die Damen zum Termin aufgebrochen sind, könnte ich mit Ihnen in Ruhe über den Stand meiner Ermittlungen reden, Kollege Lux.«

Niklas wird hellhörig.

Warum nur mit mir?

Warum lässt der Kollege Gesa außen vor?

Geht es womöglich um deren Schwester Hilde?

»Natürlich, Stefan, wir können gern reden«, erklärt sich Niklas sofort bereit. »Soviel ich weiß, ist der Termin mit der Unternehmerin Gefken erneut geplatzt. Ich stecke den Kopf also ohnehin am Nachmittag nur in die Akten.«

Stefan schaut dankbar auf Niklas. »Super. Ich komme zu Ihnen ins Büro, sobald Lasse von seiner Mittagspause zurückgekehrt ist und Frau Bähr und Lisa losgefahren sind.«

Niklas hebt zustimmend den Arm hoch. Er ist bereits weiter durch den Großraum geeilt. »Geht klar. Ich muss dringend zur Chefin und bevor sie abdüst, mit ihr sprechen«, erklärt er Stefan.

Gesa möchte sicher erfahren, wie Dana unseren Vorschlag aufgefasst hat.
Außerdem muss ich ihr sagen, dass sie nun doch bei mir und nicht in ihrem Campingbus wohnen wird.
»Äh ...«, ruft Stefan Niklas fragend nach.
»Keine Sorge, Kollege Voß! Ich werde mit Gesa über meinen Außentermin mit der Journalistin reden.«
Zerstreut wühlt sich Stefan durch seine dichten braunen Haare.
»Ja, natürlich!«, stammelt er.
Der Lux hat doch mittags seine neue Flamme getroffen.
Ob die da wohl mitmacht und für uns recherchiert?
Was sind das bloß für Methoden?
Wenn die Familie der Bärin betroffen ist, scheint mal wieder alles möglich.
Mannomann!

18. Kapitel

Es ist früher Abend und dunkel, als sich Fiona endlich auf den Weg zu dem Stellplatz von Danas Campingbus befindet.
Der Nachhilfeunterricht bei Kellinghusens ist heute eine besondere Herausforderung für die fünfundzwanzigjährige Pädagogikstudentin gewesen. Leon war sehr unkonzentriert, und sein Vater nahm Fiona zwischendurch beiseite und schlug ihr vor, dass er sie demnächst in ihrer Wohnung in Kiel besuchen könnte, wann es ihr denn passen würde. Danach war die junge Frau kaum mehr in der Lage, sich angemessen um Leon und seine Mathehausaufgaben zu kümmern. *Kein Wunder, dass der Junge ebenfalls unkonzentriert*

war.

Er muss etwas bemerkt haben.

Jedenfalls hat er seinem Vater auf dessen Frage, was er zum Abendbrot essen möchte, nur patzige Antworten gegeben, erinnert sich Fiona. Sie verabschiedete sich, so früh es ging, von Leon und war heilfroh, die Stadtvilla des Rechtsanwalts endlich verlassen zu dürfen.

Nach zwanzig Minuten Fußweg über die Promenade und einen unscheinbaren Trampelpfad entlang der Dünen ist Fiona an ihrem Ziel angelangt. Das orangefarbene Dach des alten Busses schimmert im Mondlicht durch die hügelige Strandlandschaft.

Müde und erschöpft von ihrem anstrengenden Tag schleppt sie sich die letzten Meter durch den Ostseesand bis zum Bus. Dort hält sie kurz inne und lauscht dem Meeresrauschen.

Herrlich!

Erleichtert atmet sie die kühle Seeluft ein und holt den Schlüssel aus ihrem Rucksack. Dann öffnet sie die Bustür und klettert hinein. Fiona lächelt glücklich, als sie ihr Domizil für die nächsten Tage von innen betrachtet. Übermütig lässt sie sich auf die Schlafkoje fallen.

Hier findet mich keiner.

Dana ist wirklich ein Schatz, denkt sie, als sie das frische Obst, die Pralinen und eine Pikkoloflasche Rotwein auf dem Klapptisch am Fenster entdeckt.

Die öffne ich mir gleich.

Fiona springt vom Bett auf und will gerade ihren Mantel ausziehen, da bemerkt sie, dass sie ihren bunten, selbstgestrickten Schal nicht mehr um den Hals trägt.

Mist!

Habe ich den etwa bei Leon zu Hause vergessen?

Nein, die penible Frau Niedermeier hat mir ja in den Mantel geholfen und mir den Schal gereicht.

Während Fiona in Gedanken erneut ihren Weg bis zu dem Campingbus durchläuft, wird ihr immer mehr bewusst, dass sie den Schal erst kurz vor ihrer Ankunft an Danas Bus verloren haben muss.

Wahrscheinlich frühestens auf dem Trampelpfad vor diesem zugemüllten Grundstück mit der Wiese, das von einem hohen Maschendrahtzaun umgeben ist, überlegt sie.

Fiona gruselte sich dort ein wenig, weil es keinerlei Beleuchtung gab und der Mond, der den ganzen Abend so zuverlässig schien, zu dem Zeitpunkt von einer dicken Wolke verdeckt wurde. Daher ist sie dieses Stück ihres einsamen, schmalen Weges lieber gerannt und leider des Öfteren mit ihrer Kleidung an den dicht gewachsenen Kartoffelrosenbüschen hängen geblieben.

Dabei muss ich den Schal verloren haben.

Fiona schnappt sich ihren Rucksack und verlässt den Bus wieder. Dann eilt sie zurück bis zu dem einsamen Grundstück. Der Mond ist ihr dieses Mal ein zuverlässiger Begleiter und Fiona verspürt keine Angst. Im Gegenteil, sie fühlt sich frei wie lange nicht. Als sie ihren Schal in zehn Metern Entfernung an einem Strauch hängen sieht, scheint ihr Glück perfekt.

Doch plötzlich, wie aus dem Nichts, durchschneiden Schreie die abendliche Stille. Instinktiv hockt sich Fiona auf den Sandboden. Sie sucht nach einem Versteck.

Ich muss vor zu den Büschen laufen.

Die Schreie kommen näher. Gefolgt von wüsten Beschimpfungen.

Die Stimme kenne ich doch, grübelt Fiona noch, da wird ihr von hinten der Mund mit einer kalten Hand verschlossen. So überrumpelt, fällt sie rückwärts in den Dünensand und blickt über sich in zwei tiefbraune, fast schon schwarze Augen.
»Pst!«, hört sie. »Bleib liegen!« Dann setzt ihr im Selbstverteidigungskurs antrainierter Automatismus ein ... Fiona schafft es, sich zu befreien, und rennt los. So schnell wie nie zuvor in ihrem jungen Leben.

Donnerstag

19. Kapitel

Gesa reibt sich wiederholt ihre müden Augen. Die vergangene Nacht mit ihrem Freund Niels ist einfach zu kurz gewesen, um am nächsten Tag ausgeruht zum Dienst zu erscheinen.
Eigentlich wohnt der Pathologe Niels von Isenberg immer erst von Donnerstag auf Freitag und am Wochenende bei Gesa, in dem von ihren verunglückten Eltern geerbten Reetdachhaus. Aber in der Zeit, als Svenja mit ihrem Freund zu Besuch war, war Niels gar nicht in Laboe, und sie ließ sich daher von ihm überreden, dass er diese Woche einen Tag eher bei ihr schläft.
Der gemeinsame Abend am Kamin und die anschließende Nacht verliefen harmonisch und entspannt. Niels liebt es romantisch und hat nicht nur das Kaminfeuer ständig neu entfacht, sondern auch Gesas Sehnsucht nach seiner körperlichen Nähe.

Sie seufzt erschöpft. Jede Sache hat eben zwei Seiten, schmunzelt sie wie ein verliebter Teenager, da muss ich wohl durch.

Dem Lux scheint es mit seiner neuen Freundin nicht anders zu gehen.

Als er mir auf dem Flur begegnet ist, sind mir seine kleinen Augen aufgefallen.

Er möchte mich unbedingt vor der Teamsitzung sprechen.

Es geht um Stefans Recherchen zu den Geldspenden.

Gesa schüttelt ungläubig den Kopf.

Warum diese Geheimniskrämerei?

Ich werde auf jeden Fall vor dem Mittag bei Niklas in seinem Büro vorbeischauen, nimmt sie sich vor.

Ausreichend Zeit habe ich ja, denkt sie und wirft einen kontrollierenden Blick auf ihre goldene Armbanduhr. Obwohl die Uhr Gesa bei der Arbeit mit dem neuen ergonomischen Mousepad behindert, legt sie das Erbstück ihrer Mutter meist nur nachts zum Schlafen ab.

Sonst verlege ich Mamas Uhr womöglich.

In letzter Zeit bin ich schussliger geworden.

Gesas Freundin, Karin Rose, die vor Dr. von Isenberg als verantwortliche Rechtsmedizinerin für die Kripo Laboe zuständig gewesen ist, tröstete Gesa. Ab Ü-50 wäre das völlig normal, meinte die einundsechzigjährige, lebenslustige Karin. Sie selbst ist inzwischen in den Lehrbetrieb an die Kieler Uni gewechselt, um sich statt mit Toten mit jungen Leuten zu umgeben. Der Prozess allmählicher Zerstreutheit entwickelt sich schleichend, behauptet Karin. Gelegentlich gäbe es aber Sprünge, und die spürt man umso deutlicher, philosophierte sie bei dem letzten Treffen der beiden Freundinnen.

Gesa bläst die Wangen auf und starrt auf ihren Computerbildschirm.

Ich glaube, heute befinde ich mich genau auf einem solchen Sprung.

Mit angestrengten Augen überfliegt sie das Protokoll ihrer gestrigen Befragung des Notarztes Dr. Bleibtreu, welches die tüchtige Lisa schon am Morgen angefertigt hat.

Die Antworten des Mediziners ziehen sich zäh wie ein Kaugummi.

Dr. Bleibtreu konnte nichts Neues zur Aufklärung des Mordes an Rena Schwender beitragen. Er blieb bei dem, was er zuvor in der Villa zu Oberkommissar Lux ausgesagt hat, dass er Frau Schwender, deren Totenschein er ausfüllte, nicht persönlich kannte. Warum er eine Geldspende erhalten hat, könne er sich nicht erklären. Ihm wären sicherlich einige Menschen dankbar, vor allem die, denen er das Leben gerettet hat. Aber das sei ja seine Aufgabe als Arzt, dafür habe er schließlich einen Eid geschworen. Über seine eigene schwere Erkrankung verweigerte Dr. Bleibtreu die Aussage und berief sich auf die ärztliche Schweigepflicht, die auch für ihn als betroffenen Arzt gelten würde. Angeblich wurde ihm kein Drohbrief mit der Aufforderung, das erhaltene Geld herauszurücken, zugestellt. Gesa bat ihn, sollte dies in Zukunft geschehen, sich umgehend bei der Kripo Laboe zu melden. Dr. Bleibtreu versprach ihr und Lisa, das sofort zu tun, aber Gesa hat nach wie vor so ihre Zweifel.

Resigniert klickt sie auf das kleine Fensterkreuz oben rechts in der PDF-Datei, um das Vernehmungsprotokoll wieder zu schließen.

Ende Gelände! Diesen Zeugen können wir fürs Erste abhaken.

Obwohl ich mir sicher bin, dass er uns etwas verschweigt.

Gesa beschließt, jetzt erst einmal zu Niklas in dessen Büro zu gehen. Sie ist gespannt, worüber er mit ihr reden möchte.

Was hat Stefan dem Lux denn gestern erzählt?

Zwistigkeiten im Team sind das Letzte, was ich jetzt gebrauchen kann.

Als Gesa ihre Zimmertür öffnet, prallt sie fast mit Stefan zusammen. Sie erschrickt.

»Sorry, Chefin, ich wollte gerade klopfen ... Iversen steht bei uns im Großraum. Hören Sie sich lieber selbst an, was er zu berichten hat«, verkündet Stefan leicht außer Atem. »Ich hole mal eben den Oberkommissar aus seiner Kammer.« Stefan bezeichnet Niklas' Büro manchmal salopp so, da es nur wenige Quadratmeter misst und früher ein Abstellraum war.

Niklas, dem der Lärm auf dem kleinen Zwischenflur, von dem die Küche und die Büros der Kommissare abgehen, nicht entgangen ist, steckt bereits von allein den Kopf durch seine geöffnete Tür: »Was ist denn hier los?«, erkundigt er sich verwundert. »Eine vorgezogene Teambesprechung oder extra Kaffee für alle?«, fragt er und gähnt.

»Sie werden gleich ohne frischen Kaffee hellwach werden, Kollege Lux«, frotzelt Stefan. »Wir haben eine neue Leiche. Unser Iversen weiß mehr.«

Niklas und Gesa schieben sich sofort wortlos an dem Kriminalmeister vorbei und eilen im selben zügigen Tempo vor in den Großraum. Nur, dass Gesa die doppelte Schrittzahl dafür benötigt.

»Moin, Kollege Iversen«, keucht sie und begrüßt den Chef der Schutzpolizei Laboe, welche die Räumlichkeiten im Erdgeschoss des Gebäudes belegt, mit einem Knuff in seinen starken Oberarm.

Iversen und das Team der Kripo nehmen kurz darauf am Besprechungstisch im Großraum Platz, während Lasse vorn am Empfangstresen die Stellung hält. Er hat seine Bastelarbeiten an der defekten Verteilerdose unterbrochen und spitzt die Ohren, um lückenlos mitzubekommen, was Polizeimeister Iversen zu berichten hat.

»Stellt euch mal vor«, beginnt der bärtige Mittfünfziger, »während der morgendlichen Motorradrunde unseres Kollegen beschwerte sich eine aufmerksame Bewohnerin bei ihm über einen Wildparker mitten in den Dünen. Sie hätte den bei einem Spaziergang mit ihrem Hund entdeckt. Der Kollege wollte nach dem Rechten sehen und begab sich von der Strandpromenade aus zu Fuß über einen Trampelpfad zu der beschriebenen Stelle. Als er an dem alten, orangefarbenen VW-Bus angelangt war, fiel ihm auf, dass die Tür nicht verschlossen ist, sondern einen Spalt offensteht. Er schaute hinein und ...«, Iversen holt kurz Luft, »auf dem Boden des zu einem Campingbus umgebauten Fahrzeugs lag bzw. liegt immer noch ein toter Mann. Das hat der Kollege zweifelsfrei anhand der Totenflecken erkannt. Aber Dr. Niels von Isenberg, der heute Vormittag wegen einer Rücksprache zu dem Winterquartier seines Segelbootes in unserem Jachthafen weilt, ist bereits auf dem Weg und wird den Tod des Mannes von ärztlicher Seite bestätigen.«

Gesa verzieht schmollend ihren Mund.

Niels hat mir gar nicht erzählt, dass er heute Vormittag in Laboe zu tun hat.

Nun verstehe ich, warum er morgens nicht so früh aus den Federn wollte.

»Ich weiß, Gesa«, entschuldigt sich Iversen, »ich hätte dich vorher informieren können. Aber es musste alles so schnell gehen. Unter den Notärzten hat ohnehin wieder nur dieser Dr. Bleibtreu Dienst, und der hat doch schon für die erschlagene Frau in der Strandvilla den Totenschein ausgestellt. Warum sollten wir den Mann zusätzlich bemühen, wenn unser Rechts-Doc vor Ort ist?«

Nach Iversens Vortrag ist Niklas auf seinem Stuhl in sich zusammengesunken. Nervös nestelt er in der Hosentasche nach seinem Handy.

Das darf doch alles nicht wahr sein!

Es muss sich um Danas Bus handeln.

Ich muss unbedingt wissen, wie es ihr geht und wo sie gerade ist.

Seine Freundin, die ja mit Niklas in seiner Wohnung übernachtete, hat heute Morgen mit ihm gemeinsam diese wieder verlassen, um mit ihren Recherchen zu beginnen. Beim Bäcker stehen die Leute meistens früh am Tag an, waren ihre Worte.

Bittend schaut Niklas zu Gesa, die genau wie er und die anderen am Tisch fassungslos Iversens Bericht lauscht.

»Bei dem Toten handelt es sich um einen jungen Mann«, erzählt Iversen weiter, »geschätztes Alter etwa um die Mitte zwanzig. Blutspuren hat der Kollege nicht entdeckt, aber deutliche Würgemale am Hals des Toten. Dazu wird euch unser Doc bestimmt später mehr sagen können.«

Gesa nickt Niklas jetzt unauffällig zu. Daraufhin verlässt er seinen Platz am Tisch und geht in sein Büro, um Dana anzurufen.

»Danke, Iversen«, meint Gesa zu dem Kollegen der Schutzpolizei. »Der Lux und ich werden uns umgehend auf den Weg machen. Stefan, informieren Sie bitte die Kollegen der Kriminaltechnik!«

Lisa erhebt sich nun ebenfalls. »Ich werde Ihnen gleich noch den Spurensicherungskoffer vervollständigen, Frau Bähr«, erklärt sie der Hauptkommissarin. »Die bestellten Schutzanzüge sind erst heute Morgen geliefert worden. Die Größe für den Oberkommissar war schwerer zu besorgen, als ich dachte.«

Den letzten hat er am Montag angehabt.

Dass er kurz darauf erneut einen benötigt ...

Das neue Jahr beginnt schrecklich. Zwei Tote in einer Woche, und höchstwahrscheinlich handelt es sich wieder um Mord.

Niklas telefoniert derweil in seinem Büro mit Dana. »Wo bist du?«, fragt er aufgeregt.

»Na, am Hafen, wie geplant. Zuerst habe ich beim Bäcker geplauscht ...«

»Okay, das genügt«, unterbricht Niklas seine Freundin. »Entschuldige, dass ich so kurz angebunden bin. Ich melde mich dienstlich. Hast du deinen Campingbus auf dem offiziellen Parkplatz hinter dem Marine-Ehrenmal abgestellt?«, fragt er streng.

»Sorry, Herr Kommissar. Ich habe ja gesagt, dass ich ein anderes gutes und stilles Plätzchen in Aussicht habe«, erwidert Dana kleinlaut. »Wahrscheinlich ist es dort doch verboten zu parken. Rufst du deshalb an?«

»Nicht direkt«, weicht Niklas aus. »Wo steht der Bus genau?«

Dana beschreibt es ihm schnell. »Falls es Ärger gibt, fahre ich ihn weg«, sagt sie.

»Das wird nicht gehen, Dana«, meint Niklas leise. »Aber du musst trotzdem hinkommen. Die Polizei ist bereits vor Ort.«

»So ein Aufriss wegen Falschparkens«, mosert Dana.

»Nein, nicht deshalb. In deinem Bus liegt eine Leiche.«

»O mein Gott!«, kreischt Dana. »Ist es eine Frau?«

»Dazu darf ich dir keine Auskunft geben«, antwortet Niklas, »aber weshalb fragst du so direkt? Warum sollte es sich um einen weiblichen Leichnam handeln?«

»Niklas, du musst es mir sagen«, stammelt Dana mit weinerlicher Stimme. »Ich habe den Bus seit gestern einer alten Bekannten aus Kinderzeiten zum Wohnen überlassen. Sie hat jetzt meinen zweiten Schlüssel zum Bus. Nur für ein paar Tage ...«, Dana schluchzt, » ... und nun ist sie tot?«

Niklas tut Dana leid. »Bestimmt nicht«, versichert er ihr. »Mehr darf ich nicht verraten. Bitte setz dich auf dein Rad und fahr zu deinem Stellplatz. Ich werde mit meiner Chefin dort ebenfalls bald auftauchen. Halte deinen Ausweis bereit, die Kollegen werden dich befragen müssen.« Niklas stockt kurz. »Wer wohnt jetzt eigentlich in deinem Campingbus? Wir benötigen die Personalien dieser Bekannten.«

Dana verdreht die Augen. »Das wird nicht so einfach«, schnieft sie. »Ich weiß nur, dass sie in Kiel Lehramt studiert und Fiona Reichenbach heißt. Ich habe sie gestern, als ich mittags auf dich gewartet habe, zufällig getroffen. Sie sollte mir später noch ihre Handynummer mitteilen, was sie aber bisher nicht getan hat.«

Niklas erinnert sich. Dana berichtete ihm gestern kurz, sie hätte eine alte Bekannte getroffen.

Aber dann waren wir auch schon zu sehr mit Danas Recherche zu den Spendenempfängern beschäftigt.

Wenn ich geahnt hätte, dass es sich um Fiona handelt.

Es muss dieselbe Studentin Fiona sein, die bei Trudchen im Haushalt hilft.

Na, dadurch wird es wenigstens nicht so schwer, sie ausfindig zu machen.

»Niklas!«, meldet sich Dana am anderen Ende. »Soll ich jetzt losfahren? Ich habe solche Angst, dass Fiona etwas passiert ist.«

Niklas verzieht skeptisch die Mundwinkel.

Davon kann ich mich ebenfalls nicht ganz freimachen, grübelt er. Schließlich hat die Studentin ihm gegenüber zugegeben, dass sie sich verfolgt fühlt. In ihre Wohnung wurde eingebrochen, und nun liegt in dem Campingbus, in dem sie angeblich übernachtet hat, ein Toter.

Das geschieht doch alles nicht zufällig.

Gesa reißt die Tür zu Niklas' Büro auf: »Kommst du? Wir müssen los.« Sie hebt den Spurensicherungskoffer, den sie in der linken Hand hält, leicht an. »Den kannst du dann später bitte wieder tragen. Lisa hat dir neue Schutzanzüge hineingelegt.«

Niklas lächelt dankbar.

Wie umsichtig von Lisa.

Wenn wir sie nicht hätten, Lisa hält unser organisiertes Chaos zusammen.

Er wendet sich wieder an Dana: »Bitte mach dich auf den Weg, Liebes. Wir sehen uns ja gleich. Ich muss jetzt auflegen.«

Gesa stutzt. »War das deine Freundin?«, fragt sie.

Die wohnt doch in einem Bus ...

»Ja«, antwortet Niklas, »und ehe du lange fragst, es ist ihr Bus. Sie hat aber bei mir zu Hause übernachtet und den Bus einer Bekannten zum Schlafen überlassen. Bei der Bekannten handelt es sich wahrscheinlich um Trudes zeitweilige Haushaltshilfe, eine junge Studentin namens Fiona.«

Gesas große grüne Augen werden noch größer. Sie staunt.

Was sind das nur wieder für Zusammenhänge?

Plötzlich klingelt Niklas' Handy.

Trudchen!

Er nimmt den Anruf an. Da kann ich sie gleich nach Fiona fragen und um deren Personalien bitten, denkt er, aber Trude durchkreuzt seinen Plan. »Niklas!«, jammert sie. »Stell dir vor, Fiona ist heute nicht zu mir gekommen. Sie wollte Wäsche waschen und das Mittagessen vorbereiten. Im Büro der Servicefirma habe ich schon angerufen. Die nette Frau Krabbe weiß selbst nicht, wo das Mädel abgeblieben ist«, berichtet Trude mit sich überschlagender Stimme. »Ich mache mir Sorgen«, schnieft sie. »Fiona ist doch die Zuverlässigkeit in Person. Sie würde nicht so einfach wegbleiben, ohne mir Bescheid zu geben.«

Das sehe ich genauso, denkt Niklas, dessen entsetzter Blick Gesa nicht entgangen ist.

Sie stupst ihn an. »Lass uns losfahren. Erzähl mir bitte alles unterwegs.«

Niklas nickt kurz und folgt Gesa über den Zwischenflur in den Großraum, während er die aufgeregte Trude am Telefon zu beruhigen versucht. »Ich melde mich wieder bei dir, Trudchen. Sobald ich mehr weiß«, verspricht er und verabschiedet sich von ihr, bevor er seine Jacke anzieht und Gesa den Spurensicherungskoffer abnimmt. Dann verlassen die beiden das Büro der Kripo.

20. Kapitel

Als Gesa und Niklas eine halbe Stunde später an Danas Campingbus angelangt sind, ist Dr. von Isenberg schon bei der ersten Leichenschau, während Uwe Feddersen und seine Kollegen von der Kriminaltechnik sich weiterhin auf der Anfahrt von Kiel befinden.

»Moin, ihr zwei!«, begrüßt der Rechtsmediziner die Kommissare hinter seinem Mundschutz. »Wie der Kollege der Schutzpolizei richtigerweise festgestellt hat, ist der junge Mann vor mir auf dem Boden tot, und zwar seit gestern Abend. Da die Leichenstarre noch vorhanden ist, würde ich in Kombination mit der Art der Totenflecken den vorläufigen Todeszeitpunkt auf zwischen 18.00 und 21.00 Uhr ansetzen«, meint von Isenberg und hebt vorsichtig einen Arm des auf dem Rücken liegenden Opfers an, um den Jackenärmel hochzuschieben. »Die Totenflecken sind, wie hier am Hals zum Beispiel, bereits stark sichtbar«, beschreibt er. »Neben diesen erkenne ich deutlich ausgeprägte Würgemale.« Von Isenberg weist jetzt mit seinem ausziehbaren Zeigestab auf den Kehlkopf des Mannes.

»Dann ist Erwürgen die Todesursache?«, möchte Gesa sofort wissen, die gemeinsam mit Niklas durch die offene Bustür zu dem Rechtsmediziner hineinschaut.

Von Isenberg schüttelt den Kopf. »Genickbruch«, antwortet er, ohne zu zögern. »Das erkenne ich an der verdrehten Kopfhaltung. Der Mann wurde zuerst von hinten gewürgt, vielleicht in so eine Art Schwitzkasten genommen«, vermutet der Doktor, »und dann ist dem armen Kerl mit einem kräftigen Ruck mindestens ein Halswirbel gebrochen worden.«

»Wie das denn? Also ich erinnere so etwas nur aus zweitklassigen Actionfilmen«, erwidert Gesa.

Niklas sieht die Hauptkommissarin staunend an: »Schaust du die denn überhaupt?«

Gesa zuckt kurz mit den Achseln. »Tja«, seufzt sie, »manchmal. Wenn ich einfach so durchs Programm zappe und in der Flimmerkiste nichts anderes läuft.«

»Na, mit mir gestern jedenfalls nicht«, mischt sich von Isenberg ein und Niklas sieht dessen bernsteinfarbene Augen verräterisch aufblitzen. »Mit ein bisschen Übung schafft das aber jeder oder jede, wenn sie ein Überraschungsmoment ausnutzt«, behauptet von Isenberg. »Das Opfer war zwar jung und wehrhaft, mit 1,75 Metern Körpergröße jedoch auch relativ klein für einen Mann.«

»Ist der Mann hier in dem Campingbus getötet worden?«, fragt Niklas angesichts des herumliegenden Geschirrs und der feuchten Sandspuren quer durch das gesamte Innere. Auf dem Fußboden entdeckt Niklas zermatschtes Obst, eine zerbrochene Piccoloflasche Rotwein und eine Pralinenschachtel.

Die Sachen wurden womöglich mit der Tischdecke von dem Klapptisch unter dem Fenster heruntergerissen.

Von Isenberg bestätigt den Kommissaren, dass es in dem Bus einen Kampf gegeben haben muss. »Hier sind überall Fußspuren«, erklärt er. »Der Kollege Feddersen kann sich seinen pünktlichen Feierabend für heute abschminken.«

Niklas kneift die Augen zusammen und streckt den Kopf ein Stückchen weiter in den Bus hinein.

Tatsächlich viel Arbeit für die KTU, denkt er.

»Sie bleiben aber bitte draußen«, fordert von Isenberg, der inzwischen begonnen hat, das Gesicht des Toten näher zu untersuchen, den Oberkommissar auf.

»Ja, keine Sorge«, versichert Niklas, »wir warten trotz der Überzieher an unseren Schuhen in der Tür. Für mich sieht es so aus, als ob unser Opfer womöglich in den Bus geflohen ist und dort von seinem Verfolger niedergestreckt wurde.«

Gesa nickt. »Möglich«, sagt sie. »Was suchst du denn in seiner Nase, Niels?«, fragt sie von Isenberg, der sich, mit Stirnlampe und Lupe bewaffnet, über die Nasenlöcher des Toten beugt. Jetzt nimmt er ein Wattestäbchen für einen Abstrich zur Hand.

»Der junge Mann hat kurz vor seinem Tod kräftig gekokst«, murmelt er, während er das Stäbchen in die Nasenöffnung einführt. »Die Spur in seiner Nasenschleimhaut ist deutlich erkennbar.«

»Mensch, Niels«, staunt Gesa, »wie gut, dass wir dich heute so schnell am Tatort haben. Was du in der kurzen Zeit alles herausgefunden hast«, lobt sie ihren Freund und dreht sich, um Zustimmung suchend, nach ihrem Kollegen Lux um. Doch der Oberkommissar steht nicht mehr hinter hier.

Dana Paulsen war inzwischen mit dem Fahrrad an ihrem Campingbus angekommen. Niklas hatte aus den Augenwinkeln bemerkt, dass die Kollegen der Schutzpolizei sie gerade in Empfang genommen haben, und ist ihr schnell ein paar Schritte entgegengelaufen.

»Ich übernehme«, sagt er zu den anwesenden Polizisten. Dann legt er Dana den Arm um die Schultern und geleitet sie zu ihrem Bus. Seine Freundin ist kreidebleich und im Gesicht völlig nassgeschwitzt, da sie so schnell geradelt ist.

»Wir reden gleich in Ruhe vorn am Strand«, tröstet er die zitternde Dana, »sobald meine Kollegin, Hauptkommissarin Bähr, Zeit hat. Du müsstest später noch in den Bus und schauen, ob etwas fehlt oder dazugekommen ist«, erklärt Niklas ihr.

Dana erschrickt. »Und die Leiche?«

»Der Leichnam wird zuvor in die Rechtsmedizin nach Kiel abtransportiert. Zum Glück haben wir heute rasch einen verantwortlichen Pathologen an den Fundort bekommen, daher wird es sicher nicht lange dauern.«

»Das heißt, die Leiche wurde in meinen Bus gelegt?«

»Dana! Mehr darf ich dir nicht erzählen. Bitte gewöhne dich gleich daran. Hier und heute stellen nur wir die Fragen. Vergiss für einen Moment deinen Job.«

»Als ob ich an den nur eine Sekunde lang gedacht hätte«, antwortet Dana gekränkt. »Was glaubst du denn, wie ich drauf bin, Niklas? Ich bin völlig fertig und sorge mich um Fiona. Ihr müsst das Mädchen suchen! Womöglich ist ihr etwas passiert. Sie hätte sich ansonsten längst auf meinem Handy gemeldet.«

»Natürlich kümmern wir uns um den Verbleib der jungen Frau«, versichert Niklas seiner Freundin. »Sie ist eine wichtige Zeugin.«

Hoffentlich nur das.

Sie könnte auch das nächste Opfer sein.

In diesem Moment meldet sich Trude Hansen wieder telefonisch bei Niklas. Er überlegt, ob er sie wegdrücken soll.

Ich habe nichts Neues für sie.

Aber Trude vielleicht für mich, fällt ihm ein und er nimmt ihren Anruf an.

»Niklas, weißt du inzwischen, wo Fiona ist?«, überfällt sie ihn sofort mit ihrer Frage.

»Trudchen«, antwortet er sanft. »Leider nein. Du wirst dich aber ohnehin nach einer anderen Haushaltshilfe umsehen müssen. Wenn die junge Frau wieder aufgetaucht ist, wird sie, so viel darf ich dir verraten, erst einmal keine Zeit haben, sich um dich zu kümmern.«

»Aber, aber ...«, stottert Trude vor Aufregung, »ich kann mich kaum rühren. Die Sache mit meinem Hexenschuss hat sich sogar verschlimmert.«

Niklas runzelt nachdenklich die Stirn. »Ich würde dir wirklich gern helfen«, meint er, »aber ich bin in einem Einsatz und komme hier nicht so ohne Weiteres weg. Anschließend werde ich zurück in die Dienststelle fahren müssen. Könnte Carlo nicht ...«

Trude stöhnt laut auf: »Der ist im Harz! Das habe ich dir doch erzählt, Niklas«, beschwert sie sich. »Sagtest du nicht, dass ich für eure Kripo Augen und Ohren aufhalten muss? Wegen der Bewohner, die Geldgeschenke erhalten haben. Wie soll ich denn für euch arbeiten, wenn ich mich nicht rühren kann?«

»Also, für uns arbeiten, davon ist nie die Rede gewesen«, beschwichtigt Niklas die alte Dame.

Dana, die ausreichend von dem Gespräch der beiden mitgehört hat, um die Situation zu erfassen, gibt ihm mit der Hand ein Zeichen und zeigt mit dem Finger auf sich selbst. »Kann ich vielleicht helfen?«, fragt sie leise und bewegt dabei deutlich ihre vollen Lippen.

Zuerst möchte Niklas ihren Vorschlag ablehnen, aber dann denkt er kurz nach.

Eigentlich ist das keine schlechte Idee.

Darüber werde ich mich nachher gleich mit Gesa beraten.

Ohnehin müssen wir besprechen, was nun aus Danas Recherchen wird.

»Trudchen, ich werde unser Telefonat jetzt beenden«, sagt Niklas zu ihr, »aber ich überlege mir etwas. Versprochen.«

Er wendet sich wieder seiner Freundin Dana zu.

»Lass uns zum Ufer laufen!«, bittet er sie. »Meine Chefin, Hauptkommissarin Gesa Bähr, kommt gleich nach. Sie wird dir sicher ein paar Fragen stellen wollen, und wenn die Kollegen der KTU eingetroffen sind, lässt du dir von denen Schutzkleidung geben und schaust in deinem Campingbus nach, ob dir etwas auffällt.«

Dana nickt. »Mach ich. Du sagtest ja, dass die Leiche vorher abtransportiert wird«, vergewissert sie sich lieber noch einmal.

»Genau. Wenn der Rechtsmediziner Dr. von Isenberg die erste Leichenschau beendet hat, dann legt das Team der Kriminaltechnik los. Eventuell sichern diese ebenfalls einige Spuren am Leichnam, bevor der nach Kiel ins Rechtsmedizinische Institut überführt wird«, erläutert Niklas Dana.

Zwei hungrige Möwen stürzen sich auf einmal kreischend neben dem Paar in den gelben Sand.

Dana erschrickt. »Anscheinend haben die etwas Essbares entdeckt«, beruhigt Niklas seine Freundin und legt ihr schützend den Arm um die Schultern: »Mach dir keine Sorgen, die Kollegen der KTU, allen voran ihr Leiter Uwe Feddersen, sind sehr freundlich und, was das Wichtigste ist, auch sehr erfahren in dem, was sie tun. Sie werden dir helfen, dass du dich nicht länger als nötig in dem Bus aufhalten musst.«

»Bist du denn gar nicht dabei?«, wundert sich Dana.

Hilflos kickt sie ein Büschel Seetang mit ihrem Sportschuh in Richtung Ufer.

Niklas drückt Dana noch fester an sich. »Es tut mir leid, Liebes, aber Gesa und ich werden so schnell wie möglich in die Dienststelle zurückkehren. Wir können hier zurzeit ohnehin nicht mehr viel bewirken. Dafür haben wir unsere Spezialisten. Denen brauchen wir bei ihrer akribischen Arbeit nicht über die Schulter zu schauen. Das stört die Kollegen nur.«

»Okay, verstehe.« Resigniert vergräbt Dana die Hände in den Taschen ihres dunkelgrünen Parkas und dreht sich um.

Ihr ist schon ganz mulmig, wenn sie daran denkt, ihren Campingbus in Kürze zu betreten.

»Schau mal, Niklas!«, sagt sie auf einmal und bleibt stehen. »Deine Chefin winkt uns zu. Ich glaube, wir sollen zu ihr hinkommen.«

Hoffentlich ist diese Frau Bähr nicht so neugierig, wie sie vorhin geguckt hat.

Na ja, wahrscheinlich doch, schließlich arbeitet sie bei der Kripo.

Niklas macht auf dem Absatz kehrt und geht mit Dana über den Strand zurück zum Stellplatz von Danas Campingbus. Leicht genervt schüttelt er den Kopf.

Gesa weiß manchmal auch nicht, was sie will.

Vorn am Ufer möchte sie mit Dana reden – das hat sie vor zehn Minuten noch gesagt.

21. Kapitel

Es ist später Nachmittag geworden.

»Die Idee ist charmant, genau wie deine neue Freundin«, lobt Gesa auf der Rückfahrt zur Dienststelle. Niklas hat ihr eben vorgeschlagen, dass Dana einstweilen der gehandicapten Trude im Haushalt helfen könnte, solange Fiona verschwunden ist. Gleichzeitig würde seine Freundin die Kripo Laboe bei der Recherche nach den Spendenempfängern weiterhin unterstützen und ihre geplanten Interviews vorantreiben.

Die Hauptkommissarin schnalzt vor Begeisterung mit der Zunge, während sie das Lenkrad des Dienstopels scharf einschlägt, um einem vom letzten Sturm herabgefallenen, morschen Ast auf der Straße auszuweichen.

»Ich würde sogar einen Schritt weitergehen«, meint sie. »Wie wäre es, wenn sich Dana Paulsen bei unserem Trudchen einquartiert? Trude verfügt über ausreichend Platz, und ganz ehrlich, Niklas, bei dir kann die Journalistin vorerst nicht mehr wohnen. Sie, oder genauer ihr Campingbus, ist in einen Mordfall involviert.«

»Mhm.« Niklas knirscht auf dem Beifahrersitz mit den Zähnen. »Das habe ich befürchtet, sehe es aber ein. Eine Suspendierung wegen Befangenheit möchte ich nicht riskieren. Obwohl ich Dana für vollkommen unschuldig halte. Für den Mordzeitpunkt hat sie mit mir das beste Alibi der Welt ...« Er seufzt.

Gesa schmunzelt, dann grinst sie säuerlich. »Ich befürchte, vorerst wirst du von deiner Erinnerung an diese letzte Nacht zehren müssen.«

Niklas presst die Fäuste zusammen. »Manchmal verfluche ich unseren Job. Aber was soll's. Trude wird sich wahrscheinlich riesig darüber freuen, wenn Dana in meinem alten Zimmer wohnt.«

Zweieinhalb Jahre ist das schon wieder her, denkt er, seit ich nach Laboe kam und bei der Kapitänswitwe Trude Hansen das erste Quartier an meinem neuen Einsatzort an der Ostseeküste bezogen habe.

Auch Gesa kann es kaum glauben.

Die Zeit rast einfach so dahin.

Je älter ich werde, umso schneller.

Obwohl der Lux inzwischen sogar wieder eine neue Couch in seinem Wohnzimmer stehen hat, haben wir bisher keinen Termin für einen Abend zum Klönen gefunden.

Jetzt wird es sicher noch schwerer werden.

Aber ich gönne ihm ja die neue Freundin.

Richtig kernig ist die. Gefällt mir.

Niklas wendet sich nun in ernstem Ton an Gesa: »Ich finde, wir müssten Dana jetzt einweihen, weshalb wir wegen der anonymen Geldgeschenke ermitteln. Sie sollte wissen, dass es nicht ungefährlich ist.«

Gesa schüttelt vehement den Kopf. »Niklas, ich verstehe, dass du dich um deine Freundin sorgst. Aber sie befindet sich meiner Meinung nach weniger in Gefahr als die Personen und deren Angehörige, die einen Drohbrief erhalten haben. Selbst diesen Menschen können wir keinen adäquaten Schutz bieten.«

»Aber die wissen im Gegensatz zu Dana wenigstens, woran sie sind«, widerspricht Niklas.

»Das tun Journalisten doch nie. Es ist ihr Job, etwas

herauszufinden und dann darüber zu schreiben«, kontert Gesa. »Wir waren uns mit dem Team einig, dass Dana Paulsen keinen Einblick oder Informationen zu unseren Ermittlungen erhält«, erinnert sie Niklas, der starr geradeaus durch die Frontscheibe blickt.

Das war aber, bevor ein Toter in Danas Bus lag.

Ich werde diesen Punkt noch einmal im Team zur Diskussion stellen.

Ob es Gesa passt oder nicht.

Außerdem hat Stefan herausgefunden, dass Gesas Schwester Hilde Geldscheine an Obdachlose verteilt hat.

Dabei hat Hilde Neumann behauptet, ihre fünftausend Euro komplett bei der Bank eingezahlt zu haben.

Gesa und ich haben dringenden Redebedarf.

Wir sind zum Glück in fünf Minuten im Büro.

»Moin zusammen! Gibt's etwas Neues?«, ruft Gesa in den Großraum, als sie und Niklas kurze Zeit darauf in ihrer Dienststelle ankommen. Zu Gesas großem Erstaunen wird ihre rhetorisch gemeinte Frage sofort bejaht.

»Und ob!«, verkündet Stefan stolz hinter seinem Bildschirm. »Die Fahndung nach dem Kleinkriminellen Rafael Schmied, dessen Fingerabdrücke in der Wohnung der erschlagenen Rena Schwender gefunden wurden, war erfolgreich.«

»Großartig!«, erwidern Gesa und Niklas aus einem Munde, was Lisa, die sich an ihrem PC mit einer komplizierten Grafik abmüht, ein Lächeln hervorlockt. Sie öffnet ein Schubfach ihres Rollcontainers unter dem Schreibtisch und holt das Aufnahmegerät hervor.

»Rafael Schmied wartet unten im Vernehmungsraum auf Sie«, erklärt Lisa den Kommissaren.

»Ui!«, seufzt Gesa. »Da werden der Oberkommissar

und ich wohl dem Kollegen Iversen bezüglich seines Kaffeekontingents auf der Tasche liegen müssen. Ich falle ansonsten um vor Müdigkeit.«

Auch Niklas verdreht unauffällig die Augen. Zwar freut er sich über den Fahndungserfolg, hat aber genau wie Gesa auf eine kurze Verschnaufpause gehofft.

Mein Mittagstisch fiel bereits aus.

Hoffentlich hat Iversen ein paar Kekse für uns vorrätig, überlegt er, während er seine Jacke im Großraum an die Garderobe hängt.

Plötzlich taucht Lasses Rotschopf hinter dem Empfangstresen auf: »Falls wir Knabberzeug möchten, sollen wir selbst etwas mit runterbringen. Iversen hätte lediglich harte Lebkuchen anzubieten, soll ich ausrichten.«

Gesa, die inzwischen fix zur Toilette gelaufen ist, hat es nicht mehr gehört. Dafür schaut sich Niklas nun hilfesuchend im Großraum um.

Vor der Befragung muss ich dringend eine Kleinigkeit essen.

Lisa erbarmt sich und reicht ihm einen Apfel und ein Päckchen mit Müsliriegeln.

Voller Freude nimmt Niklas die Sachen an sich und strahlt die Kollegin mit seinen blauen Augen dankbar an. Dann reißt er in einem Schwung die Umverpackung von den sechs schmalen Riegeln. Lasse schaut ihm bewundernd dabei zu, wie er noch im Stehen drei Riegel auf einmal hinunterschlingt.

Tja, denkt sich der Polizeischüler, die Muskeln des Oberkommissars müssen eben regelmäßig versorgt werden.

Von nichts kommt nichts.

»Lisa!«, ruft Lasse und schenkt der Kollegin einen bettelnden Blick. »Hast du für mich auch einen von

deinen gesunden Fitmachern?«, erkundigt er sich.
Lisa öffnet ihr Schubfach und holt einen großen, grünen Apfel hervor. »Natürlich«, antwortet sie und hält diesen demonstrativ in die Höhe. »Von mir aus sogar zwei. Meine Eltern haben genug davon im Schuppen eingelagert. Ihr müsst nur Bescheid geben, dann bringe ich mehr mit.«
Lasse, der sich daran erinnert, wie sauer die Äpfel aus dem Garten von Lisas Eltern sind, verzieht gequält das Gesicht, als er zu ihr an den Schreibtisch geht und den Apfel an sich nimmt. »Danke, einer genügt«, antwortet er höflich.

22. Kapitel

Nur kurze Zeit später empfängt Polizeimeister Iversen Gesa und Niklas auf dem Flur zu den Räumen der Schutzpolizei Laboe. Er hat bereits die rechte Hand auf die Klinke zum Vernehmungsraum gelegt. »Hereinspaziert!«, bittet er gut gelaunt und öffnet die Tür einen Spalt. »Die Personalien des Herrn Schmied haben wir samt einer ausführlichen Belehrung schon auf dem Band«, erklärt er und überreicht Gesa stolz die Aufnahmekassette, die er zuvor aus seiner Hemdtasche hervorgeholt hat. »Wiedersehen macht Freude, Bärin! Ich glaube, ihr habt einige von uns bei euch gebunkert.«
»Okay, ist notiert.« Gesa bedankt sich und nimmt die Kassette an sich, um sie in ihre Handtasche zu stecken.

Niklas betritt derweil den Vernehmungsraum und begrüßt einen weiteren Kollegen der Schutzpolizei, der neben der Tür als Zeuge Platz genommen hat, mit einem kräftigen Handschlag. »Auf dem Sideboard steht eine extragroße Kanne mit heißem Kaffee für euch. Ihr wart doch die ganze Zeit draußen«, flüstert der Polizist Niklas zu. Er mag den sportlichen Kriminaloberkommissar, den er häufig abends beim Training im Fitnessstudio trifft und der im Dienst nie schlecht gelaunt ist und wenn er seinem Team Kuchen spendiert, auch regelmäßig an die Kollegen von der Bereitschaft der Schutzpolizei denkt.

Nach einer freundlichen Begrüßung und einem kurzen Austausch zu den Getränkewünschen setzen sich Gesa und Niklas gegenüber von Rafael Schmied an den großen rechteckigen Tisch des Vernehmungsraums.

Gesa schaltet das Aufnahmegerät ein. »Dass Sie als Verdächtiger in einer Mordsache vernommen werden, ist Ihnen bekannt, Herr Schmied?«, beginnt sie in ernstem Ton mit der Befragung. Sie zieht ihre Augenbrauen hoch und schaut auf Rafael: »Warum haben Sie trotzdem auf anwaltlichen Beistand verzichtet?«

Rafael nickt so heftig, dass ihm seine dunkelbraunen Locken von der Stirn über die Augen fallen. Er schüttelt sich und schiebt die widerborstigen Haarsträhnen hinter seine Ohren. »Einen Anwalt kann ich mir nicht leisten, und da ich nichts verbrochen habe, benötige ich auch keinen«, erklärt er selbstbewusst.

Niklas beobachtet die Reaktion des Verdächtigen genau. Über dessen blasses, kindlich wirkendes Gesicht huscht ein feines Lächeln. Seinen Mund verzieht er dabei perfekt zu einer Unschuldsmiene. Nur die dunklen, fast schon schwarzen Augen des jungen

Mannes flackern unruhig, fällt dem Oberkommissar auf.

Der spielt uns doch etwas vor.

»Falls sich der Verdacht gegen Sie erhärtet, rate ich Ihnen dringend zu einem Pflichtverteidiger, Herr Schmied«, weist Niklas ihn erneut auf seine Rechte hin.

Rafael Schmied zuckt mit den schmalen Schultern, deren Zartheit durch einen enganliegenden, grauen Rollkragenpullover noch betont wird. »Ich habe keinen Bedarf an Paragrafenfuchsern«, nörgelt er. »Sagte ich doch schon.«

»Gut, dann legen wir mal los!«, erwidert Gesa in mütterlichem Ton, denn sie verspürt auf den ersten Blick Mitleid mit dem Kleinkriminellen. Niklas lehnt sich in seinen Stuhl zurück und nimmt einen kräftigen Schluck Kaffee. Vorsicht, denkt er, der Kerl versucht womöglich uns einzuwickeln, vor allem Gesa.

»Nun erzählen Sie uns bitte, wie Ihre Fingerabdrücke in die Wohnung der Frau Schwender gelangt sind, Herr Schmied!«, bittet Gesa Rafael. »Die Frau ist eines gewaltsamen Todes gestorben, ich kann Ihnen daher nur dringend ans Herz legen, die Wahrheit zu sagen.«

»Dass die alte Hexe tot ist, weiß ich erst, seit mich die Bull... äh Polizei festgenommen hat«, erklärt Rafael schnell. »Damit habe ich nichts zu tun. Im Gegenteil, die Frau hatte mich bestohlen und meinen Rucksack in ihrer Wohnung versteckt«, beschwert er sich.

»Wann?«, möchte Niklas sofort wissen.

»Na, letzten Sonntag. Ich ging nachmittags ahnungslos am Strand spazieren und wollte nur in die Dünen zum Pinkeln verschwinden, da reißt mich ein Typ von hinten zu Boden, schlägt und beschimpft mich, bis ich bewusstlos im nassen Sand liegenbleibe.«

Was für eine Räuberpistole erzählt er uns da? denkt Gesa, aber sie ermuntert Rafael, der kurz zu überlegen scheint, weiterzureden.

»Was ist anschließend geschehen?«, fragt sie.

»Frau Schwender hat mich gefunden und mit in eine Villa in der Nähe des Strandes genommen. Ich war halb erfroren, sie hat mich mehr oder weniger fast zu sich getragen.« Er grinst unverschämt. »So viel wiege ich ja nicht, und die Frau ist, äh war sehr kräftig. Sie gab mir zu essen und behauptete später, als ich wieder halbwegs bei Sinnen war, ich hätte außer meiner klitschnassen Kleidung am Leib nichts weiter dabeigehabt. Das war gelogen, wie ich durch Zufall vor meiner Flucht noch rechtzeitig bemerkt habe.«

Gesa stutzt. »Warum sind Sie aus der Wohnung der Frau geflohen?«, erkundigt sie sich.

»Der Typ, der mich in den Dünen niedergeschlagen hat, sprach plötzlich abends mit ihr in der Küche. Ich habe seine fiese Stimme wiedererkannt, als ich auf dem Weg ins Bad war. Zuvor hatte ich im Wohnzimmer auf der Couch gepennt, weil die Schwender in Ruhe arbeiten wollte.«

»Interessant.« Niklas schaltet sich in die Befragung ein. »Beschreiben Sie bitte den Tonfall, in dem der Mann mit Frau Schwender geredet hat.«

Rafael reißt erschrocken seine schwarzen Augen auf: »Genau deshalb habe ich ihn wiedererkannt, Herr Kommissar! Er hat die Frau bedroht und genauso wütend gezischt wie bei mir. Du hinterhältige Schlampe, dir werde ich es zeigen oder so ähnlich, hat er gesagt.«

Gesa schüttelt fassungslos den Kopf.

Ich glaube dem Typen kein Wort.

Niklas hat ihm mit seiner Frage eine Steilvorlage gegeben.

Der böse Unbekannte war's. Ach herrje.
Wie oft ich das schon gehört habe.

»Wo war denn Ihr Rucksack nun? Sie behaupten, Frau Schwender hätte diesen gestohlen.«

»Hat sie auch!«, ereifert sich Rafael. »Der steckte in ihrem Wäschekorb im Bad. Ich hatte mich heimlich durch den Flur ins Badezimmer geschlichen, während der brutale Typ und die Schwender in der Küche diskutierten. Die Hexe hatte meine feuchten Klamotten zum Trocknen über einen Heizkörper im Bad gelegt. Nur durch Zufall habe ich meinen Rucksack dort entdeckt, weil ich ihren Schmutzwäschekorb in der Eile umgestoßen habe. Während ich zur Tür raus bin, haben Frau Schwender und der Typ weiter heftig gestritten.«

»Sie hätten Hilfe holen können«, meint Niklas entsetzt, »es sogar müssen. Angenommen, es stimmt, was Sie uns eben erzählt haben, dann wussten Sie, dass der unbekannte Mann gefährlich ist. Doch statt die Polizei zu rufen, lassen Sie eine wehrlose Frau mit ihm allein in der Wohnung zurück.«

Rafael fährt sich mit seinen schlanken Händen nachdenklich durch die Haare. »Wenn Sie das so sagen, Herr Kommissar ...«, druckst er hervor. »Ich konnte doch nicht ahnen, dass er die Hexe umbringt.«

»Der Name der Frau lautet Rena Schwender, Herr Schmied! Merken Sie sich das bitte«, weist Gesa ihn zurecht. Ihr reicht es jetzt. »Ob Ihr ominöser Unbekannter Frau Schwender getötet hat, steht in den Sternen, genau wie alle anderen Lügengeschichten, die wir in diesem Raum schon zu hören bekommen haben.«

»Aber ich sage die Wahrheit!«, erwidert Rafael trotzig.

»Wo haben Sie Ihren Rucksack denn heute gelassen?«, möchte Niklas wissen. Beim Betreten des Vernehmungsraumes war ihm lediglich der lange schwarze Wintermantel des Verdächtigen am Garderobenständer aufgefallen.

Rafael überlegt kurz: »Muss ich das sagen?«

»Es wäre in jedem Fall besser für Sie, wenn Sie uns helfen, und da Sie nichts zu verbergen haben ...«, antwortet Gesa und lächelt ihm aufmunternd zu.

»In Kiel am Bahnhof, in einem Schließfach«, presst Rafael zwischen seinen blitzweißen Zähnen hervor. »Dort haben mich die Bull... äh Polizisten ja auch geschnappt.«

»Sie haben keinen festen Wohnsitz?«

»Nein, gerade nicht. Ich penne mal hier, mal da, bei Freunden und Bekannten.«

»Dann werden wir Sie weiter in Polizeigewahrsam behalten und dem Haftrichter vorführen. Solange der Tötungsverdacht gegen Sie nicht ausgeräumt ist, besteht Fluchtgefahr«, belehrt ihn Niklas.

Rafael stöhnt. »Mir egal. Bei der Kälte habe ich wenigstens ein Dach über dem Kopf.«

Gesa ist entsetzt. So jung und schon so perspektivlos. »Den Schlüssel zum Schließfach mit Ihrem Rucksack müssten Sie uns bitte aushändigen«, fordert sie. »Der Rucksack wird als Beweismittel beschlagnahmt und auf Spuren untersucht. Schließlich hatten Sie diesen in der Wohnung der Getöteten dabei.«

»Nein! Wozu denn? Was wollen Sie damit?«, kreischt Rafael, und die Unschuldsmiene in seinem Gesicht weicht blankem Entsetzen und kindlicher Wut. »Das dürfen Sie nicht!«, schreit er verzweifelt und springt auf. »Mein Rucksack ist alles, was ich besitze.«

»Ruhig!« Niklas steht schnell auf und drückt den

schmächtigen Rafael in seinen Stuhl zurück. »Sie erhalten Ihre Sachen wieder zurück. Vorausgesetzt, Sie haben diese rechtmäßig erworben.«

Gesa atmet hörbar aus.

Der Junge ist wegen Betäubungsmittelverstößen in unserer Kartei aktenkundig.

Da kann ich mir schon denken, was er im Gepäck hat.

»Herr Schmied«, fragt sie verständnisvoll, »befinden sich illegale Drogen in Ihrem Rucksack? Sind Sie daher so erregt?«

Rafael schlägt die Augenlider nieder.

Keine Antwort ist auch eine Antwort, denkt Gesa.

»In welchem Wert?«, möchte sie wissen.

»So für 20.000 Euro«, gibt Rafael nun doch lieber zu. »Äh, jetzt schon weniger. Ich habe bereits einiges von dem Koks verkauft.«

»Oje«, Gesa schüttelt mitleidig den Kopf. »Sie sind erst zwanzig Jahre alt, Herr Schmied, und können noch etwas aus Ihrem Leben machen. Lassen Sie die Finger von dem Zeug!«

»Wo ist der Schlüssel zu dem Bahnhofsschließfach?«, redet Niklas dazwischen.

Rafael zeigt mit der Hand auf den Garderobenständer: »In der Innentasche meines Mantels.«

Niklas steht auf und dreht den Mantel um. Im Ärmel steckt ein langer, bunter, selbstgestrickter Schal.

So einen trägt doch die Studentin Fiona!

Niklas zieht den Schal aus dem Mantel hervor. »Wo haben Sie den her?«, fragt er mit schneidender Stimme.

Rafaels Augen zucken einen Moment erschrocken. Niklas hat es genau registriert.

»Gefunden«, versichert der junge Mann schnell. »Am Bahnhof in Kiel.«

»Wo genau und wann genau?«, drängt Niklas ihn und hält ihm den Schal unter die Nase. »Keine Lügen! Wir werden die Aufnahmen der Überwachungskameras überprüfen.«

Rafael kneift die Augen zusammen. »Verdammt!«, jammert er. »Ich kann mich nicht mehr erinnern. Vielleicht war es eher vor dem Bahnhof.«

»Auch dort befinden sich Kameras«, fährt ihn Niklas barsch an.

Gesa, die nicht weiß, dass es sich höchstwahrscheinlich um den Schal der vermissten Studentin handelt, stößt Niklas unter dem Tisch unauffällig mit dem Fuß an sein Schienbein.

Klar, denkt er, Gesa hat recht.

Neue Situation.

Wir werden uns beraten müssen.

»Sie haben Glück, Herr Schmied«, wendet Niklas sich an Rafael, der unruhig auf seinem Stuhl hin und her zu rutschen beginnt, »wir legen eine Pause ein, damit Sie sich in Ruhe erinnern können, wo genau Sie den Schal herhaben. Hauptkommissarin Bähr und ich kehren in zehn Minuten zurück«, warnt er Rafael, »so lange haben Sie Zeit zum Nachdenken. Der Kollege von der Schutzpolizei vorn an der Tür wird dafür sorgen, dass Sie während Ihrer Überlegungen nicht abgelenkt werden«, erklärt Niklas bissig.

Gesa steht schnell auf und zieht ihn am Ärmel. Nun erhebt sich auch der Oberkommissar von seinem Platz. Er ist immer noch wütend.

Was hat dieser Milchbubi mit Fionas Verschwinden zu tun?

Er muss etwas wissen.

Oben in der Dienststelle der Kripo informiert Niklas nicht nur Gesa, sondern auch die anderen aus dem

Team über seinen Verdacht, dass der Schal der verschwundenen Studentin gehören könnte.

Im Gegenzug erfahren Gesa und Niklas von Lisa, dass sie am nächsten Tag endlich einen Termin bei der Unternehmerin Frau Gefken erhalten haben. Lisa hat es geschafft, die Chefin der Firma »Mehr Service am Meer« von der Dringlichkeit einer Befragung zu überzeugen.

»Da Sie schon einmal bei uns oben sind, Frau Bähr«, meint Stefan nun zu der Hauptkommissarin, »hätte ich auch noch ein kurzes Anliegen: Uwe Feddersen hat angerufen. Es gibt keinerlei Hinweise auf die Identität des Toten in dem Campingbus. Sollen wir die Öffentlichkeit einschalten?«, fragt er. »Vielleicht mit einem Foto in der Regionalpresse. Doc Isenberg hat von seiner ersten Leichenschau einige gemailt, die geeignet wären.«

Gesa überlegt kurz: »Okay, aber vorerst nur in der Ostseebild.« Sie schaut auf die Wanduhr über der Eingangstür zum Großraum.

»Zehn Minuten sind um, Niklas. Wir müssen wieder runter.«

Er nickt und verzieht skeptisch sein Gesicht.

Ich habe wenig Hoffnung, dass uns dieser Rafael heute die Wahrheit sagt.

So kooperativ er sich in dem Fall Rena Schwender gezeigt hat – bei Fionas Schal hat er komplett dichtgemacht.

Freitag

23. Kapitel

Auch am nächsten Vormittag beschäftigt Gesa und Niklas das für sie eher ambivalente Verhalten des Verdächtigen Rafael Schmied weiter, und sie diskutieren darüber auf ihrer Fahrt nach Kiel, wo sie heute endlich die Unternehmerin Gefken treffen werden.

»Mal angenommen, es stimmt«, meint Gesa, während die beiden mit ihrem Dienstopel das Ortsschild der Landeshauptstadt passieren, »und der junge Mann hat den Schal tatsächlich gefunden ... Ich finde, das macht auch viel mehr Sinn.«

»Wieso macht das Sinn?«, erwidert Niklas genervt, denn er ist überzeugt, dass Gesa wieder einmal durch ihre rosarote, mütterliche Brille auf die Geschehnisse blickt und sich von dem smarten Kleinkriminellen hat einnebeln lassen. »Ich weiß, worauf du hinauswillst, Gesa«, sagt er, »der Typ würde sich den Schal niemals umbinden und damit zu uns in die Vernehmung spazieren, wenn er diesen Fiona gewaltsam entwendet hätte. Aber vergiss bitte nicht, dass ihn eine Polizeistreife gefasst hat, weil er zur Fahndung ausgeschrieben war. Er ist nicht freiwillig zu uns gekommen und hatte keine Möglichkeit, den Schal vorher zu verstecken oder zu entsorgen«, gibt Niklas zu bedenken und holt tief Luft. »Na, Stefan lässt sich ja heute die Bilder der Bahnhofsüberwachung zukommen, dann werden wir schwarz auf weiß sehen, dass Rafael Schmied dort nirgendwo den Schal der Studentin aufhebt. Wetten?«

»Ich wette nicht, das erklärt sich mir schon durch den Wortstamm«, antwortet Gesa, »denn Wetten und Wetter haben eines gemeinsam: Sie sind unberechenbar.«

»Du legst auch jedes Wort auf die Goldwaage«, nörgelt Niklas.

»Und du hast heute schlechte Laune«, wehrt sich die Hauptkommissarin. »Hat sich deine Freundin eigentlich am Morgen bei dir gemeldet? Wie war ihre erste Nacht bei Trude Hansen?«

Niklas verdreht die Augen. »Gesa«, sagt er kopfschüttelnd und muss nun schmunzeln, »was du dir so zusammenreimst«, lacht er. »Ich bin in puncto Rafael Schmied nicht deiner Meinung, aber das hat nichts mit schlechter Laune zu tun und schon gar nicht damit, dass ich die Nacht nicht mit Dana verbringen konnte. Sie und Trude verstehen sich übrigens ausgezeichnet.«

Gesa beißt sich auf die Unterlippe. Ihr ist es ein wenig unangenehm, dass Niklas sie bei ihren Gedanken ertappt hat.

»Okay, Frieden?« Sie lächelt versöhnlich. »Wir sind außerdem angelangt und sollten unseren Fokus auf die Unternehmerin Johanna Gefken lenken«, meint sie und biegt auf den Parkplatz gegenüber einem imposanten Hochhaus ein.

In dem schicken Glaspalast direkt am Kieler Förde-Ufer befindet sich das Büro der Inhaberin und Geschäftsführerin von »Mehr Service am Meer«, einem weitverzweigten Firmengeflecht verschiedener kleiner Dienstleister.

Nur fünf Minuten später stehen Niklas und Gesa etwas abseits des Haupteingangs vor einem kleinen, vollgepackten Kiosk, der neben dem hypermodernen, mit reichlich Glas verbauten Bürokomplex wie ein Relikt aus vergangener Zeit anmutet.

»Schau mal hier, Niklas!« Gesa zeigt auf die tagesaktuelle Ostseebild in der bunten Auslage des Verkaufsstandes.

Sofort schweift Niklas' Blick über den rechten Rand des Titelblattes der Zeitung: »Na, das ging aber fix«, staunt er, als er ein Foto mit dem Kopf des toten jungen Mannes und die dazugehörige Polizeimeldung entdeckt. »Da hat der Kollege Voß wohl wieder seine guten Verbindungen zur regionalen Presse ausgespielt.«

»Mal sehen, ob sich überhaupt jemand meldet«, mault Gesa. Sie ist diesbezüglich eher pessimistisch. »Wirklich brauchbare Hinweise sind leider so selten wie ein Lottogewinn«, klagt sie und läuft weiter zum Haupteingang des Bürogebäudes. Neidisch sieht sie hinauf: »Die Gefken residiert ganz oben, in der 10. Etage. Ihr Büro verfügt angeblich über einen Rundum-Förde-Blick. Bei so einer schönen Aussicht käme ich kaum zum Arbeiten.«

Niklas schaut nun ebenfalls sehnsüchtig in Richtung Himmel. Wärmende Sonnenstrahlen kitzeln sein Gesicht. Die Temperaturen liegen schon am Vormittag bei annähernd zehn Grad. Man könnte glauben, es ist Frühling statt Januar. Noch vor zwei Tagen bibberten wir bei klirrendem Frost, erinnert er sich. Entspannt atmet er die frische, salzige Luft ein.

Schade, dass mein Urlaub vorbei ist.

Gesa schaut auf ihre Armbanduhr. »Wie wäre es mit einem zweiten Frühstück?«, schlägt sie Niklas vor.

»Wir haben noch zwanzig Minuten Zeit. Ich glaube nicht, dass uns die vielbeschäftigte Gefken früher in ihr Büro lässt, und auf einen Kaffee mit ihrem Vorzimmerdrachen habe ich keine Lust. Das herrliche Wetter sollten wir nutzen. Ich weiß ganz in der Nähe, direkt an der Kaimauer, einen leckeren Fischbrötchenstand, der um diese Jahreszeit verkauft.«

»Super Vorschlag! Ich glaube, dort sind wir im letzten Sommer schon gewesen«, stimmt Niklas ihr freudig zu.

»Nee, der ist es nicht, aber es ist trotzdem nicht weit zu laufen.«

Kaum haben sich die beiden auf den Weg gemacht, tritt hinter ihrem Rücken jemand Altbekanntes aus der Drehtür des Bürogebäudes.

Gesa, der ein Tempotaschentuch aus der Manteltasche gerutscht und auf die roten Klinkersteine am Boden gefallen war, dreht sich in dem Moment um, weil sie das Papier aufheben möchte.

Ach! Sieh mal einer an, denkt sie.

Was will denn Dr. Bleibtreu hier?

Sie zieht Niklas, der neben ihr wartet, unauffällig an seinem Hosenbein.

»Der Notarzt Bleibtreu hat eben das Hochhaus verlassen«, flüstert sie am Boden hockend. »Dreh dich aber nicht um! Er geht zum Kiosk ... jetzt bleibt er stehen und .... kauft eine Ostseebild!«, schnauft Gesa entrüstet, während sie langsam wieder hochkommt.

Niklas schüttelt den Kopf: »Gesa, warum soll sich der Mann denn keine Zeitung kaufen dürfen?«

»Ja, du hast recht«, gibt sie zu. »Das kann Zufall sein und muss nichts mit dem Foto des Toten zu tun haben. Aber was wollte er im Bürogebäude der Gefken? Dr. Bleibtreu verheimlicht uns etwas. Ich habe es im

Urin.«

»Wahrscheinlich gibt es für seinen Besuch eine einfache Erklärung«, beschwichtigt Niklas. »Meines Erachtens befinden sich in dem Gebäudekomplex diverse Versicherungen und Finanzdienstleister. Erinnerst du dich an unseren Fall im letzten Sommer, als wir unter anderem wegen einer verbrecherischen Finanzholding ermittelten?«

»Ja, natürlich!«, bestätigt Gesa und macht auf dem Absatz kehrt. »Gerade deshalb werde ich den Herrn Doktor fragen, was er hier zu suchen hat«, erklärt sie Niklas, der ihr nur widerwillig folgt. Er stöhnt in sich hinein. »Eigentlich geht uns das nichts an, Gesa«, jammert er.

Ade zweites Frühstück.

Ich hatte mich schon so auf ein Fischbrötchen gefreut.

»Bei Mord geht uns alles etwas an!«, zischt Gesa. »Der Bleibtreu ist sterbenskrank, der hat nichts mehr zu verlieren. Solche Menschen sind unberechenbar.«

Niklas wundert sich. »Worauf gründest du deinen plötzlichen Verdacht? Bisher ist der Mann ein Zeuge, eventuell wird er selbst bedroht«, widerspricht er leise, denn die beiden haben nun den Arzt erreicht. Da er sein rechtes Bein nachzieht, schaffte er es nur langsam, über den Parkplatz zu laufen.

Jetzt hat er die Kommissare hinter seinem Rücken bemerkt und bleibt stehen.

»Moin, Frau Bähr! Moin, Herr Lux!«, begrüßt er sie. »So schnell trifft man sich wieder. Ich war gerade bei meiner Krankenversicherung. Es gab einige Formalitäten zu klären.«

Gesa schaut den Arzt misstrauisch an.

Ich habe doch noch gar nichts gefragt.

Vorgestern hat er kaum die Zähne auseinanderbekommen, erinnert sie sich, da musste ich dem Herrn jedes Wort einzeln aus der Nase ziehen, und auf einmal ist er so redselig.

Auch Niklas ist aufgefallen, dass das Verhalten des Arztes gegenüber der Kripo heute ein anderes ist.

»Haben Sie eine gute Krankenversicherung?«, fragt er argwöhnisch. »Ich möchte nämlich wechseln«, schwindelt der Oberkommissar schnell. Er hat eine Idee: »Könnten Sie mir Ihre empfehlen, Herr Doktor? Bei welcher Gesellschaft sind Sie denn versichert?«

So in die Enge getrieben, blockt der Arzt sofort ab. »Nein«, erwidert er kurz. »Kann ich nicht. Wiedersehen, ich muss dann mal wieder«, sagt er, dreht sich um und hinkt, so schnell er kann, weiter zu seinem Wagen.

Niklas und Gesa tauschen vielsagende Blicke aus. »Wiedersehen, Herr Doktor!«, ruft Gesa ihm nach.

Man sieht sich, denkt sie. Von wegen, ich war bei meiner Krankenversicherung. Dr. Bleibtreu hat geahnt, dass der Lux diese Behauptung überprüfen will, vermutet Gesa und schaut anerkennend zu Niklas. »Clever gemacht«, lobt sie, »aber nun hast du selbst gesehen, dass der Mann Geheimnisse vor uns hat.«

»Ja«, Niklas nickt. »Das haben wahrscheinlich fast 99 Prozent der Bevölkerung«, sagt er nachdenklich. »Trotzdem sollten wir den Bleibtreu im Auge behalten.« Dann seufzt er: »Mit dem Fischbrötchen wird es jetzt wohl nichts mehr, oder?«

Gesa sieht auf ihre Armbanduhr: »Leider nein, unsere Zeit ist zu knapp.«

24. Kapitel

Irgendwie habe ich mir die Frau und ihren Firmensitz vollkommen anders vorgestellt, staunt Gesa, die mit Niklas an dem hellen, rechteckigen Eichentisch in Johanna Gefkens Büro Platz genommen hat. Während sich Niklas eher für die drei Axolotl in dem riesigen Aquarium auf dem Sideboard interessiert, bewundert sie insgeheim die puristische, ihrer Meinung nach sehr geschmackvolle Einrichtung im Domizil der Chefin von »Mehr Service am Meer«.

Vergeblich bemüht sich Gesa jetzt von ihrem weißen Ledersessel aus, einen Blick auf die Förde und den Hafen zu erhaschen. Leider hatte Frau Gefken, noch bevor die Kommissare ihr 200 m^2 großes Büro betreten haben, den zartgelben Lamellenvorhang an der Fensterfront zur Ostsee geschlossen.

»Die Sonne blendet mich zu sehr, dann kann ich mich schlecht konzentrieren«, erklärt sie lächelnd, als sie Gesas vergebliche Versuche, hinauszuschauen, registriert.

Den Tee, den ihre Vorzimmerdame zuvor in einem silberfarbenen Kännchen im Bauhausstil gebracht hat, schenkt Frau Gefken den Kommissaren persönlich ein. »Ich hoffe, Sie mögen diese spezielle Friesenmischung«, sagt sie höflich und setzt sich anschließend in einen der exquisiten Ledersessel.

Niklas, der seine Augen immer noch schwer von den possierlichen Amphibien in dem Aquarium abwenden kann, ist genau wie Gesa von dem Auftreten und der äußeren Erscheinung der Unternehmerin überrascht.

Nach den Erzählungen von Kellinghusens Hausdame Frau Niedermeier hatte er eine hemdsärmelig agierende Selfmade-Millionärin erwartet, ohne Stil und Manieren.

Man sollte eben nicht zu viel auf das Geschwätz anderer geben.

Die zweiundfünfzigjährige Johanna Gefken beeindruckte Niklas mit einer formvollendeten Begrüßung und Bewirtung und zeigt, was ihre Kleidung und Frisur angeht, Perfektion. Das graue, feingewebte Schurwollkostüm sitzt tadellos an der zierlichen Frau. Ihr dezent geschminktes Gesicht wird von einer kastanienbraunen Pagenfrisur eingerahmt, die so exakt geschnitten ist, dass Niklas vermutet, Frau Gefken könnte eine Perücke tragen. Aber wahrscheinlich geht sie nur jede Woche zum Friseur, denkt er.

Diese Frau überlässt nichts dem Zufall, auch nicht ihr Aussehen.

Nur wenn sie auf ihren hochhackigen, schwarzen Pumps über den Teppichboden geht, wirkt es seltsam einstudiert, findet er. Niklas hat ein Auge für den Gang einer Frau und liebt natürliche Bewegungen.

Johanna Gefken scheint lange geübt zu haben, um sicher auf diesen Schuhen zu laufen, und wer genau hinsieht, bemerkt es immer noch.

Niklas nimmt erneut einen Schluck Tee aus seiner dünnen, fast schon durchsichtigen, weißen Porzellantasse.

»Schmeckt ausgezeichnet«, lobt er.

Frau Gefken lächelt ihn an. »Das freut mich«, erwidert sie mit ihrer lauten, kräftigen Stimme, die man der klein gewachsenen, zarten Dame nicht zutrauen würde.

Die Unternehmerin greift jetzt nach einer Halskette,

die sie im Ausschnitt ihres Blazers trägt, und zieht eine Taschenuhr hervor. Nachdem sie den goldenen Deckel mit ihrem hautfarben lackierten Daumennagel gekonnt aufgeklappt hat, ruft sie erschrocken: »Oje, so spät schon! Ich muss mich in zwanzig Minuten zu meinem nächsten Termin verabschieden, Herrschaften. Also, was möchten Sie wissen, Frau Bähr? Wie kann ich Ihnen helfen?«, wendet sich die Unternehmerin nun zuerst an Gesa.

Na super! Die Hauptkommissarin ärgert sich insgeheim: Erst haben wir zehn Minuten im Vorzimmer gewartet, anschließend hat die gnädige Frau zehn Minuten ihren ach so besonderen Tee gekocht, um ihn uns fünf Minuten lang zu servieren, und schon bleiben nur zwanzig Minuten Redezeit unseres Termins übrig.

Das hat die Gefken doch mit Absicht so arrangiert.
Sie ist doch nicht blöd.
Die Frau weiß genau, was sie tut.

Exakt fünfundzwanzig Minuten später stehen Niklas und Gesa wieder vor ihrem Dienstopel auf dem Parkplatz. Selbst die strahlende Mittagssonne kann die Laune der Kommissare nicht heben – die Befragung der Unternehmerin Gefken war, wie Gesa befürchtet hat, nichtssagend verlaufen.

Wütend äfft die Hauptkommissarin Frau Gefken nach: »Ich weiß nicht, wo Fiona Reichenbach sich aufhält, fragen Sie meine Büroleiterin ... von illegalen Ferienwohnungen weiß ich nichts, darum kümmert sich die verantwortliche Büroleiterin ... bla, bla, bla!«, höhnt Gesa. »Ist dir aufgefallen, dass die Dame mindestens zwanzigmal das Wort Büroleiterin benutzt hat, Niklas?«

»Ist es«, stimmt er Gesa kopfnickend zu und starrt weiter geradeaus. Irgendwie wirkt er abwesend, denkt sie.

Hat er mir überhaupt zugehört?

Niklas grübelt gerade darüber nach, wie er Gesa auf dem Weg zurück in die Dienststelle am besten ansprechen soll. Er muss dringend mit ihr über die für sie sicher unangenehme Falschaussage ihrer Schwester Hilde reden. Stefan hat herausgefunden, dass Hilde Neumann 100-Euro-Geldscheine an Obdachlose verteilt hat. Dabei hat Hilde Gesa gegenüber behauptet, ihre fünftausend Euro komplett bei der Bank eingezahlt zu haben.

Wir müssen an die Scheine herankommen, um die Nummern mit dem Geldschein abzugleichen, welcher der toten Rena Schwender im Mund steckte.

»Träumst du, Niklas?«, erkundigt sich Gesa, die ihre Hände unschlüssig in den Manteltaschen vergraben hält. Sie blinzelt neben Niklas in die Sonne. »Oder hast du auch so wenig Lust, zurück ins Büro zu fahren?«, fragt sie ihn.

Er schmunzelt. »So ist es«, gibt er zu und überlegt sich schnell eine Planänderung. »Du hast doch vorhin von diesen hervorragenden Fischbrötchen geschwärmt, Gesa. Wie wäre es, wenn ich dich gleich zu einem einlade? Wir haben ohnehin bald Mittag. Warum sollten wir unsere Pause nicht hier verbringen?«

»Einverstanden!«, erwidert Gesa und hakt sich bei Niklas ein. »Unter einer Bedingung«, schmunzelt sie, »keine Dienstgespräche.«

Na gut, denkt Niklas, dann muss ich sie doch später im Auto wegen ihrer Schwester fragen.

Aber wenn Gesa satt ist, regt sie sich weniger auf.

25. Kapitel

Trude Hansen kaut tapfer auf dem letzten Stückchen zähen Rindfleischs, bis es ihr endlich gelingt, dieses zusammen mit einem Löffel Suppe hinunterzuschlucken.

»Dein Bohneneintopf war wirklich lecker«, lobt sie trotzdem Danas Kochkünste.

Ist eben nicht einfach, das Fleisch zart hinzubekommen.

Zum Glück hat Dana kein Hammelfleisch besorgt, wie es eigentlich im Rezept steht.

Trude tupft sich mit ihrer Serviette den Mund ab.

»Schade, dass Niklas nicht mit uns gemeinsam Mittag gegessen hat«, bedauert sie. »Seit er aus dem Urlaub zurück ist, befindet er sich rund um die Uhr im Einsatz.« Trude streckt jetzt ihre kleine runzlige Hand zu Dana über den Tisch und lächelt die Vierunddreißigjährige dankbar an. »Aber wie schön, dass du es einrichten konntest, mir Gesellschaft zu leisten. Obwohl, wenn ich ehrlich bin, fehlt mir Fiona und ich mache mir Sorgen, warum sie sich nicht meldet.«

»Das geht mir genauso, Frau Hansen«, versichert Dana.

Trude droht ihr scherzhaft mit dem Zeigefinger: »Beim Rotwein gestern Abend waren wir bereits beim Du. Sag ruhig Trude zu mir, so wie fast alle im Ort.«

»Ach ja, entschuldige.« Dana strahlt Trude mit ihren leuchtenden, grünen Augen an. Verlegen zupft sie sich an einem Ohrläppchen und streicht sich eine vorwitzige Haarsträhne aus der Stirn. Sie trägt ihre langen blonden Haare heute zu einem Pferdeschwanz gebunden, der sich während der für sie ungewohnten Küchenarbeit etwas gelockert hat.

Mit dem Zopf sieht sie viel jünger aus, findet Trude. Ihr gefallen die offenen Haare bei Dana besser, aber sicher ist es im Haushalt praktischer.

»Hast du denn im Fleischerladen etwas Neues für deine Recherchen erfahren?«, erkundigt sich Trude jetzt bei der Journalistin. Sie hatte Dana nämlich den Hinweis gegeben, sich nicht nur beim Bäcker unter den Einheimischen umzuhören, wer alles vor Weihnachten anonyme Spendengelder erhalten hat, sondern ebenso in der örtlichen Hausschlachterei vorbeizuschauen.

Dana nickt freudig: »Ja«, bestätigt sie, »das wollte ich dir eigentlich gleich am Vormittag erzählen, Trude, aber ich war in Gedanken bereits mit der Zubereitung des Bohneneintopfs beschäftigt.« Sie stockt kurz und zieht entschuldigend ihre schmale, gerade Nase kraus, sodass sich unter ihren mandelförmigen Augen erste zarte Lachfältchen zeigen. »Ehrlicherweise koche ich nicht häufig und daher nicht besonders gut«, gesteht sie Trude ein. »Die Rezepte aus dem Internet haben so ihre Tücken, wie du sicher an der Konsistenz des Fleisches bemerkt hast.«

»Ach was! Ich habe doch alles aufgegessen!« Trude weist auf den leeren Porzellanteller vor sich, auf dessen Boden zur Dekoration ein geschmückter Tannenbaum aufgemalt ist. Sie muss ein wenig schmunzeln, weil Dana das gute vergoldete Weihnachtsgeschirr aus der Vitrine zum Eindecken verwendet hat.

Die Deern hat das missverstanden.

Ich meinte, nimm die angebrochene Packung mit den Weihnachtsservietten, die sollten aufgebraucht werden.

Plötzlich klingelt es, zuerst einmal kräftig und laut und dann in einem nervigen, scheppernden Dauerton, ohne Unterlass weiter.

»Also, Niklas ist das nicht«, behauptet Trude und zieht sich sofort eine Haarnadel aus ihrem Dutt. »Der weiß inzwischen, dass man den verrosteten Klingelknopf nur kurz drücken darf, sonst bleibt er im Gehäuse stecken und muss herausgepult werden.«

Sie hält Dana, die sich am liebsten die Finger in die Ohren stecken würde, die rettende Nadel hin. »Bitte sei so gut«, bittet Trude sie. »Ich kann nicht. Mein Rücken«, klagt die Zweiundachtzigjährige. »Ehe ich vom Stuhl hoch und an die Haustür gelaufen bin, ist uns beiden das Trommelfell geplatzt.«

»Selbstverständlich.« Dana nimmt die Haarnadel an sich und eilt aus der Wohnstube über den welligen Korridorläufer zur Haustür. Sie öffnet diese sofort, ohne durch den Türspion zu sehen, so sehr ist sie davon eingenommen, dem Lärm der nostalgischen Türklingel endlich ein Ende bereiten zu können.

»Moin!«, grüßt ein Mann, fast wäre Dana mit dem etwa Sechzigjährigen an der Türschwelle zusammengestoßen. »Hoppla«, meint er amüsiert und tritt zwei Schritte beiseite. Dabei zieht er sein rechtes Bein nach. Dana nimmt in ihrer Hast keine Notiz von ihm, sie müht sich sofort mit der Nadel in dem Klingelgehäuse ab. Doch vergebens.

»Mist«, flucht sie leise.

»Lassen Sie mich mal«, schlägt der Mann vor und streckt den Arm nach der Nadel aus. »Gestatten Sie, Dr. Bleibtreu. Ich wollte zu Frau Hansen, ihr die Medikamente aus der Bähr-Apotheke bringen und mir ihren schmerzenden Rücken ansehen.«

Dana klappt vor Schreck die Kinnlade herunter.

Dr. Bleibtreu heißt doch einer der Spendenempfänger. Das hat mir Trude gestern Abend beim Rotwein verraten.

Dana hatte bereits gegrübelt, wie sie am besten an den Mediziner herankommen könnte, um ein Interview mit ihm zu führen. Angeblich ist er nur noch im Notdienst unterwegs, und Dana hat überlegt, ob sie einen solchen simulieren sollte, es aber dann lieber verworfen.

Das hätte mir Niklas sicherlich übelgenommen.

Inzwischen gelang es Dr. Bleibtreu gleich bei seinem ersten Versuch, den steckengebliebenen Klingelknopf aus dem Gehäuse hervorzuziehen.

»Gelernt ist gelernt«, lacht er. »Ich habe schon kompliziertere Operationen durchgeführt.«

»Danke schön!« Dana schüttelt ihm erleichtert die Hand. »Bitte treten Sie ein! Frau Hansen sitzt im Wohnzimmer am Tisch, wir sind gerade mit dem Mittagessen fertig geworden.«

Dr. Bleibtreu zieht die Tür hinter sich zu und seine Schuhe aus.

»Darf ich Ihnen Gästepuschen anbieten?«, fragt Dana höflich.

»Nein, danke, ich laufe auf Strümpfen. Sie kennen sich gut aus, junge Dame.«

»Oh! Entschuldigung.« Dana fällt auf, dass sie sich in dem Wirrwarr um die defekte Klingel gar nicht bei Dr. Bleibtreu vorgestellt hat. »Ich bin Dana Paulsen und unterstütze Frau Hansen, äh Trude, solange sie es mit dem Kreuz hat, im Haushalt.«

Während Dana kurz darauf in der Stube den Tisch abräumt, kümmert sich Dr. Bleibtreu im Schlafzimmer um Trudes Hexenschuss. »Es wäre gut, wenn Sie jetzt ein halbes Stündchen mit dem Heizpflaster liegen bleiben, Frau Hansen«, sagt er und packt seine Utensilien zurück in den Arztkoffer. »Die restlichen Medikamente übergebe ich Ihrer netten Hilfe, der Frau Paulsen.«

Trude lächelt Dr. Bleibtreu listig aus ihren kleinen grauen Augen an. Sie weiß ja darüber Bescheid, dass Dana Interviews mit Geldspendenempfängern führen möchte, und hat der Journalistin verraten, dass Dr. Bleibtreu einer von ihnen ist.

Das hat mir Niklas schließlich nicht verboten.

Nur von einer Gefährdung darf ich niemandem erzählen.

»Herr Doktor«, ruft sie von ihrem Bett aus, als der Arzt bereits wieder in der Schlafzimmertür steht. »Sie sagten doch, Sie kämen geradewegs aus Kiel. Bestimmt haben Sie noch nichts zum Mittag gegessen«, vermutet Trude.

Dr. Bleibtreu schmunzelt: »Merkt man das?«, fragt er. »Hat mein Magen etwa so laut geknurrt?«

»Ja«, schwindelt Trude, »und das ist gar nicht gesund«, belehrt sie ihn. »Wir haben einiges von dem Bohneneintopf übrig, den Dana heute gekocht hat. Bitte lassen Sie sich davon eine ordentliche Kelle voll auffüllen.«

Der Arzt zögert kurz.

»Bitte, Herr Doktor, lehnen Sie nicht ab«, säuselt Trude unter ihrer Decke. »Das ist das Mindeste, was ich für Sie tun möchte, um mich für Ihren Botengang zu bedanken.«

»Na gut«, willigt er ein.

Bohneneintopf habe ich schon lange nicht mehr gegessen.

Dr. Bleibtreu verlässt das Schlafzimmer und geht langsam über den spärlich beleuchteten Flur bis zu Trudes Küche. Vorsichtig steckt er den Kopf zur Tür hinein. »Ich habe gehört, hier gibt es leckeren Bohneneintopf«, sagt er zu Dana. »Frau Hansen hat mich eingeladen. Natürlich nur, wenn es Ihnen ebenfalls recht ist.«

Dana möchte vor Glück einen Luftsprung machen, aber sie behält die Fassung und presst nur freudig ihre Fingerknöchel in das Geschirrhandtuch, mit dem sie gerade dabei ist, das Besteck abzutrocknen.

»Selbstverständlich, Herr Doktor Bleibtreu«, antwortet sie freundlich. »Ich decke den Esstisch einfach schnell noch einmal ein.«

»Um Gottes willen, keinen Aufwand!«, wiegelt er ab. »Ich kann nicht lange bleiben«, entschuldigt er sich und schielt auf den mit einem blau-weiß karierten Wachstuch bedeckten Holztisch: »Vielleicht darf ich mich an den Küchentisch ...?«

»Natürlich! Bitte setzen Sie sich!«, erwidert Dana.

In Windeseile schiebt sie zwei Klatschzeitschriften beiseite und die Keramikschale mit dem Obst von der Tischmitte dichter an die Wand heran. »So, nun ist genug Platz«, meint sie zufrieden und legt dem Arzt das frisch polierte Besteck vor. Dann nimmt sie einen tiefen Teller aus dem Hängeschrank über der Spüle und füllt ihm reichlich von dem dampfenden Bohneneintopf auf. »Die Suppe ist sogar noch schön heiß«, versichert sie.

Der Eintopf ist inzwischen stark zusammengeköchelt, weil Dana, während sie mit Trude im Wohnzimmer zu Mittag aß, vergessen hat, den Topf vom Herd zu nehmen. Wie gut, dass sie den Regler für die elektrische Kochplatte zuvor auf die unterste Stufe gestellt hat.

Hoffentlich ist das zähe Fleisch inzwischen weicher geworden, überlegt Dana und beäugt argwöhnisch die zerfaserten Stückchen, die am Topfboden zwischen den grünen Bohnen schwimmen.

Eine kleine Portion wäre übrig, falls er Nachschlag fordert.

»Was möchten Sie trinken?«, fragt Dana ihren Gast jetzt und füllt sich selbst ihr Glas mit Leitungswasser voll. »Das nehme ich auch«, antwortet Dr. Bleibtreu. »Sehr gern.«

Nachdem sie dem Arzt das Wasser gereicht hat, setzt sich Dana ihm gegenüber auf einen dreibeinigen Küchenschemel. »Ich leiste Ihnen selbstverständlich Gesellschaft«, erklärt sie ihm. »Der Abwasch kann warten, Frau Hansen besitzt ja keine Spülmaschine. Wo ist sie denn überhaupt geblieben?«, fällt Dana plötzlich ein, nachzufragen.

»Ich habe ihr Mittagsruhe verordnet, damit das Wärmepflaster seine Wirkung besser entfalten kann.«

»Ach so.« Dana lächelt den schmächtigen Dreiundsechzigjährigen, der genüsslich den Bohneneintopf löffelt, zufrieden an.

Dr. Bleibtreu sieht viel älter aus, als er wahrscheinlich ist, denkt sie. Trude hat ja erzählt, er sei schwer krank und würde in Kürze aufhören zu arbeiten.

»Schmeckt ausgezeichnet, vor allem das Fleisch ist butterzart«, lobt der Mediziner das Essen. »Wie haben Sie das denn so gut hinbekommen? Gibt es ein Geheimrezept?«

Dana reißt vor Staunen ihre grünen Augen auf. Sie muss aufpassen, nicht laut loszulachen: »Ich möchte es einmal so ausdrücken«, beginnt sie und überlegt, »wenn man die Suppe lange genug köcheln lässt, gibt das Fleisch seinen Widerstand auf und wird von allein weich.«

Dr. Bleibtreu schaut Dana ungläubig an.

Sie beichtet ihm ihr Missgeschick und beschreibt

ihm, wie das Rindfleisch eine Stunde zuvor noch ordentlich ihre und Trudes Kaumuskeln beansprucht hat.

Dem Arzt gefällt die aufgeschlossene, unkomplizierte Art der jungen Frau und er genießt ihre Gesellschaft zunehmend. Als sie fragt, ob er einen zweiten Teller Suppe wünscht, willigt er ungeniert ein.

Dana freut sich über seinen Zuspruch, ihr ist nicht entgangen, dass Dr. Bleibtreu sie sympathisch findet, und sie versucht, näher mit ihm ins Gespräch zu kommen.

Die Geldspende muss ich nicht als Erstes ansprechen, überlegt sie, womöglich bekommt Trude sonst Ärger, weil sie geplaudert hat.

Mich interessiert ohnehin der Mensch hinter der Geschichte.

Es muss einen Grund geben, warum der Arzt bedacht wurde.

Wahrscheinlich hängt es mit seinem Beruf zusammen.

»Sind Sie schon lange als Notfallmediziner im Dienst?«, erkundigt sich Dana bei ihm.

Dr. Bleibtreu schüttelt den Kopf: »Erst seit einem Jahr. Seit es mich selbst erwischt hat und ich kürzertreten muss. Dem Stress als Anästhesist in der Klinik möchte ich mich nicht mehr aussetzen. Als selbstständiger Arzt im ambulanten Notdienst kann ich mir meine Dienste einteilen und werde auch ohne Überstunden ansprechend vergütet.«

»Bestimmt war es nicht leicht, sich umzugewöhnen?«, erwidert Dana, um irgendetwas zu sagen, denn sie möchte nicht so plump nachfragen, wem er bisher schon das Leben gerettet hat.

»Ach, die Umgewöhnung fiel mir ausgesprochen leicht. Ich habe früher, es ist schon etliche Jahre her, als Notarzt in Berlin gearbeitet. Was ich da erlebt habe!«, klagt er. »Na ja, die Großstadt eben. Ich habe mich von dort schnell wieder verabschiedet, nachdem meine Partnerin, wegen der ich überhaupt von der Ostsee nach Berlin gezogen war, sich von mir getrennt hat.«

Dana jubiliert innerlich.

Berlin!

Ich habe einen Anknüpfungspunkt.

Sie erzählt Dr. Bleibtreu, dass sie eigentlich in Berlin lebt und sich nur zu Besuch in Laboe aufhält. Da er aber nicht die besten Erinnerungen an seine Zeit in der Hauptstadt hat, verwirft sie ihre Idee, Gemeinsamkeiten auszuloten, lieber schnell wieder. »Es muss ein wunderbares Gefühl sein, Menschen das Leben zu retten«, versucht sie es stattdessen mit einem unverbindlichen Einstieg. »Gibt es eine Begebenheit, die Ihnen besonders im Gedächtnis haften geblieben ist?«

»Und ob.« Über Doktor Bleibtreus blasses Gesicht huscht ein Schauer, als er sich erinnert. »Beinahe hätte mich dieser Einsatz mein eigenes Leben gekostet.«

»Oje! Gab es etwa einen Unfall mit dem Rettungswagen?«

»I wo. Nichts dergleichen. Ich war privat unterwegs. Im eisig kalten Winter, vor vierzehn Jahren war das. Fast auf den Tag genau«, berichtet er aufgeregt, »ging ich an der Spree spazieren und hörte plötzlich Hilfeschreie.« Er seufzt. »Der Fluss war in Ufernähe mit einer dünnen Eisschicht überzogen. Ein kleines Mädchen hatte das Eis leichtsinnigerweise betreten und war eingebrochen. Sie ging vor meinen Augen unter, obwohl ich so schnell wie möglich die Böschung hinunterkletterte.«

Dana schaut den Arzt bewundernd an. »Und Sie haben das Kind gerettet?«, fragt sie. »Aus dem eiskalten Wasser?«

Dr. Bleibtreu nickt. »Ja, zu der Zeit war ich in bester körperlicher Verfassung und regelmäßig im Tauchurlaub am Mittelmeer. Natürlich bei viel höheren Wassertemperaturen.«

»Wie endete die Geschichte?«, möchte Dana wissen.

»Soviel ich weiß, lag die Kleine einige Wochen im Koma, denn ich habe es lediglich geschafft, das bewusstlose Mädchen ans Ufer zu schieben. Mich selbst zog die Feuerwehr später halb erfroren aus dem Wasser, und ich musste einige Tage in demselben Krankenhaus verbringen.«

»Sicherlich haben sich die überglücklichen Eltern bei Ihnen bedankt«, meint Dana aufgeregt.

Dr. Bleibtreu schüttelt traurig seinen Kopf. »Ich habe nie wieder etwas von der Familie gehört.«

»Aber das Mädchen ist doch gesund geworden?«, bohrt Dana nach, denn plötzlich schwirren ihr absurde Gedanken durch den Kopf.

Fionas Unfall war vor genau vierzehn Jahren!

Auch sie lag wochenlang in einer Klinik.

Dana hatte sich zu dem Zeitpunkt in München zum Studium aufgehalten und damals nicht das beste Verhältnis zu ihren Eltern gehabt. Daher fuhr sie selten nach Hause, und als sie das erste Mal wieder zu Besuch kam, war die weiße Villa, in der Fiona mit ihren Eltern lebte, bereits neu vermietet worden. Danas Mutter berichtet ihr, dass die kleine Fiona, auf die Dana früher öfter aufgepasst hat, lange im Krankenhaus lag, und anschließend sei die Familie weggezogen. Was passiert ist, wusste Danas Mutter angeblich nicht.

Dana muss kurz schlucken.

Dr. Bleibtreu ist nicht entgangen, dass seine eben

noch so fröhliche Gesprächspartnerin zu grübeln anfing. Er möchte das Thema lieber beenden: »Ich hoffe natürlich, dass es dem Kind gut geht«, sagt er leise und lächelt. »Kind ist ja Quatsch, inzwischen müsste sie eine junge Frau geworden sein.«

Dana versucht ein letztes Mal, mehr über die selbstlose Rettungstat des Arztes zu erfahren: »Und Sie kennen nicht einmal den Namen des Mädchens?«

»Nein.«

»Also ich finde das nicht in Ordnung. Sie waren doch im selben Krankenhaus, da hätten die Ärzte Sie zu ihr führen können.«

»Frau Paulsen«, antwortet Dr. Bleibtreu jetzt leicht genervt. »Die ärztliche Schweigepflicht ist ein hohes Gut. Diese gilt auch unter Berufskollegen.«

»Ja, verstehe. Entschuldigen Sie mein penetrantes Fragen«, erwidert Dana schnell. »Darf ich Ihnen noch etwas zu trinken anbieten?«, fragt sie, als sie sein leeres Glas sieht.

»Nein, danke. Ich verabschiede mich jetzt auch. Vielen Dank für den leckeren Eintopf.«

»Sehr gern. Besuchen Sie uns bald wieder!«

Dr. Bleibtreu steht von seinem Platz an Trudes Küchentisch auf. »Ich hoffe, dass es Frau Hansen schnell besser geht und ich nicht noch einmal kommen muss«, sagt er und greift nach dem Arztkoffer, den er neben seinem Stuhl abgestellt hat.

»Soll ich Sie zur Tür bringen, Herr Doktor?«

»Nicht nötig. Ich finde allein hinaus. Vorher schaue ich noch kurz nach Frau Hansen.«

»Dr. Bleibtreu!«, krächzt Trude da bereits über den Flur und kommt krückstockschwingend in die Küche geeilt. »Ihre heilenden Hände und das Wärmepflaster haben Wunder bewirkt!«, jubelt sie heiser.

Trudes Augen wirken unter den geschwollenen Lidern kleiner, als sie ohnehin schon sind.
Dana schaut liebevoll zu ihr.
Trude muss eben aufgewacht sein, so verschlafen wie sie aussieht.
»Solltest du nicht weiter Mittagsruhe halten?«, fragt sie streng.
»Wozu! Mittagsschlaf ist was für alte Leute«, verkündet Trude. »Jetzt beginnt die Kaffeezeit! Nicht wahr, Herr Doktor? Sie trinken nach dem Essen doch einen leckeren Kaffee mit mir und der jungen Deern?«
Dr. Bleibtreu hebt entschuldigend die Hände. »Tut mir leid. In einer halben Stunde fängt mein Notdienst an. Ich war schon viel zu lange hier, aber ich freue mich sehr, dass es Ihnen wieder besser geht, Frau Hansen.«
»Gut«, ächzt Trude. »Reisende soll man nicht aufhalten und Notärzte im Dienst schon gar nicht«, erwidert sie schmunzelnd. »Dann bringe ich Sie zur Tür.«
Ehe Dr. Bleibtreu sich wehren kann, belehrt ihn Trude: »Keine Widerrede! Sie haben selbst gesagt, Bewegung ist wichtig bei einem Hexenschuss.«
»Dem habe ich nichts entgegenzusetzen«, antwortet der Mediziner lachend und verabschiedet sich herzlich von Dana, bevor er Trude zur Haustür folgt.
Dana wendet sich erneut dem Abwasch zu. Während sie mit ruhigen Bewegungen die Gläser spült, fahren die Gedanken in ihrem Kopf Achterbahn. Dr. Bleibtreus Erinnerungen haben die Journalistin aufgewühlt.
Ich muss herausfinden, wer das Mädchen im Eis war.

26. Kapitel

Frisch gestärkt von den üppig belegten Fischbrötchen, befinden sich Gesa und Niklas auf ihrem Rückweg zur Dienststelle in besserer Stimmung als direkt nach dem erfolglosen Gespräch mit der Unternehmerin Gefken.

Zu Niklas' Überraschung nahm Gesa sogar die Information, dass ihre Schwester Hilde wegen der Geldspende teilweise gelogen hat, gelassener auf als erwartet.

»Bestimmt wollte Hilde diese Menschen schützen«, erklärte ihm Gesa während der Autofahrt nach Laboe. »Wer auf der Straße lebt, möchte verständlicherweise ungern mit der Polizei zu tun haben. Hilde konnte ja nicht wissen, dass es bereits eine Tote gibt. Ich werde heute Abend mit ihr reden und sie bitten, dass sie uns zu den Obdachlosen und Bedürftigen führt, denen sie vor Weihnachten 100-Euro-Scheine geschenkt hat«, versprach Gesa Niklas. »Viel Hoffnung habe ich allerdings nicht, dass über drei Wochen später etwas von dem Geld übriggeblieben ist, um die Banknoten kriminaltechnisch mit dem Schein aus Rena Schwenders Mund abzugleichen.« Niklas gab Gesa in diesem Punkt recht und döst seitdem den Rest der Heimfahrt neben ihr auf dem Beifahrersitz vor sich hin. Am liebsten würde er ein wenig die Augen schließen.

Ich muss aufpassen, dass ich nicht einschlafe.

Als die Hauptkommissarin mit dem Dienstopel den Kreisel in Höhe Brodersdorf passiert, schaut er aus dem Fenster. Zu wärmeren Jahreszeiten schmücken aufwendig gestaltete Strohfiguren diese Verkehrsinsel, und Niklas liebt die Skulpturen.

Von mir aus darf der Winter sich verkrümeln, denkt er und gähnt. Dann reckt er sich kurz auf seinem Sitz und streckt die Beine aus, soweit es ihm bei seiner Größe in dem engen Frontbereich überhaupt möglich ist.

In fünf Minuten sind wir in der Dienststelle zurück.

Vielleicht sind Lisa und Stefan inzwischen mit ihren Recherchen weitergekommen.

Niklas überfliegt vorher schnell seine privaten Nachrichten auf dem Handy. Dana hat ihm ein Bild von ihrem ersten selbst gekochten Bohneneintopf gesendet und schreibt, dass es Trude besser geht, seit Dr. Bleibtreu sie behandelt hat. Nilas schüttelt schmunzelnd den Kopf.

Schön, dass Trude sich so schnell erholt hat.

Dana geht in ihrer ungewohnten Rolle als Haushaltshilfe ja regelrecht auf, staunt er.

Oh! Hier steht ein Zusatz.

Sie hat länger mit dem Arzt gesprochen und möchte mir dessen Geschichte in Ruhe erzählen.

Na, Ruhe werden wir so bald nicht finden, befürchtet Niklas, aber alles, was den rätselhaften Dr. Bleibtreu angeht, möchte ich schon zeitnah erfahren.

Ich werde Dana am Nachmittag anrufen.

Sie ist durch und durch eine Vollblutjournalistin. Vielleicht sollten Gesa und ich uns bei Dana ein paar Tricks abschauen.

Ihr erzählt der verschlossene Mediziner etwas über sich, bei uns blockt er ab.

Gesa biegt in die freie Parklücke vor dem Dienststellengebäude ein.

»Aufwachen, Niklas!«, ruft sie und tritt kräftig auf die

Bremse. Ihr war nicht entgangen, dass ihr Kollege die letzten fünfzehn Minuten in sich gekehrt gewesen ist. Als Niklas mit dem Oberkörper nach vorn schnellt, grinst sie heimlich. *So, jetzt ist er wach!*

Auf dem Treppenabsatz vor der blau getünchten Jugendstilvilla, in der sich die Büros der Kripo befinden, treffen Gesa und Niklas auf eine sehr junge Frau, fast noch ein Mädchen, die unschlüssig vor der Eingangstür zu warten scheint.

»Können wir helfen?«, erkundigt sich Gesa, während sie sich an der Frau vorbeischiebt und aufschließt.

»Julie Martens ist mein Name«, erwidert die zierliche Blondine mit dünner Stimme. »Sind Sie von der Kripo?«, fragt sie und beäugt ihre beiden Gegenüber misstrauisch. Gesa nickt ihr freundlich zu. »Hauptkommissarin Gesa Bähr«, stellt sie sich vor und reicht Julie die Hand.

»Ich komme wegen des Aufrufs in der Ostseebild«, erklärt Julie ihr daraufhin leise, fast schon flüsternd. Dann beginnt sie zu zittern: »Den Mann auf dem Foto kenne ich. Er ist mein Bruder«, presst Julie gerade noch so hervor, bevor sie, von einem Weinkrampf geschüttelt, laut schluchzend zusammenbricht. Ihr schmales Gesicht ist kreidebleich geworden. Gesa stützt die Achtzehnjährige sofort, während Niklas den beiden Frauen eilig die Tür aufhält.

»Unser herzliches Beileid«, sagt er mitfühlend. Gesa legt ihr den Arm um die Schultern. »Kommen Sie, Frau Martens«, bittet sie, »wir gehen jetzt langsam hoch in unser Büro, dann trinken Sie erst einmal etwas und erzählen uns anschließend ganz in Ruhe, was Sie wissen.«

Derweil sich Lisa im Großraumbüro um Julie Martens kümmert, ist Lasse in die Küche geflitzt, um Kaffee zu kochen, obwohl Lisa ihm zugeraunt hat, Tee wäre bei dem aufgelösten Zustand, in welchem sich die Zeugin befindet, allemal gesünder. Aber Julie hatte um einen starken Kaffee gebeten. Sie hätte seit über dreißig Stunden nicht geschlafen und sei völlig übernächtigt. Lasse glaubte es ihr sofort, als er die dunklen Ringe unter den leer wirkenden blauen Augen der Achtzehnjährigen wahrnahm.

Während er und Lisa sich weiterhin um die junge Frau bemühen, ist Stefan den Kommissaren in Gesas Büro gefolgt.

Bevor Niklas und Gesa mit der Vernehmung der Zeugin beginnen, sollten sie unbedingt zwei wichtige Neuigkeiten von ihm erfahren. Das war Stefan klar geworden, als ihm Gesa Julie als mutmaßliche Schwester des Toten aus dem Campingbus vorstellte.

Dass diese die Wahrheit sagt, stand für den Kriminalmeister angesichts ihres Zustands außer Zweifel. Trotzdem würde er Julie Martens' Personalien später noch überprüfen, aber alles der Reihe nach.

»Was ist, Stefan?«, drängelt ihn die Hauptkommissarin, während sie ihre Bürotür hastig hinter sich schließt. »Wir müssen die Zeugin befragen, solange sie vernehmungsfähig ist. Nicht, dass mir die zarte Person inzwischen zusammenklappt«, jammert sie.

Auch Niklas tritt erwartungsvoll von einem Fuß auf den anderen. Stefan genießt kurz dessen Ungeduld, dann legt er los: »Okay, okay. Uwe Feddersen hat die Fingerabdrücke des toten Mannes, der ja anscheinend der Bruder von Julie Martens ist, mit den Spuren in der Wohnung der erschlagenen Frau Schwender abgeglichen und ...«, Stefan holt jetzt einmal tief Luft, »unser tüchtiger Kriminaltechniker hat wieder den richtigen Riecher gehabt und mehrere Treffer gelandet.«

»Wo genau?«, unterbricht Niklas Stefan bei dessen Bericht.

»Im Wohnzimmer und in der Küche der toten Frau.«

»Mhm.« Der Oberkommissar gerät ins Grübeln. »Rafael Schmied sprach doch in seiner Vernehmung von einem Unbekannten, mit dem Frau Schwender in der Küche Streit hatte.«

»Angeblich hat dieser ominöse Fremde den Schmied zuvor in den Dünen niedergeschlagen«, ergänzt Gesa.

Stefan, der den diskutierenden Kommissaren gegenübersteht, hebt für einen Einspruch die Hand.

»Sorry, Kollegen«, beginnt er weiterzuerzählen. »Ich war noch nicht am Ende mit meinen Informationen. Zu dem in Untersuchungshaft sitzenden Rafael Schmied weiß ich nämlich ebenfalls eine Neuigkeit. Besser gesagt zwei. Die erste wäre, ihm wurde ein Pflichtverteidiger zur Seite gestellt, und der hat für Montag, nächste Woche, einen neuen Haftprüfungstermin beantragt. Seiner Meinung nach hätten wir zu wenig Beweise, um seinen Mandanten festzusetzen.«

»Ph!«, echauffiert sich Gesa. »Rafael Schmied hatte einen Rucksack mit Koks im Bahnhof deponiert, die Kieler Kollegen haben diesen sichergestellt. Außerdem trug er den Schal der vermissten Fiona Reichenbach, die mutmaßlich in ein Verbrechen involviert ist. Hoffentlich nicht als Opfer, denn sie sollte ja eigentlich zum Zeitpunkt des Mordes in dem Campingbus wohnen. Wenn das dem Haftrichter nicht genügt, weiß ich auch nicht.«

»Keine Sorge, Chefin«, beschwichtigt Stefan Gesa.

»Es gibt bestimmt ausreichende Gründe, um die Untersuchungshaft des Verdächtigen fortzuführen. Zumal Rafael Schmied über keine gültige Meldeadresse verfügt.«

Während Gesa die Hände beschwörend zur Zimmerdecke streckt, schielt Niklas ungeduldig auf ihre Armbanduhr: »Aber das wissen wir doch bereits alles«, mault er.

»Was kann ich dafür, wenn ich nicht ausreden darf?«, beschwert sich Stefan und Gesa findet, zu Recht, denn sie hatte den Kriminalmeister in ihrer Aufregung unterbrochen. »Entschuldigung«, sagt sie zu ihm und knufft Niklas in die Seite. »Nun lassen Sie mal den Fisch aus dem Kescher«, bittet sie Stefan freundlich.

Der nickt nun versöhnlich. »Rafael Schmied ist auf den Bildern der Überwachungskameras des Kieler Bahnhofs zur besagten Zeit nirgendwo zu erkennen«, berichtet er, »geschweige denn, dass er einen Schal aufgehoben hat. Er ist schlicht und ergreifend nicht dort gewesen.«

»Danke, Kollege«, meint Niklas. »War bestimmt ein langer Vormittag für Sie, um alle Bilder zu sichten.«

»Und Mittag!«, stöhnt Stefan, der auf seine Pause verzichtet hat.

Und wir haben gemütlich Fischbrötchen am Kieler Hafen gegessen, denkt Niklas und boxt Stefan freundschaftlich auf dessen kräftigen Oberarm: »Sie haben einen gut«, verkündet er kleinlaut. »Ich revanchiere mich. Bei der sturen Gefken haben wir leider nichts herausbekommen. Der Termin war für den ...«

»Allerwertesten«, vervollständigt Gesa seinen begonnenen Satz. »Aber nun lasst uns vor in den Großraum und hören, was Julie Martens zu ihrem Bruder erzählen möchte.« Sie schaut zu Niklas hoch: »Dabei behalten wir bitte im Hinterkopf, dass ihr toter Bruder zu seinen Lebzeiten auch dafür infrage käme, Rena Schwender umgebracht zu haben.«

Natürlich habe ich das im Kopf, was denn sonst, denkt Niklas und öffnet Gesa und Stefan jetzt die Bürotür. »Ich verschwinde nur kurz um die Ecke und bin gleich bei euch«, verspricht er.

Gesa hatte zuvor beschlossen, dass die Befragung von Julie Martens am Besprechungstisch im Großraum erfolgen soll, damit die verängstigte junge Frau nicht noch mehr verunsichert wird. Der graue, ungemütliche Vernehmungsraum im Erdgeschoss hätte während einer Befragung eine einschüchternde Wirkung auf die betroffenen Verdächtigen. Was in den meisten Fällen durchaus erwünscht ist. Wenn es möglich ist, versucht die Hauptkommissarin daher, Zeugenvernehmungen eher im Großraum der Kripo durchzuführen. Heute muss es möglich sein, hat sie zu Stefan gemeint. Andere Besucher sollten warten oder solange ins Erdgeschoss zu den Kollegen der Schutzpolizei geführt werden.

27. Kapitel

Drei Minuten später haben Gesa und Niklas am Besprechungstisch Platz genommen. Nachdem sie den starken Kaffee getrunken hat, ist etwas Farbe in Julies Gesicht zurückgekehrt, und sie scheint auch sonst ihre Fassung zurückgewonnen zu haben.

Unsere Menschenkennerin Lisa hat wieder einmal ganze Arbeit geleistet, freut sich Gesa und lächelt Julie aufmunternd zu. »Bitte, Frau Martens!«, sagt sie und schaltet das Aufnahmegerät auf dem Tisch ein. »Sie dürfen sofort beginnen. Ihre Personalien hat Kriminalobermeisterin Rückert aufgenommen und Sie sind ausreichend belehrt worden, dass wir Sie heute in einer Mordsache als Zeugin befragen.«

»Ja, ich weiß«, erwidert Julie. Sie hat sich von Lisa ein Zopfband geliehen und ihre blonden Haare im Nacken lose zusammengebunden. »Mein Bruder Mirko ist, äh war kein schlechter Mensch«, erklärt sie stockend. »Er hat alles nur in Sorge um mich getan, und nun ist er selbst tot. Das müssen die Schläger von Frau Gefken gewesen sein. Sicher waren die das«, verkündet sie mit einer Bestimmtheit und so laut, dass alle Anwesenden im Raum kurz aufhorchen. Selbst Lasse, der vorn am fast fünfzehn Meter entfernten Empfangstresen seinen gewohnten Posten bezogen hat, dreht erschrocken den Kopf zu seinen Kollegen.

»Wie meinen Sie das?«, unterbricht Gesa die junge Frau vorsichtig. »Was soll denn Ihr Bruder für Sie getan haben?«

»Er hat meinen Freund Rafael am Strand niedergeschlagen, weil er ihn für einen Freier gehalten hat.« Juli stockt kurz. »Ich bin keine Prostituierte, jedenfalls nicht freiwillig«, lenkt sie ein. »Frau Gefken hat meine Situation ausgenutzt und mich vermittelt. Durch Rena Schwender wusste sie von meinen Geldsorgen und meiner Abhängigkeit vom Koks.«

Niklas muss innerlich tief durchatmen. Er ahnt, welch ein abscheulicher Abgrund menschenverachtender Gier wahrscheinlich jetzt ans Tageslicht gelangt.

»Frau Schwender ist uns bekannt«, meint er zu Julie. »Sie arbeitet als Telefonseelsorgerin«, gibt er vorsichtig preis. »Haben Sie in dieser Angelegenheit mit der Frau gesprochen? Ihren Beistand erbeten und womöglich bei ihr nach Hilfe gesucht?«

Julie nickt. »Genauso war es, Herr Kommissar, und Sie müssen kein Geheimnis darum machen. Ich weiß, dass Rena Schwender tot ist.«

Niklas stutzt.

Woher das denn?

Gesa fragt sofort nach.

Julie knetet aufgeregt ihre schmalen, kindlichen Finger. »Mein Bruder hat Rena Schwender im Streit mit einem Aschenbecher, der auf ihrem Sideboard im Wohnzimmer stand, erschlagen. Er hat mir das blutverschmierte Ding später gezeigt.« Sie schluchzt kurz. »Aber er ist kein Mörder. Er wollte nur mit ihr reden. Sie hat ihm 3000 Euro geboten, damit er den Mund hält. Doch wir wollten ihr schmutziges Geld nicht, sondern, dass sie uns dabei unterstützt, die Gefken fertigzumachen.«

»Hat Ihr Bruder das Geld später trotzdem an sich genommen?«, erkundigt sich die Hauptkommissarin.

»Ja, Mirko meinte, wenn die Alte tot ist, kann sie es ohnehin nicht mehr gebrauchen, und wir haben noch Schulden bei unseren Dealern.«

»Ist Rafael Schmied einer Ihrer Dealer?«, möchte Gesa wissen. Sie staunt und kann kaum begreifen, wie schnell sich das verbrecherische Puzzle plötzlich zusammenfügt.

»Nein!«, widerspricht Julie sofort. »Rafael liebt mich und ich ihn. Leider weiß ich nicht, wo er sich jetzt aufhält. Er meldet sich nicht mehr bei mir. Vielleicht hat die Gefken ihn ebenfalls umbringen lassen.

Gesa schüttelt sich insgeheim.

Ja, sind wir hier denn bei der Mafia? Plötzlich fällt ihr etwas ein.

»Kennen Sie einen Anwalt Dr. Kellinghusen?«, erkundigt sie sich bei Julie.

Die erschrickt und presst ihre Lippen zusammen. Dann rinnen Tränen über das Gesicht der Achtzehnjährigen. »Ja«, antwortet sie leise.

Niklas schaut betroffen auf die junge Frau. »Wollen wir eine Pause einlegen?«, fragt er. »Oder möchten Sie die weitere Vernehmung mit Hauptkommissarin Bähr und unserer Kollegin Rückert fortsetzen?«

Julie verneint sofort. »Ich kann mich wehren«, behauptet sie tapfer. »Ich bin stark.« Dann lächelt sie. »Außerdem hasse ich die Männer nicht, trotz allem. Es gibt solche und solche.«

»Was hat Dr. Kellinghusen Ihnen angetan?«, möchte Gesa jetzt wissen.

»Frau Schwender gab mir seine Visitenkarte. Angeblich würde er sich um meine Geldsorgen kümmern ...«

»Aber ...«, hakt Gesa behutsam nach, während in ihrem Inneren die Wut auf den Saubermann Kellinghusen kocht.

»Er hat dafür Gegenleistungen verlangt.«
»Verstehe. Wurde er gewalttätig?«
Julie schüttelt den Kopf.
Gesa schiebt ihr ein Glas Wasser über den Tisch.
»Danke, Frau Martens, das ist sehr mutig von Ihnen, dass Sie sich an uns gewandt haben. Ich verspreche Ihnen, wir werden diesen widerlichen Sumpf trockenlegen und die Verantwortlichen zur Rechenschaft ziehen. Aber wir müssen auch den Mord an Ihrem Bruder Mirko aufklären. Wann haben Sie ihn zuletzt lebend gesehen?«
»Das war vorige Woche Sonntag, als er mir abends gebeichtet hat, Frau Schwender erschlagen zu haben. Er hat mir sogar das Geld gezeigt, es waren fast 3000 Euro in Hunderterscheinen. Einen hätte er der Frau in den Mund gestopft. Mein vier Jahre älterer Bruder konnte sehr jähzornig werden, vor allem wenn es um mich ging. Er hat mich stets verteidigt, auch früher schon, als wir in verschiedenen Pflegefamilien herumgereicht wurden.«
Gesa nickt mitleidig.
Verständlich. Die Geschwister hatten immer nur sich.
Warum hat unser System bei diesen jungen Menschen wieder einmal versagt?
Die Falschen haben sich ihrer angenommen und die beiden erst richtig nach unten gezogen.
»Wo wohnen Sie jetzt, Julie?«, erkundigt sich Gesa mütterlich.
»Gemeldet bin ich in Kiel. Aber ich halte mich seit zwei Wochen in einem alten Campingwagen auf einem einsamen Grundstück in Strandnähe von Laboe versteckt. Nur Mirko und Rafael kennen meinen Zufluchtsort.«
»Wann war Ihr Freund Rafael zuletzt dort?«, fragt

Niklas die junge Frau und legt ihr eine Küstenkarte auf seinem iPad vor: »Und zeigen Sie uns bitte gleich, wo in etwa sich das Grundstück befindet.«

Ohne zu zögern, deutet Julie mit ihrem Finger auf eine Stelle, die nur fünfzig Meter entfernt von dem illegalen Stellplatz liegt, den Dana für ihren Campingbus ausgewählt hatte. »Rafael wollte mich am Mittwochabend besuchen«, berichtet Julie, »aber er ist gar nicht gekommen und hat sich seitdem nicht mehr gemeldet.«

Gesa und Niklas werfen sich vielsagende Blicke zu.

An demselben Abend kam Julies Bruder in dem Campingbus ums Leben, fällt beiden sofort auf.

Sollte Rafael Schmied auf den wütenden Bruder seiner Freundin getroffen sein und diesen dann durch Genickbruch in Danas Campingbus getötet haben? Gesa zweifelt: Rafael Schmied ist doch so zierlich. Aber unser Doc hat uns ja erklärt, dass im Prinzip jeder mit einem geübten Griff in der Lage sei, den tödlichen Bruch der Halswirbelsäule herbeizuführen, erinnert sie sich. Außerdem besitzt das Opfer Mirko Martens auch nicht gerade eine Herkulesstatur.

Verzwickte Sache!

Niklas legt Julie jetzt ein Foto von Fionas selbstgestricktem, buntem Schal vor. »Kommt Ihnen dieser Schal bekannt vor?«

»Nein. Den habe ich noch nie gesehen.«

»Das heißt, Ihr Freund hat diesen nie getragen, wenn er sich mit Ihnen getroffen hat?«

»Nein, wirklich nicht«, versichert Julie mit fester Stimme. »Aber warum fragen Sie? Was ist mit Rafael? Ich habe ihn diese Woche, am Montagabend zuletzt gesehen. Am Mittwoch, als wir eigentlich abends verabredet waren, blieb er einfach weg. Als ich Donnerstag die viele Polizei am Strand entdeckt habe, bekam ich riesige Angst, dass ihm etwas passiert ist.«

Gesa hat Mitleid mit der jungen Frau: »Ihr Freund ist bei bester Gesundheit. Mehr darf ich Ihnen aus ermittlungstaktischen Gründen nicht verraten.«

Julie seufzt erleichtert.

Gesa dreht sich zu Lisa, die während der Befragung an ihrem Schreibtisch weitergearbeitet hat, und gibt der Kollegin ein Zeichen. Lisa steht sofort von ihrem Platz auf.

Niklas, der neben Gesa sitzt, stützt sich mit den Händen auf seine Armlehnen und deutet an, ebenfalls aufstehen zu wollen. »Legen wir jetzt los?«, fragt er sie, denn er wünscht sich gerade nichts Dringenderes, als den Anwalt Kellinghusen endlich zur Rede stellen zu dürfen.

Es ist doch klar, dass der Teil eines Mädchenhändlerrings ist, dieses Schwein.

Wenn der Kerl Fiona etwas angetan hat, dann Gnade ihm ...

Gesa bejaht Niklas' Frage. »Wir brechen sofort auf!«, beschließt sie und wendet sich nun mitfühlend an die Zeugin: »Wenn unsere Kollegin Rückert das Protokoll fertig geschrieben hat, müssten Sie uns dieses bitte gegenzeichnen, Frau Martens. Anschließend werden wir uns um eine zeitweilige anonyme Unterbringung für Sie in einem Frauenhaus bemühen. Dort sind Sie sicher. In Ihren Wohnwagen dürfen Sie vorläufig nicht mehr zurück. Sie haben schwere Anschuldigungen gegen die Unternehmerin Johanna Gefken und den Anwalt Dr. Kellinghusen erhoben. Wir werden diese umgehend überprüfen.«

»Ich sage die Wahrheit!« Julie wirft trotzig ihren Kopf in den Nacken.

»Dann würden Sie Ihre Aussagen auch unter Eid vor Gericht wiederholen?«, vergewissert sich Niklas.
»Selbstverständlich, Herr Kommissar. Ich bin stark, das sagte ich doch schon. Außerdem bin ich es meinem Bruder schuldig. Er wollte mich da rausholen und musste deshalb sterben. Die Gefken kennt genügend Leute aus der Unterwelt und hat bestimmt einen Killer geschickt. Es wird gemunkelt, sie kommt selbst aus dem Milieu.«
»Dem werden wir schnellstens nachgehen, Frau Martens«, versichert Gesa ihr und schüttelt der jungen Frau die Hand. Auch Niklas verabschiedet sich herzlich. Lisa, die bereits gewartet hat, die Zeugin zu übernehmen, reicht Julie einen Apfel. »Stärken Sie sich erst einmal«, ermuntert sie die vollkommen Erschöpfte und setzt sich zu ihr an den Tisch, »dann sehen wir in Ruhe weiter.«

28. Kapitel

Gesas Anruf in der Kieler Kanzlei des Dr. Kellinghusen ergab, dass der Anwalt sich seit gestern abgemeldet und, da er heute keine Termine bei Gericht wahrnehmen muss, gleich für den Rest der Woche kurzfristig Urlaub genommen hat. Die Kommissare sind daher auf gut Glück zu seinem Privathaus in Laboe aufgebrochen.

»Mal sehen, was der Mann uns gleich zu sagen hat. Die Sache stinkt doch zum Himmel!«, schimpft Gesa, die nun endlich, fast hundert Meter entfernt von der

Stadtvilla der Familie Kellinghusen, einen Parkplatz gefunden hat. Niklas pflichtet ihr bei. Auch er ist aufgeregt. »Dass ein Tötungsdelikt später solche Hintergründe offenbart ...«, wundert er und steigt eilig aus dem Dienstopel: »Wie gut, dass uns das LKA Kiel entlastet und sich Johanna Gefken und ihrer augenscheinlich kriminellen Machenschaften annimmt. Die organisierte Kriminalität fällt ja in den Einzugsbereich der Kollegen.«

Gesa stöhnt laut. »Zum Glück! Hauptkommissar Winter hat nicht schlecht gestaunt, als ich ihm am Telefon die Kurzfassung der ungeheuerlichen Vorgänge geschildert habe. Hoffentlich schaffen es die Kollegen, genügend Beweise zu finden, die die Behauptungen von Julie Martens untermauern.«

»Vielleicht kann Rafael Schmied ebenfalls zur Aufklärung beitragen?«, überlegt Niklas. »Der junge Mann weiß bestimmt mehr und hat wahrscheinlich seine Freundin Julie schützen wollen und daher gelogen. Vielleicht hatte er den Schal in der Nähe von Danas Campingbus gefunden, weil Fiona ihn auf ihrem Weg dorthin verloren hat.«

»Aber Niklas!«, unterbricht Gesa ihn. »Das würde ja den Mordverdacht gegen Rafael Schmied erhärten. Du ziehst doch auch in Betracht, dass er den jähzornigen Bruder seiner Freundin getötet haben könnte. Vielleicht war es Notwehr«, grübelt Gesa weiter. »Wir müssen Andreas Winter vom LKA hier ebenfalls mit ins Boot holen. Seine Leute sollen Rafael Schmied unbedingt auch noch einmal befragen.«

»Warum nicht unsere Kollegen der Bezirkskriminalinspektion?«

»Dort ist gerade tote Hose, Urlaubszeit und Krankheitsausfälle zuhauf, wie ich von Zimmermanns Sekretärin Frau Werner erfahren habe«, klagt Gesa. »Wenn wir auf die warten, können wir die Vernehmung auch gleich selbst am Montag erledigen.«

»Verstehe. Wann kehrt eigentlich unser Vorgesetzter HK Zimmermann in den Dienst zurück?«, fällt Niklas plötzlich ein. »Ist dessen Reha nicht längst beendet?«

Gesa zuckt mit den Achseln, während sie mit Niklas über den schmalen Bürgersteig zum Haus der Kellinghusens läuft. »Wir sollten uns langsam damit anfreunden, dass wir in Kiel einen neuen Chef bekommen. Ich glaube nicht mehr daran, dass der Kollege Zimmermann im Bezirk wieder an Bord geht.«

»Na, lassen wir uns überraschen«, meint Niklas nur. »Ich werde den bürokratischen Geizhals nicht vermissen, gesundheitlich wünsche ich ihm natürlich trotzdem nur das Beste.«

Nachdem die Kommissare an der Villa der Kellinghusens geklingelt haben, öffnet ihnen deren Hausdame Ruth Niedermeier. Als sie Niklas wiedererkennt, huscht ein freundliches Lächeln über ihr Gesicht, das jedoch auf der Stelle einfriert, als Gesa sich ihr vorstellt und nach Dr. Kellinghusen fragt.

»Was ist denn heute los!«, wettert sie und streicht sich nervös über ihr streng gescheiteltes, platinblondes Haar. »Ständig wird nach dem Herrn Doktor verlangt! Woher soll ich wissen, wo er bleibt? Er hat mir eine ordentliche Summe Geld dagelassen und meinte, ich soll mich um den Jungen kümmern, bis dessen Mutter am Sonntag von den Dreharbeiten auf Mallorca zurück ist.«

Mist, denkt Niklas und sieht sich mit Gesa unschlüssig an. Da kommt der Junior zur Tür vorgestürmt.

»Hallo, Herr Kommissar!«, begrüßt er Niklas freudig. »Weißt du, wo Fiona ist? Seit sie mir nicht mehr hilft, macht mir die Schule wieder keinen Spaß mehr.«

»Leider nein«, antwortet Niklas dem Jungen wahrheitsgemäß. Er streicht Leon flüchtig über den Kopf. »Aber ich verspreche dir, dass ich Fiona suchen werde. Vielleicht kannst du mir dafür verraten, wo wir deinen Vater finden?«

Frau Niedermeier straft Niklas sofort mit strengen Blicken und schaut zu Gesa.

Darf der das?

Auch Gesa weiß, dass eine Befragung des Kindes ohne Einverständnis der Eltern nicht gestattet ist und die Erkenntnisse vor Gericht nicht verwertbar sind.

Egal, wir wollen ja nur wissen, wo sich der Kellinghusen aufhält.

Leon strahlt Niklas an: »Toll, Herr Kommissar, dann werde ich Fiona bald zurückhaben. Mein Vater sucht sie nämlich auch. Er hat mir gestern versprochen, dass er sie zurückbringt.«

Frau Niedermeier stellt sich jetzt schützend vor den Jungen. »So, das genügt!«, erklärt sie barsch. »Bitte gehen Sie wieder! Sie hören es ja, Dr. Kellinghusen ist nicht zu Hause.« Sie spitzt ihren schmalen Mund. »Er sucht Fiona. Tss ...« Dann schiebt sie Leon in den Flur zurück und schließt die Haustür, bevor Gesa oder Niklas irgendetwas erwidern können.

»Die Dame bestellen wir umgehend ein!«, presst Gesa auf dem Rückweg zu ihrem Dienstwagen wütend hervor. »Der wird ihre Hochnäsigkeit schon vergehen.«

Niklas ist ganz Gesas Meinung: »Ich weiß auch, mit welcher Begründung wir sie vorladen«, tröstet er

Gesa. »Frau Niedermeier hat bei meinem letzten Besuch mir gegenüber einige abfällige Bemerkungen über die Unternehmerin Johanna Gefken fallen lassen. Ich könnte mir vorstellen, dass sie Kenntnisse über deren Vergangenheit hat.«

»Gute Idee«, lobt Gesa und in ihren grünen Augen blitzen kleine Rachefünkchen auf.

Zwanzig Meter vom Parkplatz ihres Opels entfernt bekommt Niklas einen Anruf auf seinem Handy.

»Es ist Dana«, raunt er Gesa zu.

»Okay«, meint sie schmunzelnd. »Lass dir Zeit, ich laufe vor und setze mich schon einmal in den Wagen. Ich werde versuchen, Andreas Winter zu erreichen, um mich wegen der Befragung von Rafael Schmied mit ihm abzustimmen.«

Niklas wirft Gesa rasch einen dankbaren Blick zu, dann begrüßt er Dana: »Hallo, Liebes! Wie schön, dass du dich meldest. Nein, ich habe noch keinen Feierabend. Wann der heute sein wird, steht in den Sternen«, meint Niklas traurig und schaut in den wolkenlosen Himmel hinauf, der sich bereits immer mehr zu verdunkeln beginnt.

»Heute ist Vollmond und sternenklarer Himmel«, flüstert Dana in ihr Telefon. »Ich habe mit Trude gesprochen, sie würde den Abend auch allein vor dem Fernseher verbringen.«

»Mhm.«

»Ich habe Sehnsucht nach dir«, bettelt Dana. »Wir könnten uns ein Hotelzimmer am Jachthafen nehmen«, schlägt sie Niklas vor. »Zu dir nach Hause darf ich ja nicht.«

Niklas tritt verzweifelt von einem Fuß auf den anderen. Davon abgesehen, dass er ständig in Bereitschaft ist und nicht weiß, wann er Dienstschluss hat, ist ihm heute nicht nach einer heißen Liebesnacht, auch nicht mit Dana. Er muss an die verschwundene Fiona denken, die womöglich als Sexsklavin verschleppt wurde, denn danach sieht es ja wohl aus, glaubt er.

Das kriminelle Gespann Gefken und Kellinghusen betreibt anscheinend einen schwungvollen Mädchenhandel.

Und die Opfer wurden ihnen von der Seelsorgerin Rena Schwender in die gierigen Arme getrieben.

»Dana«, druckst er hervor, »ich kann dir leider wenig erklären, warum ich die heutige Nacht nicht mit dir verbringen werde. Wenn du möchtest, komme ich nach meinem Feierabend, wann immer der heute sein wird, bei Trudchen vorbei und hole dich zu einem Spaziergang am Hafen ab.«

»Okay, dann schauen wir eben auf diese Art in die Sterne, Herr Kommissar. Du musst mir nichts erklären. Ich erzähle dir bei der Gelegenheit gleich die Geschichte des Dr. Bleibtreu. Jetzt muss ich bald auflegen und Trude das Abendbrot zubereiten.«

»Du bist so süß, Dana.« Niklas lächelt verliebt.

Eine Frau, die mich und meinen Job versteht.

»Danke«, schnurrt sie. »Vielleicht ist es sogar besser, wenn ich morgen ausgeschlafen zu meinen Interviews erscheine.«

»Dann bist du mit deinen Recherchen erfolgreich gewesen?«, erkundigt sich Niklas.

»So ist es. Zwei neue Kandidaten habe ich. Es war nicht besonders schwierig, den Inhaber eines Sicherheitsdienstes und eine Apothekerin als Empfänger der Geldspenden zu ermitteln. Der Herr Sänger hat im Fahrradverleih gequatscht, wo ich wegen eines Defekts an meinem Leihrad noch einmal aufgeschlagen bin und den Chef ausgequetscht habe. Dass die Apothekenbesitzerin Geld geschenkt bekommen hat, pfeifen die Möwen in Laboe von allen Laternen. Angeblich hat sie es an Obdachlose weiterverteilt.«

»Interessant«, meint Niklas nur und muss schmunzeln.

»Die Apothekerin heißt Hilde Bähr«, berichtet Dana ihm. »Ist sie mit deiner Chefin verwandt?«

»Ja«, bestätigt Niklas ohne genauere Erklärung und Dana fragt nicht weiter nach. Das wird mir Trude sicher noch verraten, denkt sie.

»Nur dass du Bescheid weißt, Niklas«, sagt sie schnell noch, »die Interviews führe ich nicht wegen der Geldgeschenke, sondern zu allgemeinen Themen von der Ostseeküste durch. So nach dem Motto: Was tun die Einheimischen im Winter oder so ähnlich.«

Niklas runzelt verwundert die Stirn.

Nicht gerade originell.

Da hätte ich Dana mehr Kreativität zugetraut.

Sie lacht am anderen Ende der Verbindung: »Ich weiß, was du gerade denkst«, behauptet sie. »Aber glaub mir, je platter und unaufgeregter das Thema, umso eher willigen die Menschen in ein Interview ein, und dann kann ich meine Fragen immer noch anpassen und präzisieren.«

»Du bist eben eine Vollblutjournalistin«, meint Niklas staunend. Er hat sich während des Gesprächs auf den dicken Stein eines Friesenwalls am Wegrand gesetzt und schaut jetzt zu dem blauen Dienstopel, der knappe zwanzig Meter entfernt parkt. Gesa reißt gerade die Fahrertür auf und steigt aus. Sie winkt ihm zu.

Aha. Es geht weiter.

»Dana, mein Schatz, wir müssen aufhören. Gesa und ich haben noch viel vor«, sagt Niklas schnell zu seiner

Freundin. »Tschüs, Liebes! Wir sehen uns dann heute Abend.«
»Zu einem Spaziergang?«
»Ja.«
»Okay, bis dann!«, seufzt Dana. »Ich freue mich.«
Vielleicht wird doch noch mehr daraus, hofft sie. Mal sehen, wie Niklas später drauf ist.
Ob er inzwischen herausgefunden hat, wo Fiona sich aufhält?
Ich habe ganz vergessen, ihn zu fragen.
Na, wenn er es wüsste, hätte er es mir bestimmt erzählt.

29. Kapitel

Fiona schließt müde ihre wasserblauen Augen. Am liebsten möchte sie für immer einschlafen, denn mit jeder Stunde ihrer Gefangenschaft wächst die Angst vor dem, was mit ihr passieren würde.
Warum musste sie es auch so weit kommen lassen, ärgert sie sich erneut.
Warum bin ich nicht zur Polizei gegangen?
Der freundliche Kommissar Lux hätte mir bestimmt weitergeholfen. Selbst wenn man sie womöglich bestrafen müsste, alles wäre in jedem Fall besser gewesen als das hier, denkt Fiona traurig.
Wie soll ich hier wieder lebend herauskommen?
Fiona stützt ihre Ellenbogen auf der schäbigen Matratze auf und hebt vorsichtig ihren Oberkörper an.
Aua. Ich muss mir bei dem Kampf mit diesem Schwein die Rippen geprellt haben.
Sie schaut auf den Stuhl an der Wand, der neben einem Metallbett das einzige Möbelstück ist, welches sich in ihrem fensterlosen Gefängnis befindet. Dem

modrigen, abgestandenen Geruch nach vermutet sie, in einem Keller gefangen zu sein. Sie schaltet die Taschenlampe ein, die ihr Peiniger ihr dagelassen hat. Ängstlich mustert die junge Studentin den roten Spitzenbody und die Strapse. Der Entführer hat diese, zusammen mit einer schwarzen Netzstrumpfhose, auf dem Stuhl drapiert.

Liebe oder Leben hat er zu ihr gesagt. Du hast die Wahl. Morgen soll sie sich entscheiden.

Wann ist morgen?

Samstag

30. Kapitel

Ein kalter Windstoß erfasst Dana und zerzaust ihr langes blondes Haar. *Puh!* Sie zieht sich schnell die Kapuze ihres Parkas über den Kopf und flüchtet in eine geschützte Ecke hinter der Werkstatt des Fahrradverleihers.

Verdammte Kälte!

An diesem nebligen Samstagmorgen lief leider gar nichts nach Plan bei der jungen Journalistin. Hilde Bähr, mit der sie um 9.00 Uhr zum Interview verabredet war, vertröstete die enttäuschte Dana und bat um eine Verschiebung des Termins auf zwei Stunden später. Eine ihrer Apothekenhelferinnen ist plötzlich erkrankt. Die winterliche Grippewelle hat auch vor Hildes Angestellter nicht Halt gemacht. Zu allem Pech ging auf dem Weg zur Apotheke Danas Leihrad erneut kaputt. Dieses Mal war es nicht die Kette, sondern der Lenker, der sich lockerte und nach genauer Inaugenscheinnahme so durchgerostet ist, dass Dana sich nicht mehr traut, wieder auf das Rad zu steigen.

In einer halben Stunde, wenn der Chef ebenfalls in der Firma ist, soll sie ein Ersatzrad erhalten, versprach ihr der Mechaniker Piet. Ein brummiger alter Mann, der bereits am Morgen dermaßen schwarze, ölverschmierte Hände hat, dass man glauben konnte, er müsste schon mindestens zehn Räder repariert haben. Dabei entdeckte Dana nicht ein einziges in seiner Werkstatt, dafür gleich drei mit Kaffeeresten angetrocknete Tassen auf einem alten Campingtisch und einen überquellenden Aschenbecher.

Sie verließ den mit Rauchschwaden durchzogenen Raum dann auch schnell wieder. Der mürrische Piet vermittelte ohnehin nicht den Eindruck, als ob er vorgehabt hätte, ihr die Wartezeit mit einem Gespräch zu verkürzen. Stattdessen drehte er den Ton an einem schnarrenden, alten Kofferradio in voller Lautstärke auf.

Überhaupt schien dieses an einer staubigen Landstraße zwischen beginnenden Feldern und einem Kiefernwäldchen gelegene Gewerbegebiet so gar nichts mit dem schmucken Küstenort zu tun haben zu wollen.

Hier war man unter sich.

Wer nicht musste, verirrte sich garantiert nicht an diesen tristen Fleck.

Zwei Eingänge weiter, in der mit grauem Rauputz versehenen Häuserzeile, deren Bauwerke alle im schlichten Fünfzigerjahre-Stil errichtet worden sind, hat sich der Sicherheitsunternehmer Holm Sänger eingemietet.

Dana überlegt, ob sie nicht lieber jetzt schon bei ihm vorbeischauen sollte. Sie ist zwar erst um 12.00 Uhr bei Herrn Sänger angemeldet, aber es könnte knapp werden, die Zeit einzuhalten, befürchtet Dana, die den Mann deshalb eigentlich noch anrufen wollte.

Wenn ich einmal hier bin, werde ich es ihm persönlich mitteilen und darum bitten, etwas später zu beginnen.

Dana schaut auf ihrem Handy nach der Uhrzeit. Vom Display lächelt ihr Niklas entgegen.

Unser gemeinsamer Abend gestern am Hafen war wunderschön, erinnert sie sich und seufzt. Der temperamentvollen Dana war es in kurzer Zeit gelungen, ihren Freund von den Gedanken an seine laufenden Ermittlungen abzulenken. Als sie dann noch zu später Stunde einen im Herbst vergangenen Jahres vergessenen Strandkorb in den Dünen ausfindig machte, wurde es für Dana und Niklas eine nicht enden wollende Nacht unter sternenklarem Himmel.

Dana gähnt kurz und beschließt, nicht länger draußen hinter der zugigen Hausecke auf den Chef des Fahrradverleihs zu warten, sondern die verbliebene Zeit zu nutzen, um bei Holm Sänger vorbeizuschauen.

Nachdem sie mehrmals vergeblich die billige Plastikklingel neben dem verwitterten Namensschild gedrückt hat, wagt die Journalistin einen Blick hinter das Wohnhaus von Holm Sänger, in dem er auch sein Büro für den Sicherheitsdienst eingerichtet hat.

Der Garten sieht erstaunlich gepflegt aus, stellt sie fest, als sie an der Giebelwand vorbeiläuft. An dieser Seite des Hauses führt eine Treppe hinab in das Kellergeschoss.

Vielleicht treffe ich Herrn Sänger dort an, überlegt

Dana. Versuch macht klug, denkt sie und läuft beherzt die an den Kanten teilweise eingebrochenen Steinstufen der Außentreppe hinunter bis vor den Kellereingang. Dort klopft sie zweimal und drückt anschließend vorsichtig die Türklinke.

Plötzlich steht der alte Piet in seinem verdreckten Overall und blauer Wattejacke oben am Geländer und schaut auf sie herab.

Dana erschrickt.

Warum ist er mir gefolgt?

»Musst nur richtig doll drücken, dann springt die Tür von allein auf«, krächzt er heiser. »Das Schloss ist nicht mehr in Ordnung. Wir haben schon ein neues besorgt, aber der geizige Holm will nicht bezahlen.«

Dana zögert. »Ich möchte lieber auf Herrn Sänger warten«, antwortet sie.

Warum soll ich die Tür öffnen?

Das ist doch Hausfriedensbruch.

Sie kann sich nicht erklären, was der kauzige Mechaniker mit seinem Vorschlag bezweckt. Piet stapft jetzt die Außentreppe hinunter, schiebt Dana wortlos beiseite und drückt einmal kräftig mit seiner Schulter gegen die vom Regen aufgequollene Holztür.

Quietschend springt diese vor Danas Augen auf, und im selben Moment verschwindet der alte Piet genauso schnell, wie er gekommen ist, wieder von der Bildfläche.

Einer weiteren Aufforderung durch ihn bedarf es auch nicht, denn Danas journalistische Neugier ist längst geweckt.

Denk immer an die Geschichte vor der Geschichte – die mahnenden Worte ihres Chefredakteurs klingen der jungen Frau sofort in den Ohren, als sie in den dunklen Kellerflur eintritt, von dem zwei weitere Türen abgehen.

Dana erinnert sich jetzt daran, dass sie unerlaubt in Holm Sängers Keller eingedrungen ist und nicht einmal weiß, ob der Hausherr sich vielleicht hier unten aufhält. Sie ruft lieber laut und deutlich: »Hallo, Herr Sänger! Ich bin es, die Journalistin Dana Paulsen. Entschuldigen Sie mein Eindringen, die Tür ging von allein auf«, schwindelt sie. Dann rüttelt sie an der Klinke einer schweren Metalltür, die als Erstes ihr Interesse geweckt hat. Leider ist sie fest verschlossen. Aha, kenn ich, fällt Dana ein, als sie diese näher betrachtet. Das ist eine Brandschutztür, wahrscheinlich befindet sich dahinter der Heizungsraum. Auf einmal glaubt sie, Stimmen von dort zu hören. Ganz leise dringen sie zu ihr hinaus. Dana legt ihr Ohr an das kühle Eisen der Tür.

Da ruft doch eine Frau um Hilfe.

»Hallo!«, schreit die Journalistin, so laut sie kann, durch das Schlüsselloch. »Hören Sie mich?«

Ein dünnes Ja erklingt als Antwort und wieder die Bitte um Hilfe. Dana zögert nicht lange und greift nach ihrem Handy in der Tasche ihres Parkas.

Mist, kein Empfang.

»Warten Sie!«, ruft sie erneut und versucht einen Blick durch das Schlüsselloch zu erhaschen. Außer einem tiefen Schwarz ist leider nichts von dem, was sich hinter der Tür verbirgt, zu erkennen. »Keine Sorge! Ich laufe nur kurz raus, um zu telefonieren.«

Als Dana aus dem Keller rennt, kommt ihr auf der Außentreppe Holm Sänger entgegen. »Wer sind Sie?«, herrscht der hünenhafte Fünfzigjährige Dana an und versperrt ihr den Weg.

»Dana Paulsen, die Journalistin. Wir haben telefoniert

und sind heute verabredet«, antwortet sie und stellt sich mutig vor ihn. Dabei schaut sie den Mann aus ihren mandelförmigen, grünen Augen so unschuldig an, als wäre es das Normalste von der Welt, dass sie gerade aus seinem Keller hinausspaziert.

Holm Sänger zieht die Stirn kraus: »Aber doch nicht jetzt! Sie sind viel zu früh«, entgegnet er und streicht sich verwundert über seinen kahlen Schädel.

»Ja, das stimmt. Ich werde es Ihnen sofort erklären«, meint Dana. Obwohl ihr das Herz bis zum Hals schlägt, lässt sie sich ihre Angst nicht anmerken.

Der Hausherr packt die junge Frau am Arm und schiebt sie grob beiseite. »Das möchte ich Ihnen auch geraten haben«, donnert er. »Sie haben meine Tür aufgebrochen.«

Dana überlegt blitzschnell, ob sie sagen soll, dass es sein Nachbar, der Mechaniker Piet, gewesen ist.

Lieber nicht, er ist der Einzige, der weiß, dass ich hier bin.

Es liegt doch auf der Hand, dass Holm Sänger eine Frau oder ein Mädchen in seinem Keller versteckt hält.

Hoffentlich komme ich hier heil wieder weg.

Holm Sänger drängt Dana zurück in den Kellereingang. »Geben Sie mir mal Ihr Handy!«, fordert er sie auf. Ihm war aufgefallen, dass sie es beim Herauslaufen in der Hand gehalten hat.

Zitternd übergibt die Journalistin dem Mann ihr Mobiltelefon.

Blöderweise habe ich es entsperrt.

Er drückt nur einmal kurz darauf: »Alles klar, letzter Anruf Kripo Laboe«, zischt er wütend und steckt das Telefon ein. Dann dreht er Dana blitzschnell die Arme auf den Rücken. Anschließend bindet er ihre Hände mit Kabelbindern aus seiner Jackentasche zusammen.

Dana beißt sich die Lippen blutig, als sich der Draht schmerzhaft in ihre Haut schnürt.
»Du wolltest wohl wissen, was sich hinter der Eisentür verbirgt, du neugieriges Flittchen«, höhnt Holm Sänger und schließt den Keller auf. »Besuch für dich!«, schreit er in den Raum. Dann stößt er Dana brutal hinein und knallt wütend die Tür hinter ihr zu.
Verdammte Scheiße, denkt er, als er über die Treppe zurück in seinen Garten geht.
Was mach ich denn jetzt bloß?

31. Kapitel

Die junge Frau in dem Kellerraum hat sich auf ihr Bett gesetzt und richtet das schwache Licht einer alten Taschenlampe auf die am Fußboden liegende Journalistin.
Dana!
Nun erkennt Dana auch, um wen es sich bei der Gefangenen in dem Keller handelt.
Fiona!
»Hallo, Kleine«, sagt Dana leise und erhebt sich langsam von dem kalten Kellerboden, auf den Holm Sänger sie wie einen lästigen Sack geworfen hat. Unter Schmerzen schwankt sie auf die vermisste Studentin zu. Danas Jeanshose ist an beiden Knien aufgerissen, warmes Blut sickert an ihren Waden hinunter bis in ihre Turnschuhe. Als sie Fiona zitternd und mit seltsam leerem Blick auf dem Bett sitzen sieht, rinnen Tränen über Danas Gesicht und sie möchte sie sofort umarmen, aber ihre auf dem Rücken gefesselten

Hände hindern sie daran. Erschöpft lässt sie sich neben Fiona auf die schäbige, kahle Matratze fallen, die Holm Sänger seiner Gefangenen als Ruheplatz zugestanden hat. Plötzlich entdeckt Dana den Stuhl mit der Spitzenunterwäsche und der Netzstrumpfhose. Sie erschrickt.

O mein Gott?

Was hat der Kerl vor?

Sie schaut mitleidig auf Fiona. Die hat ihre Sprache immer noch nicht wiedergefunden. Aus ihren wasserblauen Augen spricht riesige Überraschung.

»Bitte löse meine Fesseln«, sagt Dana leise.

Wortlos befreit Fiona Dana nun von den Kabelbindern an ihren Handgelenken. Dann liegen sich die beiden Frauen in den Armen und weinen hemmungslos.

»Es tut mir so leid, Fiona«, flüstert Dana, »dass ich dir nicht helfen konnte. Ich hab's vermasselt und bin dem Sänger an der Treppe direkt in die Arme gelaufen. Wenn ich nur vorsichtiger gewesen wäre ...«

Fiona streichelt Danas lange blonde Haare. »Es ist alles meine Schuld«, schluchzt sie. »Ich hätte mich längst an die Polizei wenden sollen. Kommissar Lux hatte mir sogar persönlich seine Hilfe angeboten.«

»Ach, du kennst Niklas?«, staunt Dana. »Er ist mein neuer Freund, von dem ich dir erzählt habe, als wir uns in der Straße vor Trude Hansens Haus begegnet sind.«

Nun wundert sich Fiona: »Trude kennst du auch?«

Dana berichtet ihr kurz, dass sie jetzt anstelle der Studentin bei der alten Dame im Haushalt hilft und sogar bei ihr eingezogen ist. »Fiona?«, fragt Dana dann auch gleich. »Weißt du, was in meinem Campingbus passiert ist? Du wolltest doch dort übernachten.«

Fiona schüttelt heftig den Kopf. »Nein, keine Ahnung. Ich hatte meinen Schal auf dem Weg zu deinem Bus verloren und bin fix los, um ihn zu holen, da hörte ich plötzlich ganz in der Nähe des Campingbusses einen heftigen Streit zwischen zwei Männern. Die eine Stimme glaubte ich zu erkennen. Ich vermutete, dass sie Holm Sänger gehört, den ich von früher kannte. Bevor ich es schaffte, mich im Gebüsch zu verstecken, wurde ich zu Boden gerissen und jemand hielt mir den Mund zu. Zum Glück habe ich mich auf meine Selbstverteidigungskenntnisse besonnen und heftig gewehrt. Der Mann, der mich festhielt, war auch nicht besonders kräftig. Ich bin dann weggerannt, leider in meiner Panik genau in die falsche Richtung ...« Fiona schluchzt. Dana streicht ihr eine mit Tränen getränkte, rotblonde Locke von der heißen Wange. »Es wird alles gut«, tröstet sie Fiona. »Was ist anschließend passiert?«

»Kurz vor deinem Campingbus lief ich Holm Sänger genau in die Arme«, berichtet Fiona und stockt kurz. »Er war es, der mich seit Tagen verfolgt hat, und er ist auch in meine Wohnung eingebrochen.«

Dana kneift fragend ihre Augen zusammen: »Warum hat er das getan? Was will der Kerl von dir?« Sie schielt unauffällig auf den Stuhl mit der Reizwäsche. Blöde Frage, die hätte ich mir schenken können, denkt sie und beißt sich auf die Lippe.

»Geld will er. Viel Geld. Aber es ist längst alles verteilt, so wie ich es meinem Vater auf dem Sterbebett versprochen habe. Ich selbst habe die Eigentumswohnung in Kiel geerbt, die kann ich nicht so schnell in Bares umwandeln.«

Dana schaut Fiona ungläubig an. Sie rechnet eins und

eins zusammen: »Dann bist du die anonyme Spenderin, die vor Weihnachten Geldgeschenke an einige Küstenbewohner verteilt hat?«

Fiona nickt.

Dana haut sich auf ihre schmerzenden Oberschenkel.

Ist nicht möglich! Was für eine krasse Story!

Ihr journalistischer Sportsgeist ist erwacht, und sie ignoriert für einen Moment, in welcher prekären Situation sie und Fiona sich eigentlich befinden.

Falls ich wirklich sterben muss, dann wenigstens nicht dumm, denkt sie in einem für sie ungewohnten Anfall von Sarkasmus.

»Bitte erzähl mir, wie es dazu gekommen ist, Fiona! Natürlich nur, wenn es dir recht ist.« Dana drückt ihre alte Freundin fest an sich.

Wer weiß, was der Sänger schon mit ihr angestellt hat.

Sie scheint aber körperlich unversehrt zu sein und trägt auch dieselbe Kleidung wie am Mittwoch, als wir uns begegnet sind. Sogar ihren Mantel. In dem Keller ist es auch arschkalt.

Fiona nickt. »Es macht mir nichts aus«, versichert sie Dana. Dass sie sich endlich alles von der Seele reden kann, erleichtert die junge Frau. »Holm Sänger ist ein alter Kumpan meines verstorbenen Vaters. Sie sind beide in Kiel aufgewachsen und haben als junge Männer in ganz Deutschland Einbrüche in Juweliergeschäften begangen. Mein Vater hat seinen Anteil vermehrt, und als er später in Berlin meine Mutter kennenlernte, war er bereits ein erfolgreicher Bauunternehmer. Weder Mama, die schon vor fünf Jahren gestorben ist, noch ich wussten von seiner kriminellen Vergangenheit. Vaters alter Jugendfreund Holm Sänger hat uns öfter besucht. Ich fand ihn sogar lustig und nett. Inzwischen weiß ich, dass er Papa ständig um Geld angebettelt und später auch erpresst hat.

Holm war notorisch pleite und setzte eine Firma nach der anderen in den Sand. Schließlich reichte es meinem Vater und wir zogen Hals über Kopf aus Berlin weg aufs Land, in ein abgelegenes Dorf in Brandenburg.«

»Du hattest doch davor den Unfall ...«, unterbricht Dana vorsichtig Fionas Erzählung.

»Ja, ich war ein wildes Mädchen und bin am Spreeufer ins Eis eingebrochen. Ein zufällig dort spazieren gehender Arzt hat mich gerettet. Daher hat Papa ihn wohl auf seine Liste gesetzt.«

Dana ahnt, dass es sich um Dr. Bleibtreu handeln muss.

»Mein Vater hat alle aus seiner alten Heimat an der Küste, die ihm oder anderen Gutes getan haben und von denen er wusste, wo sie lebten, mit Geldspenden bedacht.«

»Verstehe«, meint Dana. »Aber warum hat er Holm Sänger etwas zukommen lassen?«, wundert sie sich.

Fiona schaut Dana entrüstet an: »Wie kommst du darauf? Nie im Leben hat der etwas bekommen. Im Gegenteil, er ist fuchsteufelswild geworden, als er davon erfahren hat. Ich hatte gleich ein mulmiges Gefühl, aber den letzten Wunsch meines Vaters wollte ich natürlich erfüllen.«

»Und nun verlangt der Sänger von dir, dass du das gespendete Geld zurückholst?«, fragt Dana erschrocken. »Wie soll das gehen?«

»Nein, nein!«, erwidert Fiona heftig. »Er will noch mehr, weil er glaubt, dass Papa mir garantiert eine ordentliche Summe hinterlassen hat. Das gespendete Geld würde er selbst eintreiben, hat er geprahlt. Er hätte mit seinem Sicherheitsdienst schon zahlreiche Inkassosachen erfolgreich zu Ende geführt.«

»Aber woher soll er wissen, wer Geld bekommen hat?«

»Ich bin mir sicher, dass er deswegen in meine Wohnung eingebrochen ist. Es wurde nichts gestohlen, aber alles durchwühlt. Er muss die Liste mit den Namen und Adressen gefunden und abfotografiert haben. Das ist mir inzwischen klar geworden. Ich habe ja genügend Zeit zum Nachdenken gehabt.«

»Meine arme Kleine«, tröstet Dana die Studentin und umarmt sie erneut. »Was du alles durchmachen musstest. Hat dir Holm Sänger etwas angetan?«

Fiona verneint. »Bisher nicht. Aber er hat mir ein Ultimatum gestellt. Liebe oder Leben hat er gemeint. Da ich nicht zahlen kann, müsste ich die Schulden meines Vaters mit meinem Körper abarbeiten oder er würde mich hier unten verhungern lassen.«

Dana schaut sich in dem Kellerraum um. »Hat er dir denn bisher etwas zu essen oder trinken gegeben?«

»Einmal am Tag bekomme ich Wasser und ein Sandwich.«

»So ein Schwein!« Dana presst wütend ihre Finger ineinander. »Wir dürfen die Hoffnung trotzdem nicht aufgeben«, macht sie Fiona und sich selbst Mut.

»Mein Verschwinden wird nicht lange unbemerkt bleiben.«

Plötzlich hören die Frauen kratzende, metallische Geräusche, als ob ein Schlüssel im Schloss gedreht wird.

Er ist zurück.

Starr vor Entsetzen halten sie sich bei den Händen und schauen zur

Tür.

32. Kapitel

Obwohl es Samstag ist, sind Niklas und Gesa heute in der Dienststelle erschienen, um ihre liegengebliebenen Akten und Protokolle, die sich aufgrund der vielen Termine in der Woche angestaut haben, durchzuarbeiten. Stefan und Lisa haben so viele Überstunden angesammelt, dass Gesa sie, zumindest am Wochenende, vom Bürodienst befreien wollte. Bereitschaft haben die beiden trotzdem. Mehr Zugeständnisse gestattet der Hauptkommissarin die angespannte Lage in ihrer Außenstelle nicht. Inzwischen glaubt Gesa aber, dass sich von den zwei Morden zumindest der eine seit gestern aufgeklärt hat.

Warum sollte Julie Martens ihren toten Bruder ohne Grund einer solchen Tat beschuldigen?

Außerdem wurden Mirko Martens' Fingerabdrücke im Haus der Rena Schwender gefunden.

Für mich ist der Fall gelöst.

Gesa hat sich gerade in das Vernehmungsprotokoll von Julie Martens vertieft, um weitere Fakten für eine Fahndung nach Dr. Kellinghusen zu sammeln. Sie konnte den Chef des LKA, Hauptkommissar Andreas Winter, gestern nicht hinreichend von der Notwendigkeit überzeugen, den Anwalt polizeilich suchen zu lassen, um ihn unverzüglich zu vernehmen. Bei der Unternehmerin Johanna Gefken hatte Gesa stärkere Argumente. Die Frau wurde inzwischen in Polizeigewahrsam genommen und dort von den erfahrenen Kollegen aus der Abteilung Organisierte Kriminalität befragt. Gleichzeitig wurde ein Durchsuchungsbeschluss erwirkt, und daraufhin sind ihre Geschäfts-

und Privaträume gestern noch am späten Abend durchsucht worden.

Den Kellinghusen bringen wir ebenfalls zur Strecke, murmelt Gesa vor sich hin, während sie Julie Martens' Aussage liest. Andreas Winter sollte die junge Frau am besten einmal selbst befragen, denkt sie.

In dem Moment stürmt Niklas nach einem kurzen Anklopfen in ihr Zimmer. Der Oberkommissar hat den heutigen Telefondienst der Kripo Laboe übernommen.

»Du wirst es nicht glauben, Gesa!«, ruft er ihr schon von der Tür aus zu und geht weiter bis vor zu ihrem Schreibtisch. »Die Kollegen aus Kiel haben den Kellinghusen zufällig bei einer Razzia in einem Bordell, das sie wegen illegaler Prostitution im Visier hatten, entdeckt. Der feine Herr nahm im Hinterzimmer an einer Runde Poker teil. Eine dicke Summe Bargeld wurde auch noch gleich bei ihm beschlagnahmt.«

Gesa schaut Niklas mit großen Augen an: »Wahnsinn!«, freut sie sich. »Haben wir ein Glück!«

»Ich würde es das Glück des Tüchtigen nennen. Dr. Kellinghusen wurde erst einmal festgesetzt und in Gewahrsam genommen. Da kaum ein Verdächtiger seine Rechte so gut kennt wie der Anwalt, wird er dort vermutlich nicht lange bleiben. Für den Haftrichter benötigen wir hinreichende Beweise, dass der Kellinghusen in den kriminellen Mädchenhandelring der Gefken nicht nur involviert, sondern maßgeblich daran beteiligt ist«, jammert Niklas.

Auch Gesa stöhnt. »Genau das hat Andreas Winter gestern ebenfalls gefordert. Er hat aber große Hoffnung, dass Johanna Gefken ihren Kompagnon Kellinghusen belasten wird, um ihre eigene kriminelle Haut zu retten.«

»Ein kluger Ansatz, die Vernehmungen des LKA laufen ja bereits«, meint Niklas. »Wollen wir vielleicht trotzdem nach Kiel fahren und Dr. Kellinghusen befragen? Mich beunruhigt, dass die Studentin Fiona Reichenbach weiterhin verschwunden ist. Zuletzt hat sie sich in seiner Stadtvilla aufgehalten, um den kleinen Leon zu unterrichten. Ob sie jemals an Danas Campingbus angelangt ist, wissen wir nicht. Vielleicht hat Kellinghusen sie dorthin verfolgt und auf ihrem Weg abgepasst.«

»Mhm«, überlegt Gesa. Da vibriert ihr Handy auf dem Schreibtisch. Sie reckt den Hals, um den Anrufer auf dem Display zu erkennen.

Hilde!

»Moment«, sagt sie zu Niklas, »das ist meine Schwester, da muss ich rangehen.« Gesa hat sofort einen Kloß im Hals. Seit Hilde den Drohbrief erhalten hat, kann sie von ihr keinen Anruf mehr unbefangen entgegennehmen.

Es wird doch nichts passiert sein?

»Hilde?«, fragt Gesa ängstlich. »Alles in Ordnung?«

»Mit mir ja. Du machst dir unnötige Sorgen. Aber ich wundere mich, warum die fesche Journalistin nicht wieder bei mir aufgetaucht ist. Ich musste ihren Interviewtermin leider um zwei Stunden nach hinten verschieben. In der Zeit plante sie, ihr defektes Leihrad umzutauschen, aber nun ist schon die Mittagszeit verstrichen und sie meldet sich nicht. Auf ihrem Handy kann ich sie nicht erreichen.«

Gesa weiß nicht so recht, wie sie die Information bewerten soll, und beruhigt ihre Schwester erst einmal. Sie schaut zu Niklas, der sie fragend ansieht.

Ich werde mich gleich mit ihm beraten.

»Hildchen, wir kümmern uns und ich melde mich

wieder. Bis später.« Gesa legt auf.
Dann berichtet sie Niklas von Danas Verschwinden. Er versucht sofort, sie auf dem Handy zu erreichen. Keine Verbindung. Der Anschluss ist tot.
»Womöglich hatte sie einen Unfall mit dem Fahrrad«, fällt Gesa ein. »Das müssten die Kollegen im Erdgeschoss wissen.«
»Falls sie ohne Fremdbeteiligung gestürzt ist, nicht, dann würde ich die umliegenden Krankenhäuser abtelefonieren.«
Niklas überlegt angestrengt.
Dana war heute zu zwei Interviews verabredet. Bei Hilde Bähr und bei Holm Sänger, dem bulligen Kerl mit der Sicherheitsfirma.
»Kannst du mir bitte die Kontaktdaten von dem bedrohten Herrn Sänger aufrufen, Gesa«, bittet er. »Den Mann plante, Dana heute im Anschluss an deine Schwester zu besuchen.«
Gesa klickt schnell die Datei mit dem Vernehmungsprotokoll von Holm Sänger an und öffnet diese. Sie zieht das digitale Formular über den gesamten Monitor auf, damit Niklas, der hinter ihr steht, alles gut erkennen kann. Er wählt zuerst die Festnetznummer des Sicherheitsdienstes und dann Holm Sängers Mobilnummer. In beiden Fällen sprang nur der Anrufbeantworter an. »Mist!« Niklas steckt sein Handy wieder in die Hosentasche zurück.
»Wir fragen mal bei dem Fahrradverleih nach«, schlägt Gesa vor. »Weißt du, wo genau sich deine Freundin ihr Rad geliehen hat? Wir haben nämlich mehrere Verleihstationen.«
»Leider nicht. Aber Dana hat mächtig auf den Laden geschimpft. Sie war unzufrieden mit ihrem Rad. An dem ist ständig etwas defekt, hat sie geklagt.«

»Das würde zur Situation passen«, meint Gesa nachdenklich. »Meine Schwester sagte doch, Dana beabsichtigte, in der Zwischenzeit ihr Rad umzutauschen. Dann kann der Laden nicht so weit von der Bähr-Apotheke entfernt liegen, und da fällt mir nur einer ein, über den sich Urlauber und Einheimische häufiger beschweren.«

»Ja?«, fragt Niklas voller Hoffnung.

Als Gesa ihm den Fahrradladen und die Straße nennt, meint er überrascht: »Dort hat doch der Herr Sänger seine Firma. Genau den Straßennamen habe ich eben im Protokoll gelesen.«

»Kann schon sein«, erwidert Gesa. »In der Ecke am Kiefernwäldchen liegt so ein muckeliges Gewerbegebiet für Kleinunternehmer. Die Mieten sind dort noch erschwinglich.«

»Ich muss sofort zu dem Fahrradladen und nach Dana fragen«, beschließt Niklas aufgeregt.

»Okay.« Gesa fährt ihren Rechner herunter. »Ich begleite dich. Die Akten laufen uns ja nicht weg und der Kellinghusen, solange er in Polizeigewahrsam sitzt, auch nicht.«

33. Kapitel

In der Fahrradwerkstatt erhalten Gesa und Niklas von dem Inhaber nur die lapidare Auskunft, dass Dana ihr kaputtes Rad am Vormittag bei ihm abgeladen hat und dann nicht mehr wiedergekommen ist.
»Sie muss doch irgendetwas zu Ihnen gesagt haben?«, bohrt Niklas nach.
»Ich war gar nicht im Geschäft. Der Piet hat sich um die junge Dame gekümmert.«
Gesa rollte genervt mit den Augen: »Warum sagen Sie das nicht gleich?«, knurrt sie. »Wo finden wir Ihren Piet?«
»Hinten in der Werkstatt. Einmal rechts ums Haus und dann der Nase nach. Sie werden es riechen.«

Als Niklas die an einigen Stellen mehrfach gerissene Glastür der kleinen Hinterhofwerkstatt vorsichtig öffnet, schlägt ihm dichter Zigarettenqualm entgegen. Inmitten der grauen Schwaden steht Piet. In einer Hand hält er seine Zigarette, in der anderen einen Türschlüssel, den er gegen das bisschen Sonnenlicht hält, welches durch die verdreckten Fensterscheiben noch hereinscheint.
Der alte Mann sieht so zufrieden aus, staunt Gesa, als sie das stolze Lächeln, das sich über Piets ölverschmiertes Gesicht ausbreitet, wahrnimmt.
»Dürfen wir Sie kurz stören? Herr ...«
»Piet«, bekommt sie zur Antwort.
Während Niklas mit hektischen Blicken das Innere der Werkstatt scannt, um eine Spur von Dana zu entdecken, stellt sich Gesa dem Mechaniker Piet vor. Sie

streckt ihm freundlich ihre Hand entgegen, die er zu ihrer Erleichterung nicht ergreift, und sagt: »Ich bin Hauptkommissarin Gesa Bähr von der Kripo Laboe. Wir suchen eine Dana Paulsen. Sie ist Mitte dreißig, großgewachsen, schlank und hat lange, blonde Haare. Die junge Frau hat heute Vormittag ihr defektes Leihrad bei Ihnen abgegeben. Stimmt das?«

Piet nickt.

»Und wissen Sie, wo sich Frau Paulsen jetzt aufhält?«

Piet schweigt und steckt sich eine weitere Zigarette an.

Niklas gesellt sich zu den beiden und stellt sich Piet ebenfalls vor. Er hat den Alten, während er sich in der Werkstatt umgesehen hat, aus den Augenwinkeln genau beobachtet.

Komischer Kauz.

Irgendwie verhält er sich merkwürdig.

»Haben Sie Ihre Dienstwaffen dabei?«, fragt Piet plötzlich.

Gesa und Niklas sind kurz perplex.

»Warum wollen Sie das wissen?«, antwortet Niklas dann sofort mit einer Gegenfrage.

»Er ist gefährlich.«

»Wer?«

»Unser Nachbar.«

Niklas schaltet als Erster.

Der meint den Sicherheitsmann Holm Sänger.

Er rüttelt Piet an seinen schmalen Schultern: »Wissen Sie, wo Dana ist? Bitte, Sie müssen es mir sagen!«, fleht er ihn an.

Gesa geht schnell dazwischen. »Piet«, beruhigt sie den alten Mann, »Sie müssen sich nicht fürchten. Ja, wir sind bewaffnet«, gesteht sie ihm.

Aufgrund der Gefahrenlage durch die Drohbriefe

und die Mordermittlungen haben Gesa und ihr Team vom Bezirk Anweisung erhalten, ihre Waffe ständig bei sich zu tragen.

Niklas entschuldigt sich bei Piet: »Es tut mir leid«, sagt er. »Ich hätte Sie nicht anfassen dürfen. Den Schlüssel, den Sie da in der Hand halten«, meint er zu ihm, »den haben Sie doch eben erst gefeilt. Ich habe neben dem Schraubstock auf Ihrer Werkbank mehrere Rohlinge liegen sehen.«

Piet nickt. »Den habe ich eben erst fertigbekommen.«

»Wo soll der denn passen?«, will Gesa wissen. Langsam verliert auch sie die Geduld mit dem sturen Alten.

Man muss ihm jedes Wort aus der Nase ziehen.

»Zur Kellertür von Holm Sänger.«

Niklas schüttelt entsetzt den Kopf. Er stößt Gesa an. »Wir müssen sofort ins Nachbarhaus zu dem Sänger«, flüstert er ihr ins Ohr.

»Bitte geben Sie uns den Schlüssel!«, fordert Gesa Piet nun auf.

Er tut es ohne Widerrede. Als die Kommissare seine Werkstatt verlassen, schlurft er neugierig hinterher.

Niklas dreht sich nach dem Alten um. »Sie bleiben hier!«, erklärt er unmissverständlich. »Sie haben selbst gesagt, es ist gefährlich.«

Am Wohn- und Geschäftshaus von Holm Sänger scheint alles unauffällig. Die Kommissare klingeln vergeblich und laufen dann nach hinten in den Garten.

»Der Schlüssel ist für den Keller, hat Piet behauptet«, überlegt Gesa und kratzt sich nervös am Hals. »Für mich ist Gefahr im Verzug. Wir gehen rein.«

Gesa und Niklas laufen jetzt die Steintreppe hinunter

und versuchen, die Außentür zum Kellergeschoss zu öffnen.

»Der Schlüssel passt nicht, das erkenne ich sofort«, behauptet Niklas, »aber die Tür bekomme ich auch so auf.« Er lehnt sich einmal kräftig mit der Schulter dagegen und steht kurz darauf in Holm Sängers Kellerflur.

Das hat schon mal gut funktioniert, freut er sich.

Hinter der Brandschutztür vernimmt Niklas leise Stimmen.

Sind das etwa?

Das darf doch nicht wahr sein!

Ihm zittert ein wenig die Hand, als er den von Piet angefertigten Schlüssel in das Schloss steckt.

Der passt. Zwar nicht perfekt, aber er lässt sich drehen.

Gleich bin ich drinnen.

Gesa beobachtet derweil draußen von der Treppe aus, ob Holm Sänger sich dem Haus nähert.

Sie glaubt ihren Augen nicht zu trauen, als Niklas nur wenige Minuten später mit Dana und Fiona aus dem Keller ans Tageslicht tritt. Die beiden kreidebleichen Frauen müssen von ihm gestützt werden.

»Einen RTW, Gesa!«, ruft er.

»Geht klar, Niklas, und die Kollegen schicke ich gleich hinterher. Die sollen das ganze Haus auf den Kopf stellen und nach dem Mistkerl fahnden. Donnerlüttchen!«

<u>Nächste Woche</u>

Dienstag

34. Kapitel

»Moin, ihr Lieben!«, grüßt Gesa abgehetzt, nachdem sie die Tür zum Großraum der Kripo lautstark hinter sich geschlossen hat und zu ihrem Büro eilt. Der Rest des Teams hat bereits am Besprechungstisch Platz genommen und sich am Kaffee und dem Butterkuchen bedient, den Niklas vor Dienstbeginn vom Hafenbäcker besorgt hat. Er hat dort schon morgens für Trude eingekauft, die wegen ihres Rückens noch immer eingeschränkt ist. Aber ihr Freund Carlo Friedrichsen kehrt heute von seinem Urlaub aus dem Harz zurück und wird sich zu Niklas' Entlastung um Trude kümmern.

Niklas ist erschöpft. Die vergangene Woche hat deutliche Spuren bei ihm hinterlassen. Gesa und den anderen wird es genauso gehen, denkt er.

Wo bleibt die Bärin denn?

Eine Minute vor 9.00 lässt sich Gesa neben Niklas auf einen Stuhl plumpsen und grinst. »Da bin ich doch noch pünktlich!«, schnauft sie erleichtert.

Wenn wir morgens zu zweit im Haus sind, klappt es nicht mit meinem Zeitplan.

Gesa denkt dabei an ihren Freund Niels von Isenberg und ihr wird innerlich warm. Der gestrige Abend und die gemeinsame Nacht waren überfällig. Die beiden haben sich das letzte Wochenende nicht privat treffen können, denn der Pathologe ist im Rechtsmedizinischen Institut und Gesa mit ihren Mordermittlungen rund um die Uhr beschäftigt gewesen.

Nun dürfen wir durchatmen.

Der Sänger sitzt in U-Haft.

Holm Sänger wurde, nur zwei Stunden nachdem Gesa und Niklas mit der Unterstützung des Fahrradmechanikers Piet die beiden gefangenen Frauen befreit haben, auf seiner Flucht gefasst. Nach Sängers Aufeinandertreffen mit Dana, die er überraschte, wie sie telefonisch bei der Kripo Hilfe holen wollte, blieb ihm nur die Möglichkeit, schnell unterzutauchen. Er ahnte, dass die Polizei bald nach der Journalistin suchen würde.

Als Erstem war jedoch dem alten Piet aufgefallen, dass Dana nicht zurückkehrte, um sich das neue Leihrad zu holen. Piet war sein Nachbar Holm Sänger ohnehin nicht geheuer, und er ging hinüber, um nach dem Rechten zu sehen. Als er Stimmen hinter der Brandschutztür hörte, versuchte er, die Tür mit einem rostigen Schlüssel, der in einer Ecke des Kellerflurs auf dem staubigen Boden lag, zu öffnen.

Die Frauen gerieten in Panik, als sie die Geräusche von draußen vernahmen. Sie glaubten, Holm Sänger kehrt zurück und würde ihnen etwas antun. Der schweigsame Piet sprach ja leider kein Wort während seines Befreiungsversuchs. Seine Bemühungen, die Tür zu öffnen, schlugen außerdem fehl, wie er später den Kommissaren in der Befragung erzählte. Der

Schlüsselbart passte nicht richtig, ein Zacken war abgebrochen. Der geschickte Mechaniker nahm den Schlüssel daher mit in seine Werkstatt und fertigte einen neuen an, mit dem es Niklas schließlich gelang, die Tür aufzubekommen. Niklas' Trick mit der Kreditkarte hätte bei der Brandschutztür nicht funktioniert, denkt Gesa, während sie sich an die dramatischen Minuten erinnert.

Der alte Piet war zur rechten Zeit am rechten Ort.

Gesa schaut glücklich in die Runde: »Bedient euch ruhig weiter!«, ermuntert sie ihr Team und greift sich selbst ein knuspriges Randstück vom Butterkuchen auf dem Tisch. »Was ich noch erzählen wollte«, sagt sie und legt ihren Kuchen erst einmal vor sich auf dem Teller ab, »Rafael Schmied ist gestern Abend aus der Untersuchungshaft entlassen worden. Er hatte mit dem Verschwinden der Studentin Fiona Reichenbach nichts zu tun. Auf dem Weg zu seiner Freundin Julie wollte er Fiona nur vor den streitenden Männern schützen und zog sie deshalb zu Boden. Dass es Fionas Schal war, den er später fand, wusste er nicht. Die junge Frau hatte ihn ja abgewehrt und war dann Holm Sänger direkt in die Arme gelaufen. Rafael Schmied ist also unschuldig, was die von uns zu ermittelnden Verbrechen angeht. Um seine Verstöße gegen das Betäubungsmittelgesetz kümmern sich die Kollegen von der Kieler Fachabteilung. Deswegen musste Herr Schmied nicht in der Untersuchungshaft bleiben«, betont Gesa. »Aber dafür ist Dr. Kellinghusen inzwischen dort eingezogen.«

Stefan applaudiert: »Ein guter Tausch!«, freut er sich.

»Finde ich auch«, stimmt Lisa ihm zu. »Ich habe die Vernehmungsprotokolle des LKA schon heute Morgen gelesen. Johanna Gefken hat vollumfänglich ausgesagt. Zusammen mit den Anschuldigungen der achtzehnjährigen Julie Martens wird es für den kriminellen, selbstsüchtigen Anwalt eng werden. Er und die Gefken haben Mädchenhandel und illegale Prostitution betrieben. Die Frau hat vor zehn Jahren, bevor sie unter den Deckmantel eines scheinbar seriösen Dienstleistungsunternehmens gekrochen ist, einen Escortservice geführt. Damals unter ihrem Geburtsnamen. Das haben Stefans und meine Recherchen ergeben.«

»Was wieder einmal sehr gründliche Arbeit von Ihnen beiden war«, lobt Niklas die Kollegen. »Der Staatsanwalt wird sowohl bei Frau Gefken als auch bei Dr. Kellinghusen Anklage erheben. Da bin ich mir sicher«, bestätigt er Lisa und nimmt einen kräftigen Schluck Kaffee.

Niklas trinkt bereits die dritte Tasse heute Morgen, denn auch seine vergangene Nacht ist von kurzer Dauer gewesen. Es war die letzte mit Dana. Vorerst, denkt er glücklich.

Dana beabsichtigt, ihn so bald wie möglich wieder zu besuchen. Heute Morgen ist sie mit ihrem Campingbus zurück nach Berlin gefahren. Sie muss sich in der Redaktion ihrer Wochenzeitung melden und plant außerdem, im Innenbereich ihres Busses einiges zu erneuern. Die Erinnerung sei zu brutal, hat sie zu Niklas gesagt. Dana geht es körperlich, bis auf ein paar blaue Flecken und die Schürfwunden an den Knien, wieder gut. Den Schock, dass in ihrem Bus ein toter Mann gefunden wurde, und die Todesangst, die sie zusammen mit Fiona in Holm Sängers Kellerraum ausgestanden hat, wird sie jedoch so schnell nicht wieder vergessen. Da ist sich Niklas sicher, der inzwischen auch die sensible und verletzliche Seite der taffen Journalistin kennengelernt hat. Seine Liebe zu ihr ist durch die Ereignisse nur stärker geworden, und die zwei haben beschlossen, es mit einer Fernbeziehung zu probieren.

Gesa beobachtet Niklas unauffällig.

Auch ne kurze Nacht gehabt, Lux, vermutet sie, als sie in seine heute nur halb so großen, stahlblauen Augen sieht.

»Hat am Morgen schon jemand in die Ergebnisse der KTU geschaut?«, erkundigt sich Gesa nun und guckt dabei Lisa an, von der sie es am ehesten vermutet. Doch zu ihrem Erstaunen punktet Polizeischüler Lasse mit frühem Fleiß: »Sie meinen sicher den Abgleich der Fingerabdrücke Holm Sängers mit denen im Bus der Journalistin. Oder, Frau Bähr?«

»So ist es, Lasse. Raus damit! Was gibt es Neues?«

»Uwe Feddersen hat einen Treffer gelandet«, berichtet Lasse stolz.

»Super!«, antwortet Gesa. »Mit diesem letzten Beweis untermauern wir zusätzlich, was Herr Sänger am Wochenende nach seiner Festnahme bereits gestanden hat. Der bullige Sicherheitsmann hat den schmächtigen Mirko Martens vor dem Versteck von dessen Schwester Julie abgepasst und das Geld zurückgefordert, welches Mirko Martens bei der zuvor von ihm erschlagenen Rena Schwender mitgenommen hat. Nachdem Mirko Martens ihm nichts geben konnte, weil er damit die Schulden bei seinem Dealer bezahlt hat, tötete Holm Sänger ihn vor Wut. Er verfolgte den jungen Mann bis in den Campingbus von Dana Paulsen und brach ihm dort mit einem Würgegriff das Genick.«

»Brr!« Lasse schaudert. Er fasst sich an den Hals und schüttelt sich vor Entsetzen.

Gesa seufzt. »Ihr kennt ja inzwischen die traurige Geschichte der Fiona Reichbach«, meint sie und senkt ihre Stimme. »Den letzten Willen ihres einst kriminell operierenden Vaters zu erfüllen, hat die junge Studentin nicht nur in Gewissenskonflikte, sondern am Ende sogar in akute Lebensgefahr gebracht. Sie wird psychologisch betreut und erholt sich hoffentlich bald von den Ereignissen.«

»Der alte Kumpan ihres Vaters, Holm Sänger«, ergänzt Niklas, »hat nicht lockergelassen, bis er Fiona aufgespürt hat, nachdem er schon zuvor durch den Einbruch in ihrer Wohnung wusste, wem sie anonyme Geldspenden zukommen ließ.«

»Krass finde ich nur«, ruft Stefan dazwischen, »dass der Sänger die Traute besaß, selbst bei der Kripo aufzuschlagen und sich als Opfer auszugeben.«

»Angriff ist die beste Verteidigung, hat er wohl geglaubt«, meint Lasse.

Lisa zieht zweifelnd ihre Stirn kraus: »Ich vermute eher, der Tod Rena Schwenders, die er ja ebenfalls mit einem Brief bedroht hat, brachte ihn erst auf die Idee. Er wollte besonders schlau sein und dachte, so kann er uns austricksen. Holm Sänger musste damit rechnen, dass wir den Brief bei Frau Schwender finden.«

»Warum hat die überhaupt etwas bekommen?«, wundert sich Stefan. »Die Frau hat der Gefken und dem Kellinghusen die verzweifelten jungen Mädchen und Frauen doch erst zugetrieben.«

Niklas nickt: »Ich verstehe Ihren Einwand, Stefan«, sagt er. »Fiona Reichenbach hat meiner Freundin erzählt, ihr Vater hätte eine Übersicht mit Menschen aus seiner alten Ostseeheimat erstellt, die Gutes getan haben oder es immer noch tun würden. Rena Schwender arbeitete als Telefonseelsorgerin, vielleicht hatte das dem Vater imponiert. Fiona hat seine Liste lediglich abgearbeitet und nichts hinterfragt.«

»Dabei hat einer der Kandidaten, Dr. Bleibtreu, ihr als Kind das Leben gerettet«, mischt sich Lisa wieder ins Gespräch ein. »Diese Geschichte, die ja durch die Recherchen der Journalistin ans Licht kam, hat mich am meisten beeindruckt.«

Gesa nickt. »Unsere letzten Fälle, die auf tragische und schicksalhafte Weise miteinander zusammenhingen, hatten es wirklich in sich«, stellt sie abschließend fest.

Lasse spitzt die Ohren und erhebt sich leicht von seinem Platz.

»Soll ich den Sekt holen?«, flüstert er Gesa zu.

Sie lächelt und hebt ihren Kaffeebecher hoch. »Noch nicht«, bremst sie den Polizeischüler. »Erst am Nachmittag, kurz vor Dienstschluss, Lasse. Vorerst stoßen wir mit unseren Tassen auf den Erfolg an und darauf, dass erneut alle an einem Strang gezogen haben.«

Lasse setzt sich wieder. »Sogar der Oberkommissar«, murmelt er leise und hält sich dann vor Schreck die Hand vor den Mund.

Niklas lächelt den vorlauten Einwand weg. Er ist viel zu müde und erschöpft, um etwas zu erwidern. Die letzte Woche und das Wochenende waren hammerhart, und dass seine neue Liebe gleich wieder mit drinnen hing und in Gefahr geriet, beschäftigt ihn immer noch.

Gesa beendet die Sitzung jetzt.

»Wir sehen uns am Nachmittag zu einem kleinen Umtrunk und leckeren Fischbrötchen. Die bringt uns

Hagen Friese nachher vorbei. Das ist mein Dankeschön an euch.«

»Klasse!«, freut sich Stefan und auch Lisa geht beschwingt an ihren Schreibtisch zurück. Es gibt bis zum Dienstschluss noch ausreichend Papierkram abzuarbeiten.

Lasse sprintet derweil an den Empfangstresen. Nachdem er letzte Woche das Thermostat am Heizkörper im Großraum erfolgreich gewechselt hat, steht bereits ein neues Projekt auf dem Tagesplan des begabten Hobbyhandwerkers. Lisa hat ihm ein defektes Aufnahmegerät zur Reparatur gegeben, und er verfolgt den ehrgeizigen Plan, es bis zum Nachmittag wieder in Gang zu bekommen.

Nachdem die Kommissare den Großraum verlassen haben, passt Gesa Niklas auf dem kleinen Seitenflur vor seinem Büro ab. »Warte mal!«, bittet sie ihn. »Wie geht's deiner Freundin denn jetzt?«

»Gut«, meint er und berichtet kurz von Danas Plänen und ihrem baldigen Wiedersehen.

Gesa druckst ein wenig herum. »Wir haben doch immer noch unser Treffen offen, Niklas«, rückt sie mit der Sprache heraus.

Er lächelt. »Ach, und du meinst, wir sollten es in Angriff nehmen, bevor Dana wieder bei mir zu Besuch ist?«

»Natürlich nur, wenn du möchtest«, lenkt Gesa ein.

»Und ob«, erwidert Niklas. »Es gibt so viel, was wir nicht voneinander wissen, und es wird Zeit, mal einen Abend lang über uns als Menschen und nicht als Kollegen zu reden.«

»Prima, wir checken gleich unsere Terminkalender. Komm doch bitte mit in mein Büro!« Die Hand schon an der Klinke, hält Gesa inne. »Ach, du lieber Himmel, das hatte ich vorhin vergessen zu fragen!«, stöhnt sie. »Du sagtest, dass Dana sich in Berlin bei ihrem Chefredakteur melden muss. Was wird denn nun aus ihrer Reportage über die Geldspendenempfänger?«

»Die hat sie verworfen«, antwortet Niklas, ohne lange zu überlegen. »Es wird keinen Artikel darüber geben, hat Dana mir versichert. Für sie klebt zu viel Leid und Blut an der Geschichte. Damit möchte sie keinen journalistischen Ruhm ernten.«

Gesa ist beeindruckt.

Tolle Frau. Klasse Einstellung.

»Respekt«, sagt sie zu Niklas und öffnet ihre Bürotür, »deine Freundin hat mir ja von Anfang an gefallen.« Sie lächelt ihn verschmitzt an: »Die Frau hat sicher eine Menge Interessantes zu erzählen. Wenn du möchtest, besuche ich dich, sobald sie wieder da ist, und wir klönen zu dritt bei einem gemütlichen Weinabend.«

Niklas schaut Gesa entsetzt an.

»Scherz!«, ruft sie und kichert los. »Du hättest dein Gesicht eben sehen sollen, Niklas.«

Er macht gute Miene zu ihrem Spiel und folgt Gesa zähneknirschend in ihr Büro. Na warte, denkt er, Rache ist süß. Ich werde mir einen besonders schönen Aprilscherz für dich ausdenken.

Gesa sieht ihn entschuldigend an. »Du nimmst es mir doch nicht krumm?«

Niklas schüttelt den Kopf.

»Dann lass uns schnell einen Termin finden und verabreden, bevor wir die Abende wieder in der Dienststelle verbringen müssen«, sagt sie und boxt Niklas fröhlich mit ihrer zarten Faust in die Seite.

Sie seufzt leise.
Ich spüre jetzt schon, dass der Frühling naht und die Verbrecher aus dem Winterschlaf erwachen.
Wollen wir hoffen, dass sie vorerst eine Weile liegen bleiben.
Trotzdem werden wir wachsam sein.
Der Lux und ich und die anderen im Team.
Ach, verdammt, denkt Gesa und wischt sich heimlich eine Träne aus dem Augenwinkel, jetzt werde ich auch noch sentimental.
Ich bin gerade so glücklich, dass wir es wieder geschafft haben.

Ende

Liebes Lesepublikum,

vielen, lieben Dank, dass Sie die Ostseekommissare Lux und Bähr schon so lange, viele von Ihnen bereits seit über zwei Jahren, bei den spannenden Ermittlungen begleiten.
Ein ganz herzlicher Dank geht auch heute wieder an meine Familie und an alle, die mich bei der Erstellung des Buches unterstützen und fachlich beraten.

*Wenn Ihnen, liebes Lesepublikum, **„Mordnebel Ostsee“** gefallen hat, freue ich mich sehr über eine Bewertung bei Amazon. Danke, dass Sie sich die Zeit dafür nehmen.*

Ich freue mich riesig über das stetig steigende Interesse an meiner Küstenkrimi-Reihe und mir ist das Team um Gesa Bähr und Niklas Lux inzwischen sehr ans Herz gewachsen. Sie dürfen sich auf noch viele weitere Fälle freuen.

Noch nicht alle Bücher gelesen? Hier kommt ein kleiner Überblick:

Bisher sind erschienen:
„Totschöne Ostsee“ (Ein Fall für Lux und Bähr 1)
„Mordgierige Ostsee“ (Ein Fall für Lux und Bähr 2)
„Todkalte Ostsee“ (Ein Fall für Lux und Bähr 3)
„Grabstille Ostsee“ (Ein Fall für Lux und Bähr 4)
„Mordliebe Ostsee“ (Ein Fall für Lux und Bähr 5)
„Todhungrige Ostsee“ (Ein Fall für Lux und Bähr 6)
„Mordglitzer Ostsee“ (Ein Fall für Lux und Bähr 7)
„Mordwahn Ostsee“ (Ein Fall für Lux und Bähr 8)
„Todheimliche Ostsee“ (Ein Fall für Lux und Bähr 9)
„Todesspiel Ostsee“ (Ein Fall für Lux und Bähr 10)
„Todfischer Ostsee“ (Ein Fall für Lux und Bähr 11)
„Mordnebel Ostsee“ (Ein Fall für Lux und Bähr 12)

Die nächsten spannenden Bücher folgen umgehend.

Wenn Sie ***A.Collin auf Amazon folgen****, werden Sie über jede Neuerscheinung informiert. Oder Sie schreiben mir unter der E-Mail:* ***A.Collin@online17.de***
Ich beantworte gern Ihre Fragen und Sie erhalten zu jeder Neuerscheinung einen Newsletter.

Viele Grüße
aus dem Norden
von Ihrer Autorin A.Collin

IMPRESSUM

Mordnebel Ostsee
12. Fall für Lux und Bähr
Küstenkrimi

Asja Collin c/o Medienzentrum
Hamburg Rondenbarg 8 /22525 Hamburg
info@javy-verlag.de
Lektorat, Satz, Umschlag: JAVY Verlag
Korrektorat: www.contexta.de
Bildquellen: pixabay.com

Druck: Amazon Distribution GmbH
Amazonstraße 1, 04347 Leipzig

ISBN: 978-3-948820-42-8

JAVY

Printed in Poland
by Amazon Fulfillment
Poland Sp. z o.o., Wrocław

53521682R00132